أرض اليمبوس

القائمة القصيرة لجائزة بوكر العربية عام 2008

A. 10- Farkouh. I
T. Ardh Al-Yambous
Pub. Al-Moassasa Al-Arabiya
P. Beirut
D. 2008
S. Fiction

أرض اليَمْبوس / رواية عربيّة
إلياس فركوح / مؤلّف من الأردنّ
الطبعة الثانية ، 2008

حقوق الطبع محفوظة

المؤسّسة العربيّة للدراسات والنشر
المركز الرئيسي :
بيروت ، الصنايع ، بناية عيد بن سالم ،
ص. ب 5460-11 ، هاتفاكس 751438 / 752308 1 00961

دار أزمنة للنشر والتوزيع
ص. ب 950252 ، عمّان 11195 ، الأردنّ ، هاتفاكس 5522544 6 00962
e-mail: info@azminah.com
website: http://www.azminah.com
التوزيع في الأردن :
دار الفارس للنشر والتوزيع
عمّان ، ص.ب 9157 ، هاتف 5605432 6 00962 ، هاتفاكس 5685501 6 00962
e-mail: info@airpbooks.com
website: http://www.airpbooks.com
تصميم الغلاف والإشراف الفنّي :

لوحة الغلاف : **ڤيسلاف ڤالكوسكي / بولندا**
الصف الضوئيّ : **دار أزمنة للنشر والتوزيع**
التنفيذ الطباعيّ : **مصطفى قانصو للطباعة والتجارة / بيروت ، لبنان**

رقم الإيداع بإدارة المكتبات العامّة : 2008/2/347
ISBN 978-9957-09-276-6 (ردمك)

رواية
NOVEL

إلياس فركوح

أرض اليمبوس

القائمة القصيرة لجائزة بوكر العربية عام 2008

الطبعة الثانية

أزمنة
AZMINAH

إشارات

استُقيت الاقتباسات داخل النَصّ ، كما لُمِّحَ إلى بعضها ، من المصادر التالية :

☐ الكتاب المقدّس ، سفر التكوين ، الإصحاح السابع .
☐ ملحمة كلكامش ، طه باقر .
☐ الكوميديا الإلهية ، دانتي الغييري ، مقدّمة المترجم كاظم جهاد .
☐ حرف الحرف : مختارات من النثر الصوفي . طاهر رياض .
☐ الكتابة ، مارغريت دوراس .
☐ من حوار ترجمتهُ لمجلة (تايكي) مع الكاتبة الهندية أنيتا ديساي .
☐ أما مدونة يوميات ، «عاصفة الصحراء» ؛ فانتقيتُ من سلسلة نصوص كنتُ
نشرتها أسبوعياً ذاك الوقت في جريدة (الدستور) بعنوان : «أوراق حرب لم
تحترق» .

جميع الشخصيات الكاتبة للرواية لا تتطابق أو تمثّل من يُشابهها
في الواقع ، ملامحَ وأسماء ، علماً بأنَّ جنوحات الحياة أشد غرابة
من أجنحة الخيال ـ وهل ثمة مايفصل بين هذه وذاك ؟

إ.ف

اليَمْبُوس (المطهر)

المنطقة الوسط - بحسب المفهوم الكاثوليكي - أو الثالثة ما بين الجنّة والجحيم، تودَع فيها أرواح الأطفال الأبرياء الذين ماتوا قبل نيلهم المعموديّة ، لتزول عنهم الخطيئة الأصليّة (خطيئة عصيان آدم وحواء لأمر الرب بعدم الأكل من شجرة التفّاح) ، ضمن الإيمان المسيحي. وكذلك ، هي المنطقة حيث تعيش أرواح البررة من غير المؤمنين والخيّرين الذين نشأوا في أزمنة الكُفْر إنّما لا ذنب لهم لعدم إدراكهم رسالة المسيح.

أفردَ *دانتي* لليمبوس جزءاً كبيراً في عمله الأشهر «الكوميديا الإلهية» ، كما عمل *بورخيس* على رسم خريطة لها بوحيٍ من توصيف دانتي، ضمن محاضرات ألقاها.

إلى كينونة مستحيلة،

لطالما تصادى سؤالُها في منامي القلق،

ويقظتي الساهية:

«أتعرفني؟»

«أنت جَميعهنَّ!»

فَيفتَرُّ ثغرها عن ابتسامةِ رضا، بينما يولد في قلبي سؤالي:

«أقادرٌ، وأنتَ لست سوى أنتَ، في أفضل الأحوال؟».

بمثابة التقديم

أيها القارىء الخلي !

تستطيع أن تصدقني دون أن تستحلفني إذا قلتُ لكَ إني كنتُ أود لهذا الكتاب ، لأنه وليد عقلي ، أن يكون أجمل وأروع وأظرف ما يمكن تخيّله . بيد أني لم أقوَ على مخالفة نظام الطبيعة الذي يقضي أن يلِدَ الشيءُ شُبهَهُ . وماذا عسى إذاً أن تلدَ قريحة عقيم فاسدة التهذيب مثل قريحتي ، اللهم إلاّ تاريخ ولَد جاف هزيل شاذ مليء بالأفكار المتفاوتة لم يتخيّل مثله أحد من قبل.

ميغيل دي ثربانتس

دون كيخوته

القسم الأول

السفينة

❖

كـأنما يوشك على التصدُّع . الآن . لحظة اعـتكرت روحـه ؛ إذ يسـتـيـقظ حنينٌ يَمضّهُ .

وأراه يواصل تحديقه في أعلى التل الماثل على يساره هناك . خارج زجاج النافـذة المغلق . داخل الغَسَق الذي يتـشكل كـبـرتقـالة مـعلّقـة تلتهب في فـراغ يشحب . كانت السـفينة تلفّها أمـواجُ دخان أبيض . تتخايل داخل غيوم هابطة إليـهـا لتـضـمـهـا كـأنّهـا أذرع ذات وزن. ثم رآهـا انـتـقلَت إلى هناك . من ظِلِّهـا المؤطَّر على الحائط مقـابل سـرير رقـدته ، إلى الخـارج حيث اللهب السـمـاوي آخـذٌ بالانـطـفـاء . عندهـا فكرَ : هـا هـي ، دون إرادة رُبّانهـا وبحّـارتهـا الموتى تغطس بكامل بهائها العتيق . تغرق في بحـر خُضـرة متـوحشـة لم تنل منها شموس الزمن !

بدت له الأشياء واضحـةً في لوحة تكذّبُ حقيقـتهـا ، وتؤكدها ، في الوقت نفسـه . باتَ يعـاينُ اللوحـةَ : أسـيرة في قـبـضـة الغيـوم. ويعـاينُ ، في اللحظة نفسها ، تعيّنها المخايل في الخارج : حُطاماً من خشب يغرق في عشبٍ صاعد. ثم طفقَ يمعنِ في نهر أفكاره كأنه ينغمر داخل صورته في المرآة !

كـأني ، بين تأكـيد الحـالة وتكذيـبـهـا ، خِلتـه يسـتـنـكر ويؤكد في آن : «إنها السفينة !» ، فاعـتـراني العجَبُ - أو لعلّه الانبهار بالأحرى - وفكرتُ بدوري : أي مشـهـد يقـارب الحلم هذا ! وكنت أنظر من النافـذة أنا أيضـاً ، غـافـلاً عن القلم بيدي التي جمدت فوق الدفتر على سطح المكتب .

لعلّي سهوتُ .

لعلّي سهوتُ طويلاً ، إلى أن برقَ فيّ حدسٌ كشفَ صعوبة اكتمال البكاء عند الرجل هناك ؛ فأرحتُ يدي . أسقطتُ قلمي على الصفحة الفارغة من أي كتابة ، بعد . صوتٌ في داخلي يحثّني على أن أرصد وأتأمل . أن أرصد رصدي متأملاً فيه وباحثاً عن حقيقة الرجل الذي كلّما اصطدمنا ببعضنا بعضاً (في أي وقت وأي مكان) لا يعتذر أحدنا للآخر ، أو يبذل جهداً لأن يستهلَّ تفسيراً لم يطالَب به أصلاً . حاولتُ تفهم الأمر واستبعاد احتمال اللامبالاة عند أي منا نحن الاثنين ، فاستعدتُ تعميماً بدا باهتاً ومكرراً حد البلاهة . كان أول ما أسعفتني به بديهتي الخاملة : هل تتوفر أمور العالم على ما يفسّر حدوثها ، دائماً ؟

.. فضحكَ . أخذ يضحك من فوره ، هناك ؛ فقلتُ إنه يفعل هذا لأنه لا يقوى على إنضاج بكائه . لم أكترث كثيراً ، ولم أعد ضحكه سخريةً مما أتت به بديهتي . غير أنه تكلم هذه المرة ! تكلم ، وجاء صوته عميقاً وقريباً يكاد يصدر مني ، فالتبسَ الأمر عليّ . لكنني أجّلتُ تفسير المسألة على وقْع ما قال:

«أبداً ».

«أبداً ماذا ؟» ـ رأيتني أدخل أرضَ الرخاوة : منطقة الما بين ، كما يحلو له وصفها . أو هي الأرض الحرام ، ربما . ورأيتني أخرجُ من بقعة التشكك إلى فراغ.

«أبداً ..» ، وأخذ يلتقط نفَسَه المتأرجح ـ أو لعلّه كان يلتقط الفكرة ـ ، فأتبعَ: «هل خطرَ لكَ أنْ ليس هنالك ما يثبت حدوث الأمور في العالم ، أصلاً؟».

ثم استدركَ ، قبل أن أستوعب المعنى تماماً : «أعني ، عديدُ الأمور لا إثبات لوجودها !»

وفزعتُ .

فزعتُ ، وما زلتُ ؛ إذ كلّما عاودني حوارنا ينتابني شعور لوم الذات على

اقتراف أمر لا يليق بمثلي . أمر تفوهي بكلاسيكيات باتت هالكة من فرط تداولها الاستعراضي ، كالتفلسف الدائر حول نفسه ، والذي بدأته أنا ، في الحقيقة ، بحمق لا أغفر لنفسي متابعته معه . إذ هتفتُ به :

«أنت تثير قلقي . أنت تشكك بالوجود ، كأنك تنفيه!».

عندها ، انفجرت ضحكته كاملة ، كأنما ليس بمريض ، ليُخْرِجَ منها قولاً واثقاً كالسكين الباردة :

«أبداً . أنا أشك ؛ إذن أنا موجود».

سخرتُ من اقتباسه . غير أني تعزيتُ بأنه ، مثلي ، يتداولُ عملةً عموميّة :

«لا تمسخ ديكارت وتكيّفه على مقاسك . أنت تدّعي بطلان العالم».

لم يمهلني . سرعان ما بادر بدفْق من الكلام ، وبنبرة مؤنبة :

«كفى . أنا أمقت الحوار الثنائي عندما يطول . لسنا على مسرح . لكنني سأجاريك للمرة الأخيرة . ألا ترى أنني حينما أثبت وجودي من خلال الشك إنما أثبت ، في الوقت نفسه ، وجود ما هو خارجي . وجود العالم ؟».

تحيّرتُ لوهلة ؛ فعاجلني ، وكان ، في الحقيقة ، مثل مَن يزيح عني أثقال مشكلة لا حَل لها :

«دعكَ من هذا كله ، وعالِجْ ما لا تعرفه بالكتابة ، قبل أن تموت».

فكرتُ أن أصححه فأقول : قبل أن تموتَ أنتَ . لستُ أنا مَن يرقد على سرير المستشفى ويتدهور . لكنني انسقتُ إليه :

«كيف ؟»

«لا تفعل مثلما فعَلَت شخصية بورخيس ، تلك التي ماتت تحت وطأة ذاكرتها . تخففْ منها واكتبْ فيها لتكتشف أبديتكَ».

ثم كان الصمت .

حاولتُ بعثه أو استقدامه ، بلا جدوى . غابَ .

ثم كانت الحيرة ؛

غطستُ فيها مثلما غطَسَت السفينة في بحر الخضرة المتوحشة خارج النافذة : غطستُ في اللوحة على الحائط ، التي بقدر ما تكذّب نفسها تعود ، حين الاستغراق بتأملها ، لتؤكد أنها حقيقية ، خارج النافذة ، أكثر من رَسّامها وأشباح رُبانها وبحّارتها المتحلقين المُحلّقين حول رفاتهم وعظامهم المبيَضّة : إنها أكثر واقعية من أولئك الذين ، من فرط محاولاتهم فهم المفارقة الماثلة أمامهم ، يُصابون بدوار البحر ، فلا يتنبهون لدلوفهم إلى داخل الإطار ، وغرقهم في عزيمة الغيوم تارةً ، وفي توحّش الخُضرة التي أخذت تبتلعهم ، واحداً واحداً .

ثم كان الصحو على صوت نصيحته الآمرة .

أذعنتُ ، فنهضتُ - من جديد - لأكتب .

أو علّني ، لحظتها وحتى الآن ، أجلس لأقترف ذاكرةً أبهظتهُ وطأتُها .

1

وإذ كنتُ أخطو باتجاه العربة ، لفحتني حرارة في الهواء لا تناسب صباحاً كانونياً بارداً ؛ فقلتُ : أوشكَ جحيم الخليج على الوصول!

وفيما أنتظر ارتفاع حرارة المحرّك ، أنصَتُّ إلى مذيع مونتي كارلو يسرد وقائع آخر الأخبار :اجتماع طارق عزيز بجيمس بيكر ، وتلك المصافحة اللدودة التي انتشرت عبر العالم. فتذكرتُ ليلة أمس: الرجل غارق في معطف ثقيل. إطار نظارته أسود وزجاجها سميك. وثمة حقائب كبيرة سامسونايت بأيدي مرافقيه. يده ترتفع بسيجار كوبي عند تلويحه للصحفيين المحتشدين بكاميراتهم ، لدى عبوره السريع لمر فندق في جنيف .

شاهدتُ هذا وانتقلتُ إلى المكتبة لأستكمل تدوين يوميات الحرب التي لم تقع بعد. جلستُ أنظر الأوراق الناقصة، مزمعاً البدء من حيث انتهيت في الصباح. وقبل أن أكتب الجملة الأولى، هتفت زوجتي من مكانها أمام التلفزيون. تقصَّدَت رفع صوتها ليعلو على أصوات وزراء خارجية ، ربما ، أو ممثلي دولهم في الأمم المتحدة ، تُعلن وتحددُ مواقفها برتابتها الدبلوماسيّة من التلفزيون :

«قهوة ، أم نسكافيه ؟».

«نسكافيه ، شكراً».

«مع حليب ؟»

«من دون».

أشحتُ عن النافذة حيث شققتها ابتغاء تنقية الهواء . العربة تعبق بعَطَن السجائر والنَّفس الحبيس طوال الليل . ثم شممتُ الرائحة . وعندما تحركتُ ملتفّاً حول الدوّار الصغير مقابل البيت ، رأيت الدخان الأبيض يتصاعد كثيفاً من جوف حاوية القمامة . ولحظة أن حاذيتها ، اخترقتني هَبّةٌ ساخنة وغزت أنفي عفونةٌ تحترق . نظرتُ بعدها في المرآة ، فعاينتُ جسمها الفضي مائلاً ـ إذ لم يُستَبدَل عجلها المكسور مذ كُسر . وكان انبعاج بطَنها قد تشقق ، إثر ضربة ما ، فسال منه قِوامٌ ثخين جذبَ قطةً أخذت تدور حوله بعناد ، وتتقافز لترتدّ عنه بمواء جَريح .

ففكرتُ : حرارة المعدن عالية .

أخذتُ طريقي نحو الشارع الرئيس . أدخلتُ شريط كارمينا في المسجلة ، فتعالت تراتيل الجوقة . تحسستُ الورقات الثلاث داخل جيب سترتي . كنت ثنيتها من النصف ، كعادتي ، لأقوم بتسليمها للجريدة قبل الظُهر .

في مكتب المحرر أحسستُ بالبرد ، رغم ازدحام الحجرة بأكوام الصحف في جوانبها ، كما التقيتُ برجل أسمر خفيف الشعر محفوف الشاربين . قال المحرر إنه خرج من الكويت ضمن أفواج الهاربين إثر اجتياح الجيش العراقي . كان أنيقاً بإفراط . أو إني رأيت في اختياره لملابسه تأنقاً بدا لي فاحشاً . أو لعلّ اللمعان الزائد لحذائه العَسَلي أوحى بأن الرجل ، بكُلّه ، قد سقط من كوكب آخر . أو جاء من زمن بعيد يخصّه هو ؛ فلقدَ بدا في منتصف الستين من عمره .

قال المحرر : «الأستاذ نجيب الغالبي».

فما كان من الأخير إلاّ أن مد لي يده على الفور . فعلتُ مثله ، بحكم الأدب ، ببساطة متراخية ، ففاجأني بقبضة قوية على غير ما يوحي به مظهره . اضطررتُ حينها إلى تصليب قبضتي بدوري ،

وحـدستُ بأنه مـن أولئك المالكين لـ «شـخـصـيـة» تميّـزه. أو هو تمثيلٌ لكلمة character، كما يصفون أمثاله بالإنكليزية .

ولكي أتلافى حَرَجي من نفسي ، ولأهرب من ابتسامة الرجل التي خلتها هازئة ؛ توجهتُ بملاحظة للمحرر :

«المكان بارد . أين التدفئة ؟» ـ بينما أصابعي تفرغ توتري عابثةً بحلقة مفاتيحي .

فأخذ يشرح ، من وراء مكتبه ، عن أزمة السولار والبنزين وفوضى توزيعهما ، لافتاً إلى اعتمادنا على البترول العراقي . وكنت انتبهت إلى عدم خلعه لسترته . ولأن زائره رفض أن يُطرَد من دائرة الاهتمام ؛ راح يتحدث عن هستيريا الناس ، وتعبئتهم لخزّاناتهم حتى الطفح ، وكيف هي الطوابير المجنونة عند المخابز ، وشرائهم لكميات تكفي جيشاً بأكمله!

علّقَ المحرر : «إنه جو الحرب ، كما تعرف» ، ثم التفتَ إليّ: «هل أتيتَ بمادتك ؟».

أخرجتُ الورقات الثلاث من جيب سترتي ومددتها له . فرَدَها ممرراً نظراته على سطورها بسرعة ، وقال : «مستمر في يوميات الحرب».

«كما ترى».

«إنه أسلوبك على أي حال . هل نسيتَ شيئاً لم تذكره ؟» .

ضحكتُ ؛ إذ كنت أستعيد معه قبل أيام حقيقة أن الكتابة الأدبية ليست غير عملية حذف وإضافة ، بمعنى ما ، مثلما اتفقنا . فالأمور الغائبة ليست مَنسيّة بالضرورة .

وحينما وقفتُ مودعاً ، نهض نجيب الغالبي سائلاً إنْ كان بوسعي إيصاله إلى الشميساني ، مشيراً إلى حلقة المفاتيح في يدي .

«طبعاً» ، قلت ، وغادرنا معاً مبنى الجريدة . كانت السماء تُرسل نثيثاً هيّناً يكاد يتثلج ، وتبدّت الساحة الأمامية كأنما تركد تحت رماد آخذ

بطمرها دون هوادة .

أخبرني في العربة أنه يداوم على الجلوس في دارة القهوة . وبينما نشارف على نهاية شارع الصحافة ، أبدى رغبته في أن نلتقي هناك . تذرعتُ بانشغالاتي الكثيرة ، لكنه ألحّ : «حاولْ» .

«طبعاً ، سأحاول » ـ لم أكن واثقاً من أني سأفعل ، أو أنه صدّقَ ذريعتي ومحاولتي .

وكان عليّ ألاّ أنسى موعدي مع «منتهى» ، بعد الظُّهر .

ثم استسلمتُ لفوضى خواطري وسط صمت كلينا ، إلى أن وجدتني أتساءل ، كمن تعثَّر بشيء كاد يوقعه أرضاً :

«منتهى ! كيف يأتون بهذه الأسماء !» .

ثم سرعان ما خطرت لي المقولة الشعبيّة : «لو أنَّ للأسماء ثمناً ، لكان اسم (بديع) خُراء!» .

عندها ؛ وُلدَت فكرة أن أعمل لاحقاً ، عند تدويني للرواية ، على استبدال اسماً آخرباسمها تجتمع فيه مع غيرها من النساء. أغراني الأمرُ، إذ بدا أنّهُ يُضمرُ غموضاً يستدعي التأويل ويحثّ على التخمين. وهكذا حضرت «ماسة» لتبقى، دون قدرة لي على إخراجها ؛ فأخليتُ لها ما تشاء من المساحات لتعبئها بالروائح ، والأصوات ، والملامح المتبدلة ـ ثمة أعمار تمضي علينا وتبدّل منا وفينا ؛ فلا يسعنا إلاّ أن نراوح بينها . نعود إلينا في ماضينا ، ونحاول القبض على هذه اللحظة قبل أن تنفلت مخلّفةً إيّانا عند زمنٍ نستعيده على نحوٍ ما . ليس هو طبعاً . إنها مسألة الحذف والإضافة ؛ رغماً وطوعاً .

ونحن لسنا نحن .

ففي أوقات غريبة ليست من تقاويمنا ، نكفُ عن أن نكون . نصيرُ شخوصاً نعاينها من الخارج. نحدّق فيها من خلف نوافذها ، ونرصدُ حماقاتها وأكاذيبها من غير أن يستبدَّ بنا العَجَب .

ثم قطعَ عليَّ نجيب الغالبي ما انسقتُ إليه. كُنا وصلنا نقطة الافتراق يساراً قبل «عطا علي»، مخلّفين وراءنا مجمّع النقابات لندخلَ الشارع المؤدي إلى «دارة القهوة»؛ إذ قال:

«ماذا تكتب؟».

فوجئتُ بالسؤال. نظرتُ إليه متحيراً، وعدتُ أحاول القيادة باحتراس. ثمة تلاصق للعربات في ضيق الشارع الفرعي، وعليَّ أن أحاذر. فوجئتُ حقاً. ماذا أكتب؟ أعرفُ أنني أكتبُ شيئاً عن حرب آتية، غير انها لم تقع بعد. ما هذا الشيء؟ يصعب عليَّ في حالات عديدة تعريف ما أكتب. أعني: ليس يسيراً أن أضعه داخل كتابة مستقرة متعارَف عليها. لحظتها وجدتني أنتهزُ فرصة خلو مكان يتّسعَ لعربتي، فأسرعتُ لأحتلّه قبل سواي. ولحظتها، أيضاً، وجدتني أمسكُ بفكرة أنني لستُ مستقراً على حال كتابيّة لأنني (كما صارحتني منتهى ـ أو ماسة، لاحقاً) لستُ مستقراً كَشخص! فأنتَ حين لا تكون مستقراً في داخلكَ، لن تخرج منكَ سوى شذرات لا تنتسبُ لأي كتابة بقدر ما هي كَشْفٌ لكَ. قد يكون كشفاً أدبياً، ولكن.... ـ لم يمهلني الغالبي:

«ما بكَ؟»، سألني مستغرباً صمتي.

قلتُ، كأنما خرجَت ردةُ فعلي عن إرادتي: «هل تكتب؟».

«أنا!»، بدا ترددُهُ في تلكئه. عَلَّ سؤالي فاجأه كما فاجأني في الوقت نفسه. غير أنه تمالكَ فاستدركَ: «أحياناً».

«ماذا تكتب؟» ـ أعدتُ سؤالَه إليه.

«عن العناية بالصحة والأمراض. كتبتُ مقالاً عن السُكري وسلّمته للمحرر قبل أن تجيء!».

«أأنتَ طبيب؟».

ضحكَ: «قُلْ إنني بيزنس مان يهوى المعرفة!».

عندها لم أقُلْ شيئاً. كان الصمت لأقل من دقيقة مُعَبأ بحَرَجٍ ما. ثم عادَ ليسألني ونصفه الأيمن خارج العربة يستند على الرصيف: «لم تُجبني. ماذا تكتب؟».

ولّما استدرتُ بكاملي نحوه لأجيب: «عن حرب لم تقع بعد» ؛ باتَ نجيب الغالبي واقفاً خارج العربة. لَوّحَ بيده وابتعد. لم أعرف لحظتها إنْ كان سمعَ إجابتي. أو عَلّني لم أتفوّه بها أصلاً!

ذاك المساء، تركتُ في شقة منتهى شذرةً مما كتبته أمس:

الثلاثاء، 15 كانون الثاني 1991

الساعة:

أيقظتني دفعات رهيفة من يد الصغير - يدُ الصغير مثله صغيرة -. نشلتُ نفسي من بقايا النوم المتأخر، وأدرتُ وجهي إليه. كانت عيناه تُطلان عليّ ومنهما يُطِلُّ قلقٌ كسرَ طفولةَ صوته المشاكس:

«بابا قوم. قوم. الحرب رح تبدأ بعد نُص ساعة!».

نظرتُ إلى ساعتي. كانت السادسة والنصف صباحاً. هدّأتُ من روعه قائلاً إن لا حرب ستنشب اليوم، وقُمتُ من فوري. عدتُ ألوكُ من جديد ذات الفكرة التي لازمتني طوال الأسبوعين الماضيين: «أيةُ حربٍ هذه التي يُحَددُ موعدها سَلَفاً!».

وقفتُ في المطبخ أمام ركوة القهوة أنتظرُ فورانها. لاحَتْ مني التفاتة صوب الساعة المعلّقة على الحائط. بدأت تقترب من السابعة. الخارجُ لا يحملُ إليَّ سوى الهدوء وأصوات القليل من السيارات العابرة. وبغتةً تفجَّرَت الملاحظة في ذهني: لم يكن الصغير، حتى أمس، يعرف مدلول حركة العقربين! كان يزعجنا بسؤاله الدائم

اللحوح عنهما .

أطفـأتُ النارَ تحت ركـوة القـهوة التي فارت ، وحـدّثتُ
نفسي (بحزن ، بأسى ، بمرارة ـ لستُ متأكداً) :
«ها الحربُ علّمَت صغيري معرفة الوقت.»

2

تلك كانت ما ظَنَنتَها حربكَ ،

وكانت خاسرة ،

وكنتَ تشبُّ عن الطوق ، وقتذاك ، وعاينتهم يرتخون بأذرعهم الثقيلة على مصاطب رُكَبهم : معاينةُ العين المفتوحة (الجرح مفتوحٌ على اتساعه) ، ومشهد الشيب في رأس الرجل يرافقك حتى الآن . لم يكن مُسنّاً ، غير أن انهداماً ما أحسستَ به يتوغل ، كلّما تَنَهَّدَ بوقارٍ قبل أن يواصل كلامه . الجميع يُنصتُ ، وثمة الأصوات الجديدة تنمو فيَ عمّان وتنفرش . لم يَحُل زجاج النافذة المغلقة من أن تكون حاضرة بينكم . الأصواتُ تصل لتدور في أركان البيت ثم تسكن فيه : مثلكم : مثل الهواء ، ودرابزين الدرجات المؤدية إلى الأنتريه ، والمرآة الكبيرة المعلقة على الجدار بينما يربضُ تحتها مقعدان فوق البلاط نصف المعتم ، وبقية الأشياء التي سيجيء دورها عندما يشيخ البيت ويهرم : البيت في عُمق زقاق «مطعم هاشم» ، قريب للشارع وسط البَلَد . أزمةٌ تصطخب هناك وضجيج ، فتنظر لترى إلى الازدحام على الأرصفة . الاختلاط العجينيّ للناس بالعربات المتراصّة . الجرائد في الأيدي . الوجوه تحوم في السماء بوجومٍ ذاهل ، وعند الأقدام تكوّمَت أهراماتُ المعلبات المعروضة للبيع . تَذكرُ لونَها الأزرق ، لكنها ليست «كرافت» غالية الثمن ـ وقتذاك ـ لدى

«بنايوت حوْش» في محلّه على زاوية الشارع المواجه لـ «مقهى السنترال» .

قبل يوم ، رغبتَ أن تأكل منها .

«لا تفكرْ بهذا . إيّاك» قالت الأُم : «ليست لنا ! » .

ولأنكَ تحبُ الجبنة الصفراء ، اعترضتَ مستنجداً بعيون أختيك :

«لكنها لذيذة» .

قلتَ ، مستحلباً تحت لسانكَ مذاقاً لقطعة ما إن لكتها حتى استحالت إلى فُتات يذوب ! شَهيّ ، لكنه سريع التلاشي . كأنما هو كذبة ! هذا ما تذكرهُ الآن . وهذا ما لم تذكره لأمكَ وقتذاك ، لأنك كنتَ غائباً عنه . ولأنك ما كنتَ قادراً على جَعْل مسافة كافية للتأمل . ولأنكَ كنتَ غارقاً بتفاصيل الحُمّى غير المفهومة . ولأنك كنتَ صُدمتَ بالصوت الذي طلعَ من الرجل الأشيب قبل أوانه ، فتَلَفَّتَّ لترى ، للَمرة الأولى ،كيف هو التصدع الآدمي ! كان يحبسُ صخرةً في صدره لا يريد لها أن تخرج ، فمزقته وأرغمت جسده على الارتعاش ، فلاذَ من عيونكم بأن غطّى وجهه بكَفَّيه الكبيرتين .

* * *

هي معاينةُ العَين المفتوحة على ما تُسميه ، الآن ، «تلك كانت البداية» !

الحربُ توقفَت .

ومثل قيامتها الخاطفة ، كانت نهايتها . هكذا مذاق الجبنة اللذيذ . ذاك المذاق القديم الذي حاولَت أختك الكبرى ، لتطييب خاطرك ، إقناع الأُم بشراء علبة منه :

«ورخيصة الثمن.»

«ولو . جبنة النازحين ينبغي ألاّ تُباع ! ».

قالت على نحوٍ قاطع . ونفَرَت إلى حيث لا تكون قريبة لرؤية الحيرة تولد في عينيك ، والأسئلة تُزرَعُ في قلبك .

وكنتَ شَببتَ ، بعدها ، عن الطوق . بعدها بيومٍ واحد فقط . شببتَ لتكتب ، فيما بعد ، أُولى محاولاتك فَضّ الأسئلة وفهْم أنَّ «الرجال يبكون أيضاً» .

ولكن : أن تفهم يعني أن تدرك الحياةَ ، أو تحاول . وهذا لا يكفي . عليكَ أن تحبَّ كي تعيشها حقاً . عليك أن تعشقَ لتدنو من الحرائق المخبأة في رماد ليس بريئاً . عليكَ أن تُفجَع بتبدد أحلامكَ وانكسار آمالك ، فتكون أنتَ .

عليكَ ، في لحظةٍ ما ، أن تكبرَ ، وأن تدَعَ السنين تمضي .

* * *

في أوّل اعترافٍ أدليتَ به لغير الكاهن ، كان رأسكَ في حضن امرأة .

قلتَ خالعاً الخَجَلَ : «بكيتُ يومها» .

رفَعَت رأسكَ بيديها الاثنتين ، وهَبطَت بوجهها إلى جبينك ، وقبّلته .

ما كانت لتعرف كيف تتصرف حيال حزن رجُل صغير مثلك ، لا تفهمه ، سوى بتقبيل جبينك . بطبع شفتيها فوق عينيك المسبلتين . بتمرير أصابعها في شعرك «الخرنوبي» الكثيف .

الشعر : خرنوبي .

العينان : عسليتان .

الأنف : عادي .

العلامات الفارقة : (ظَلَّ السطرُ فارغاً إلى أن جاءت مريم ، في آخر زيارة لها بعد الاحتلال . أمسكت ببطاقة التدريب العسكري المستحدثة ، التي وُزِّعَت على طلاب المدارس ، وكتبت مالئة الفراغ : عابس دائماً .

دفَعَتْكَ بصدركَ وقالت : «اضحَكْ يا أخي !») .

كانت جميع الوجوه عابسة . لم تكن وحدك .

سألتكَ المرأة : «لماذا بكيتَ ؟» .

أجبتَ : «فادية كامل كانت تغنّي» .

استغرَبَت : «بسبب الأغنية !» .

فقلتَ : «هل تعرفين الأرض بتتكلم عربي ؟» .

عرفت : «أيوه . أغنية سيد مكاوي» .

«نعم» .

«ألهذا السبب ؟» .

ولّما لم تتلقَّ منك سوى إيماءة الرأس ؛ احتضنَت جسمك بكامله ، وطفقت تبكي بدورها .

* * *

هي امرأتكَ الأولى .

كانت تكبركَ بما يتجاوز خمس سنين ، غير أنها عجزت عن إدراك فكرة بكائك بسبب أغنية ليست عن الحب . هي لم تنجح في التقاط مكنون البكاء ، رغم ما يُقال من أن الذي يكبرك بيوم واحد يفوقك في المعرفة بسنة . وأنتَ لم تقوَ على تدارك أسىً غامض غلّفكَ ، عندما وجدت نفسك في حضن عارٍ ودافئ لامرأة غريبة ، لكنها حقيقية ؛ فأسْلَستَ لها جسدك لتقطفَ منهُ بكارتكَ !

كنتَ في مدينة تطأ أرضها عربية اللسان للمرة الأولى . تسير في شوارعها وميادينها التي حفظتَ أسماءها لتكرارها في كتب قرأتها . تعاين الصورَ المنتشرة لزعيمها الذي أنصتَّ لخطبه الحماسية من الراديو ، مثلما كان يفعل الكبار .

بدأتَ خَجلاً تربكك كل حركة تأتي بها ـ هي مَن قادتكَ إلى بيتها بعد أن دفعتَ للرجل لَفّة الجنيهات ـ ، لكنها عرفت كيف تصبر على جهلك وانعدام خبرتك . استدرجتك إليها بكلمات تقارب ملاطفة الأمهات لأطفالهن ، وهمسَت لك كأنما تطمئنك من أن جوابك سيبقى

سراً ، ولن تسخر :

«أأنتَ بِكر ؟» .

لم تفهم مدلول الكلمة الغريبة ؛ إذ رفعتَ عينيك إليها ولم تنبس. ضحكت ، وعادت تلامسُ بفمها جانبَ وجهك ، وتهمس ، هذه المرة ، في أذنك على نحو أحسستَ بأنفاسها تخترقك كاللسعة ، مثيرةً فيك شعوراً تجرّبه للمرة الأولى :

«يعني ، أول مَرَّة ؟» .

أطرقتَ عندها هازّاً رأسك . لم تكن توغلتَ حقاً في مريم . «من بَرّه لَبَرَّه !» . غير أنك ، وبتنامي الشعور الجديد بأثر من أنفاسها الواغلَة في أذنك ، تجرأتَ لتضع يدك على ركبتها . وكنتَ ترتجف . ارتجفتَ وتعرَّقت كفُّكَ فوق مَلاسة ركبتها الصلبة التي انزاحت قليلاً ، ثم أفرَجَت في الحال عن تلاصق فخذيها ببعضهما بعضاً . أفسَحَت ليدك مجالاً أرحب ، وقادتك ، من يدك الأخرى ، صوب شواطئ لطالما أهرقتَ مياه صُلبك تتمناها باستمنائها .

تفتحت زهرةُ بلوغكَ ، وكنتَ في القدس ـ منفاك أو سجنك بالقسم الداخلي لمدرسة الفرير دي لاسال . طفَرَت مراهقتك بغتةً ، فمارستها سراً وواقفاً ، آخذاً رجولتك المتصلبة في يدك المتشنجة ، مستحضراً في غمام عينيك فخذَين دسمتين من ظلمة قاعات سينما الـ «فيلمين بتذكرة واحدة» . كنتَ داخل أحد المراحيض المجاورة لملعب كرة السلّة ، عندما قَذَفْتَ للمرة الأولى .

أتذكره ؟

الملعب المُسَفلَت الذي يحدّهُ من الشمال والغرب سور المدينة ، بحجارته الضخمة المتبقية من عهود الصليبيين ، فالمماليك ، فالسلطان العثماني سليمان بن سليم الذي جمعها من هنا وهناك . مثلكم : من هنا ومن هناك ، مثلما تجمعتُم لتنحشروا في كوى السور بتجويفاتها العميقة ؛ أولاداً من عمّان والقدس والخليل ونَابلس ، ترقبون منافسة

فريقكم لفريق مدرسة أخرى . وفوقكم ، في الأعلى ، على جبين السور وممره الحَجَري ، يصطف رهطٌ من الجنود يصفقون بابتهاج صاخب ، ويهتفون بتشجيع حميم لكل كرة حاذقة تدخل شباك السلّة . لم ينحازوا لأحد ، رغم تعاطفهم معكم بحكم (الجيرة) ؛ بقدر ما كانوا، ربما ، يستثيرون حماسةً ليوقظوها من سُبات الهدوء القاتل لأرواحهم ولخط الجبهة البارد. كانوا ، في الحقيقة ، يرقبون ويحرسون أرضاً حَراماً يُشرفون عليها من أعلى السور ، بعيونهم المجردة ومناظيرهم المقرّبة ، ينبغي أن تبقى حَراماً .

كان ذلك قبل أن تدخل المدينةُ في حربٍ ابتلعتها ، ولم تَعُدْ منها، بَعد .

وتلك ما ظَننتَها حربَكَ : لكنها لم تكن فعلاً .

فصارت ما عددتها جولتك الأولى : كانت كذلك حقاً . وكانت خاسرة .

فهّلا تساءلتَ عمّا جمعَ ، في تجاربك كلها ، بين الحرب والمرأة ؟

* * *

غسلَتكَ وحممتكَ كأنك وُلدتَ من رحمها للتو . من رحمها هي. دَعكَت جسدكَ بالليفة والصابون (كأنما هي أُمكَ أيام زمان) وكنتما في حَمّام فقير . أنتَ تجلس على كرسي واطئ ، وهي تقف خلفك تدلق ماءً فاتراً ، بينما الحرب تبتعد وتنأى لتنبعثَ في أغانٍ تتجدد بين حين وحين .

ثم طالَ الحينُ وامتدَّ فصارَ سنينَ كبرتَ عبر مسالكها ونَضَجَتْ في أيامها جمراتُ حروب أُخرى : تلك التي إنْ غَفَتْ قليلاً ، سرعان ما تنهض لتؤكد لكَ أنكَ الابن الموشوم بها ، ومنذ الولادة .

* * *

ولدتُ في سنة النكبة !

خرجتُ من رحمها !

تحت برج الحوت كانت ولادتي ، والحوتُ ابتلعَ بلاداً اسمها فلسطين؛ فخرجتُ إلى عالمٍ ناقص أزعقُ باكياً مطالباً بما يكفي من هواء. أكانَ الهواءُ ملوّثاً بحسب رواية التاريخ ؛ أم إنني زعقتُ ، أسوةً بغيري من مواليد 1948 ، لأنني أُخرجتُ من الرحم ؟ ما عرفتُ بأنني تنشقتُ سخامَ حرائق الحرب المُدَوِّخ للبشَر المهاجرين من حولي ، جاعلاً من حكاياتهم حكاياتي . ألهذا ، كلّما عدتُ إلى حكاية منها لأستذكرها وجدتها مترنحةً ، كأنها دائخة ، تستعينُ بغيرها لتكملَ نقصها المَنسيّ ! أو فهم تلك المنفلتة صوب شبح حكايات لم تولَد أصلاً ، فأرادت أن تكونَ ولو بالحكي ؟ أهو سخامُ الحرائق ما يلوّث حتى الحكايات ويشوّش تتابعها ؟

غير أنَّ أبي قال ، من جملة ما قال : «لا شيء يكتمل!».

كنتُ أنْصَتُّ إليها وأنْصَتُّ إليهم . طالَ الوقتُ وطالت الحكايات . كبرتُ أنا ، وكبروا هُم حتى كادوا يموتون ؛ فكان لا بُدّ من أن أكتب الحكايات قبل أن تموت هي أيضاً . فالحكايات ، كأصحابها ، تُدفَنُ مع جثامينهم وتُنسى ، كرفاتهم ، حين لا يعودُ سوى الصَّبار ينبتُ فوق قبورهم .

وفي حُمّى انخراطي بذلك كلّه ، كدتُ أنسى نفسي . كدتُ أنسى حكايتي ، بالأحرى . أو إن حكايتي مَا عادت تملك معناَها إلاّ حين أستحضرُ حكاياتهم هُم ـ أو صداها فيَّ ؛ فتحضُر هي بدورها .

لستُ أعرفُ كيف أنتهي مما بدأته .

أُصابُ بالملل أحياناً ، ويركبني هَمٌّ أنْ لا طائل من وراء عالمٍ لُوِّثَت جيناته بسخام الحروب .

3

مَلولٌ ولا أعرف الوقتَ .

وكذلك هذا اليوم المرتبك ، المتداخل في قوة نوره ، الزاحف تحت إنارة الخريف الواهنة . ثمة رائحة نوم لا تحدد صباحاً أو تُشير إلى النهوض من قيلولة متبطلة . غير أني أدركتُ ، لأنَّ الزمن حركة ،أن اليوم يُسرعُ إلى نهايته . لحظتها ، وكأنما فجأة وبقرار لا رجعة عنه، أخذَ العالمُ بالإعتام في برهةٍ لا تتعدى إغماضة العين النائسة .

ناسَ العالمُ مرةً واحدة .

فغفوتُ بسلامٍ كشيخ ، أو كطفل ؛ مع أنني في العُمر بينهما .

ورأيتني :

> ضرَبتني الكهرباء وقذفَت بي إلى السرير . زعقتُ من خوفي . ليس ثمة ألَم ، لكنها الصدمة ، والإحساس الواجف بالتيّار الجاف يسري في ذراعي حتى الكتف . لم أصدّق السوادَ الذي سادَ الغرفةَ ، خطفاً ، لحظة أن زعقتُ مطروحاً على السرير. أبسبب من انفجار اللمبة الجديدة، لحظة إدخالها في لولب ثريا غرفة النوم، وتهشُّم زجاجها الرقيق ؛ أم هي الصعقةُ شَلّت فيّ حاسةَ الإبصار؟ . . في ثوانٍ لا تخضع للحساب ، طفرَت في

داخلي مطمورات سحيقة في القدَم . تأتيني مفتَّتة ، كوصفة العطّار ، خالصة من أثقالها : من وجوبات الوقت الموظَّف لترقيم الأعمار ، وترميم العلاقات الهندسية داخل البيوت حادة الزوايا غالباً ، التي علّمونا أن نرسمها في حصص الفن على دفتر عريض ناصع البياض ، محبحب قليلاً ليكتسبَ خشونةً تجعل للألوان الشمعية تشققات لا تخطئها العين ، أحبها وأفضّلها على المساحات اللونية الصقيلة البريئة من أي تشقق أو تشرُّخ أو - كما تقول حبيبتي «ماسة» واصفةً الغلَط في الأشياء الجميلة بـ «الديفّو» . أنا أحب هذا الـ «ديفّو» لأنه يؤنسن الأشياء . الغلَط يؤنسن العالمَ ويجعله في متناول محبتنا دون رهبة . والرب يسوع المسيح تكمن قوته في أنه عاش بيننا إنساناً . وأن تكون إنساناً يعني أن لا تكتمل . وكذلك . . . ، لكن أُمي اعترضت حين قُلتُ هذا على العشاء ، وأبي رفع عينيه عن الطعام وحدجني بنظرة أشد برودةً من صمته المُعتاد . ليس بمقدوري تحديد لِمَن كانت الضحكة الهازئة ؛ لأُختي الصغرى أم لأخي ، غير أني أتذكر أختي الكبرى وهي ترسم شارة الصليب . وأبي يخلع نظارته ويسهم ، بينما يفركُ زجاجها بمفرش المائدة ، ويتطلع بعينيه الصغيرتين إلى لوحة «العشاء الأخير» - نسخة لا أعرف فنانها - المواجهة له على الحائط .

ربما كانت هذه إحدى قصص ما عدّوه خروجاً مني على مفاهيم العائلة . لكنني أفهمُ أن الإنسان الحق هو الإنسان الذي يسعى إلى الكمال ولا يبلغه أبداً . أن تكون إنساناً يعني أن لا تكتمل : أن لا يستقيم عملك تماماً : أن لا تحصل على علامة 100 من 100 ، أو تقدير ممتاز : أن لا ترسم بيتاً مكعباً بأربع أو ست نوافذ ، بطابقين ، بباب

أمامي في الوسط ، بحديقة صغيرة وسياج واطئ ، بغيمات قليلة كالقطن تتناثر حول الشمس الشمّوسة ، بمدخنة تعلو السطح تخرج منها ثلاث دوائر سود ينبغي أن تكون دخاناً للموقد الإنكليزي في صالة المعيشة حيث اعتاد الأب قراءة الجريدة بعد العشاء ، حاملاً غليونه كقبطان متقاعد، والأُم عاكفة على حياكة الصوف كأي أُم طالعة من حكايا الجنيّات ، والصغيران ليزا ومارك يتقاذفان الكرة فوق البساط الملوّن ، والكلب بوبي يرقد عند مصطبة الموقد الرخامية مستدفئاً بالنار الأمينة، ونائماً بعينين عجيبتين : عَينٌ مُغمضَة ، وعَينٌ مُشرَعَة !

كأني أرى الأشياء والعالم بعينيّ هذا البوبي الوديع : عين تفحص الداخل وتغور ، وعين ترصد الخارِج وتدقق. الأولى تغرقُ في الأحلام أو ما يشبهها ، والثانية تحاكم العالمَ وتنصب له المعايير . لكنَّ مشكلتي ـ حتى وإنْ كان ذلك صحيحاً ـ أنني مُصابٌ بازدواجية الرؤية . «دبل ڤيجن يعني» ، بحسب ما فسَّرَت «ماسة» لي الأمر.

«أنتَ تخلط ولا تميّز . لديكَ انحراف».

فحاولتُ أن أفهم ، ولكن على نحو مجازيّ :

«على الأقلّ لستُ منحرفاً ».

سارَعَت ، وكأنها انتهزت فرصةً لن تفوّتها هذه المرة :

«لستَ مستقيماً ، تماماً ، أيضاً . »

«أعرف. كُلّنا كذلك . لكنني معكِ بريء كالحَمَل».

لكزتني بمرفقها ، فأصدرت أجراسُ إسوارتها الصغيرة صوتَها النشاز، ونفذت إليّ رائحة عطرها القوي ، ورأيتها تُسقطُ سيجارتها في تِفْل فنجان القهوة ، قبل أن تقول :

«على هامان يا فرعون !».

انزعجتُ حقاً من تعليقها الذي وجدتُ فيه شيئاً من سوقيّة لا أحبها. هذه ليست «ماسة»! ليست «ماسة» كما وددتُ أن تكون. حاولتُ، متفكراً، تجميع ما حدثَ ورسم الحدود. وانزعجتُ كذلك لأنني، كما أراني، لا أستحق تشبيهاً كهذا، وقد قطعتُ معها هذا الشوط. أدخَلَتْني دائرةَ الارتباك والشعور بمرارة لم أعثر لها على حَل، فطال صمتي. ولو أني أمعنتُ التفكير وقتها لما كانت رَدّة فعلي هكذا، ولاعتبرتُ أنني في علاقة مع امرأة ليست من «بنات اليوم» - كما يفهم نجيب الغالبي النساء -؛ إذ هو يقسمهن إلى ثلاثة أنماط. الأول:

«بنات اليوم. مخلوقات مُحَسَّنَة بفضل الهرمونات والتناكح مع الغرباء من دون الأقرباء. جميلات وناضجات قبل الأوان. نهودهن مندفعة تتحدى العالم الذكوري وفحولته، ورؤوسهن فارغة تُعَبَّأ كالساعات أيام زمان، أوّلاً بأوّل. عليكَ بواحدة منهن من أجل أن تجرّب مذاقهن، ولن تكررها».

ولأنني كنت فرغتُ منذ وقت قريب من قراءة رواية الياباني كاواباتا «الجميلات النائمات»؛ فلقد استفسرتُ منه عن ذلك، فقال:

«طعمهن كالسفرجَل المُرّ. لا يستساغ. باختصار».

فأردتُ المزيد، متشككاً في تجاربي:

«لا تبالغ. لابد من وجود سِحر في الصغيرات. هذا كاتب كبير، كما تعرف».

فحدّقَ في عينيّ بتركيز مَن لا يريد لفريسته أن تفلت؛ إذ قبض على ساعدي بأصابعه المرتجفة بعض الشيء. حينها، وكالاكتشاف الذي يبغت المرءَ على غير انتظار أو سَعي، عاينتُ فارقَ العمر بيننا: كانت البُقَع البُنيّة الباهتة تنفرش بكثرة على جلد قبضته التي برزت منها شعراتٌ بِيض. وكان الخاتم أيضاً. للمرة الأولى أراه بهذا القُرب. خاتم كبير غَليظ يحيط بإصبعه، وثمة فصٌّ ضخم نوعاً يتوّج الحلقة الذهبية بحُمرة داكنة. فيما بعد، ولأنني لستُ من العارفين بدنيا المجوهرات

ومصوغاتها، سألته عن الفَصّ ضمن ثرثرة عابرة ، فقال : «حجرٌ كريم». ولمّا وجدني غير مكتف بجوابه ، أضاف : «سأشرح لك بمناسبة قادمة. لكنني أخبرك بأنه خاتم العائلة».

إثرها ؛ ضحكتُ في سري لخاطر أن نجيب يريد بجملته الأخيرة أن يوحي لي بانتسابه لعَراقة عائلية ، أو لشيء من هذا القبيل . ولعلّ حرصه ومحافظته على ارتداء ثياب تُكسبه مظهراً طبقياً مميزاً ، هو أقرب لأن يكون إنكليزياً تقليدياً يعود إلى فترة أُفول الإمبراطورية العتيقة وانطفاء شمسها ؛ ما حَثّني لأسأله ، في يوم مضى ، عن بلَده الأصلي في فلسطين .

«عكا . نحن من عكا . أرومتنا هناك من أيام نابليون».

«ولو !» ـ رأيتُ يومها في كلامه ادعاءً ، أو ربما مبالغةً . فأنا لستُ قارئاً للتاريخ ، كما ينبغي لمدرّس مثلي يتهيأ لأن يصبح كاتباً متفرغاً يتيحه ادّخارٌ طيّب ، وميراث يدرّ دخلاً معقولاً كل شهر . لكنه استطردَ مؤكداً بإصرار :

«بل هناك قبل أيام نابليون».

. . ثم أخذ يفصح عن وجهة نظَره بكلمات تَعَمَّد أن ينطق بها كأنما ليست جُملاً متصلة :

«انتبه . كاتبك الكبير لم يتذوّق الصغيرة النائمة . اكتفى بمجرد التحديقَ والملامسة . كان يبتهل للجمال البِكر. كان يُصلّي في معبد الجسد».

. . ثم سمعتني ، وقد فوجئتُ بهذا الوصف الذي لم أتوقعه منه ـ ولعلّي أُخِذتُ به ، بالأحرى :

«وبعد ؟».

«لا شيء . نَدْبُ الشباب ، ورثاء الفحولة !».

وأفلتَ ساعدي بعدها ، راجعاً بظهره إلى الوراء ، ناظراً باتجاه أبعد

مني ، خلفي ، حيث طرَقَت سَمعي أصوات أنثوية سريعة ، لكنها خافتة ، تبعتها قهقهةٌ خاطفة فَرْقَعَت كسدادة فلّين . استدرتُ لاوياً عنقي ، ورأيتُ فتاتين تهمّان بالجلوس إلى أجهزة الكمبيوتر في الإنترنت كافيه الملحق بـ «دارة القهوة» حيث نجلس . إحداهما تغطي شعرها بمنديل خمري اللون ، والأخرى بقبعة لاعبي البيسبول على نحو معكوس . حدث هذا بسرعة حركتهما الرشيقة . ثم لحظتُ تفضيلهما لبنطال الجينز الضيّق ، فقلتُ من فوري :

«جميلتان والله !» .

فردَّ الغالبي بنبرة هي بين الامتعاض الزائف والإعجاب الخفي :

«السَّفَرْجَل المُر !» .

ومن غير أن أعترض أو أُبدي نيّة التعليق ، أردف :

«سأُريك ، عندما تزورني ، شيئاً يصوّر لك معنى هذا السفرجل عند كاتبك الكبير » .

ولمّا لم أعثر إلاّ على كلمة «شكراً» أنطق بها ، أضاف :

«سأُعرّفك على مَن سبق كاتبك وتذوّقَ مرارة السفرجل . هل سمعتَ بجان جيروم ؟» .

دُهشتُ من إتيانه بهذا الاسم الأجنبي . نطقَهُ على نحو مباغت ، كأنما أراد فضح جهلي بالإعلان عن معرفته الأوسع . من جهتي ، خلته اسماً مألوفاً . متأكد أنا من هذا . غير أني عجزتُ عن تحديد هويته ، أو تخمين أي من المشاهير هو ، وإلاّ : من أين لنجيب الغالبي ، صاحب (البزنس) الكبير في الكويت وغيرها ، وهاوي المعرفة بالأمراض والصحة ، أن يعرف عنه ؟ خلْتُ أنَّ غبطته عَظُمَت عندما وجدني حائراً حيال مسألة غامضة يملك حلّهَا بين يديه ـ إذ قال:

«ستزورني قريباً يا صديقي . قريباً أيها الكاتب ! »

لم أفهم لِمَ تَقَصَّدَ أن يكون كلامه ، هذه المرة ، بالفُصحى .

* * *

كانت المرة الأولى التي يدعوني فيها لزيارته . مضى على تعارفنا ما يقرب من سنة كاملة . هبَّت «عاصفة الصحراء» ساحبةً الجيش العراقي إلى داخل أراضيه مدحوراً خاسراً الكثير من جنوده وآلياته ، ومُعيدةً الكويت إلى منظومتها الأولى . غير أن الغالبي لم يَعُد . افتتحَ مكتباً للاستيراد «لتسيير الحال وقضاء الوقت» ـ بحسب تعبيره ـ ، مكتفياً بما جناه . ومن جهتي ، لم أُبد اعتذاراً ، ولو تأدباً ؛ لدعوته غير المحددة بوقت . كنت أتشوق لمعرفة المزيد عن شخصه ، ورددتُ لنفسي أنْ لا مكان يحتفظ بمكنون الكائن مثل بيته .

لا أُخفي أنَّ إقراراً كهذا إنما استقيته منه ، ربما بسبب طول ترديده عليَّ ، فتسربَ إليَّ وباتَ ، دون إرادة مني ، كأنما هو رأيي الشخصي.

أوليست الحياة هكذا ؟

أولسنا ، نحن الأفراد أبطال مرايانا ، مجموعة تشابهات ومفارقات وتناسخات ومقاربات نستقي من بعضنا بعضاً لنفترق ، بعد خبيز الذاكرة، عن بعضنا بعضاً ؟

* * *

ذهَبتَ وقرعتَ باب بيته ، ففتح لك .

حين تتذكر تلك السهرة سرعان ما يحضر الباب في خيالك أولاً . أنتَ أمامه لتقرعه . عيناك على خشبه الماهاغوني المدهون جيداً بتضليعاته الغائرة ، بينما ثُبتت في وسطه قطعة نحاس بهتت لمعتها ، وبالحرف الديواني خُطَّ الاسم بالأسود : ***عزيز رزق الله !***

حرتَ أول الأمر ، محمّلاً نفسك مسؤولية الخطأ في الاستدلال على العنوانَ . غير أنك نفيتَ ذلك على الفور ؛ فلقد أوصلته إلى هذه البناية مرتين . كانت المرة الأولى بعد أن استقرت أفواج المطرودين من الكويت، وتيقنهم من تبدُّد سراب أمل عودتهم إليها . والمرة الثانية قبل أسبوعين أو أقلّ قليلاً . انتَ لم تصعد ، وهو لم يُلحّ . إنها البناية نفسها . لا مجال للخطأ . في الشارع نفسه . بين «حديقة الطيور»

وروضة «عالم السنافر» . حَيٌّ هادئ ليل نهار . ولهذا السبب ، مثلما كرر على مسمعك مرات ومرات ، قررَ نجيب الغالبي أن يشتري الشقة في الطابق الأخير . ونفّذ قراره .

«الشقةُ على نصف مساحة البناية ، والباقي (روف) تابع لها . مملكة بحق ! » .

حَدّثكَ ، إثر تعارفكما وزوال حاجز التحفُّظ ، وحماية ما يُعَدّ خصوصيات شخصية .

وكنتَ تصمت ، أو تغمغم خلال اندفاعه بالحديث عن ضرورة التريث قبل حسم مسألة امتلاك الشقة . فالبيت، وكثيراً ما كان الغالبي يعيد ويزيد من أجل جعل نظريته بمثابة حقيقة مُطلقَة : «هو فردوسك الظليل أو جهنمك الحمراء ! » .

فلا تجد ، حيال ذلك الدأب ، سوى أن تقول :

«طيّب . لكنك تقول أيضاً إن البيت يكتسب شخصيته من شخصية صاحبه . أو شيئاً من هذا القبيل . كما أذكر» .

يسارع ، مثلما هي عادته في مناسبات كهذه ، ليمسك بيدك فوق سطح الطاولة ، ضاغطاً عليها ، موجعاً لظاهرها بصلابة خاتمه الكبير :

«براڤو ! هذا صحيح . أنتَ لم تنسَ . براڤو » .

عندها ، رغم صراحة الإطراء على ذاكرتك في تعليقه ، يختلط الأمر عليك فلا تتيقن إنْ أنتَ مَن طاشَ إدراكه للعلاقة التوافقية بين شخصية الساكن وشخصية المسكون، أم هو مَن لم يجد تناقضاً في قولين متعاكسين : البيت فردوس أو جهنم من جهة ، والتريث في امتلاك البيت من جهة أخرى . فما دام البيت لا يؤنَّث إلاّ بحسب ساكنه، فإنّ التريث لا معنى له في هذه الحالة ! فالقرار محصلة لطبيعة الشخص ومرآة لهواه .

على أية حال ، ولحظة أن بددتَ بنفسكَ أمرَ مكاشفته بشكوكك حيال انسجام أقواله ، مزمعاً الانتقال إلى موضوع آخر لم تفكر به أو

تحدده سلَفاً ؛ بادركَ بصوت متمهل أراده ثاقباً حافراً تأثيره فيك :

«انتبْه يا صديقي الكاتب . البيوت تملك أرواحها الخاصة!» .

للحق ، وعليك الاعتراف بهذا ، كان لجملته الأخيرة أن أبطلت كالسحر رغبتك بالانعطاف نحو موضوع جديد . أجبرتك جملتهُ على البقاء متأملاً كل ما يختص بالبيوت ، وسُكّانها ، والصِّلات المرئيّة والأخرى السرية الخَفيّة ، القائمة بين الأمكنة والبَشَر .

سقطت كلماتُه على داخلكَ مثل حجر في قعر بئر خاوية ، فطفقَت ترجيعات الصدى تتصاعد مُعيدةً تلك النفثات التي كدتَ تنساها . نفثات البيت وسط البلد وصحن المدينة . في عُمق «دخلةَ هاشم» . آخر الزقاق حيث تكون الدرجات الملتوية أولاً . ثم البسطة الكبيرة . وبعدها تواصلُ صعودك العَفيّ - إذ كنتَ لا تزال شاباً عَفيّاً - لتصلَ إلى باب البيت . سبع وثلاثون درجة حتى تصل باب البيت : باب البيت من الحديد المدهون بالأحمر . وبضلفتين متساويتين إحداهما دائمة الانغلاق، والأخرى ، على يمينك ، يَنْحَلّ رتاجها بفعل تيّار كهربائي يسري فيه بأزيز مسموع ينقطع حال دفعكَ للباب . . فيُفتَح . كان الجهاز جديداً عجيباً وقتذاك ، رَكَّبَهُ لكم جاركم «جنحو» ، الكهربائي .

انفتحتَ على الأشياء القديمة ، وانفتَحتْ الأشياء القديمة عليك . صرتَ تتجول فيها لأنها أخذت ، بدورها ، تستعيد حيواتها فيك . دون أن تتساءل طويلاً أو كثيراً ، جعلتَ لهذه الحالة تلقائية التوالُد عبر مشاهدها المتوالية . بلا ترتيبها الأول . مثل أفلام بازوليني ، حيث تقف في مدخل البيت . في الأعلى . في الفسحة بين المقعدين . أمام المرآة الكبيرة ، مستعرضاً هيئتك الجديدة ، مزنّراً وسطكَ بنطاق جُعبة الذخيرة الخاكيّة الضاربة إلى الأخضر الحشيشي وبها أمشاط الرصاص المائلة بانعقاف كقرن ، والحَرَبَة ، وعلبة زيت السلاح ، وعلى كتفك علقْتَ بندقية الكلاشينكوف ، «أخمص حديدي» - كان هذا امتيازاً ذلك الوقت - ، وكنتَ شاباً يافعاً فشلتَ في التحايل على زهوكَ حيال

صورتك في المرآة ، فأزْهَرَت فَرْحَةٌ صغيرة طفحت على شكل ابتسامة حرّكَت زاوية فمك ، لكنك سرعان ما كبحتها ، فغابت عن لمعة المرآة : هكذا تتشابه صورتُكَ مع ملصقات الفدائيين وصورهم .

لم يكن لك شارب وقتذاك تُخفيه مع ما تخفي من ملامح وجهك ، ابتغاء السرية وحَظْر الظهور ، في لَثْمة «الشماغ» أو «الحَطَّة» . لم يكن لك امرأة حقيقية وقتذاك ؛ اللهم إلاّ مريم الصبيّة التي فُصلَتْ عنك بالأمر الواقع المفروض من الجنرال موشيه دايان ـ وما كنتَ ، أيام الصدمة الأولى ، لتصدّق ما حدث . وما كنتَ لتصدّق توالي ما جرى عندما كَفَّ الرجلُ الغريب عن بكائه الصعب ، وأخذ يتحدث . لم يتحدث كثيراً . أوْجَزَ ؛ فسارعتَ إلى غرفة المعيشة حيث الهاتف ، عازماً على الاتصال بمريم . زعمتَ أنك تريد الاطمئنان على صديقك أڤاديس الأرمني .

«سأكلّمْ آڤو» ، قلتَ لهم .

«لن تستطيع . » ، قال الرجل الغريب . وأطرقَ من جديد .

«جَرِّبْ . » ، قالت أُمكَ . وكان يأسٌ في صوتها وانقطاع أمل . وعندما رَدَّتْ عليك عاملة المقسم ، في دائرة البريد القريبة من بيتكم ، والمناط بها إيصالك بالرقم المطلوب : «تَمْزَح ؟ مش وقته !» أصّريتَ على جديّة طلبك ، محاولاً إخراس التشكك وقَتْل التوقُع المتولد :

«لا أمزح . أريد هذا الرقم» .

مَرَّت لحظاتُ صمت في الطرف الآخر . ربما عبَأتها عاملة المقسم بالتخمين عن احتمال أنك لا زلتَ تعبث ، أم أنت جادٌ حقاً في طلبك . سألتك ، كأنما تختبرك :

«أقلتَ إنك تريد مكالمة القدس ؟» .

«نعم . هذا رقم القدس . بيت حنينا» ، أجبتها ، بينما التوقُّع الوليد ينمو ناهشاً أحشاءك ليجوّفك ويملأكَ بالخوف .

«يا ريت ! » ـ قالت هذا ولم تزد . قالت ذلك وكانت نبرتها محمّلة

بمليون آهة . مشحونة بألف حسرة . مُرسلة صفعةً واحدة كافية لأن تعيد إلى رأسك دُوار ما كانت تفعله صفعاتُ المدرّسين الرهبان الأخوة حين كنتَ ، قبل ثلاث سنوات فقط ، تلميذاً تدرس هناك . في القدس . في المدينة التي صار الوصول إليها ، بالهاتف ، رجاءً بلا تحقق . لم يكن ذلك كذلك قبل أسبوع . قبل سبعة أيام .

قبل هذا بسبعة أيام ، وربما سبعة أخرى أو أكثر، لم يكن ما وقعَ قد وقع .

كنتم تجلسون في الغرفة ذات الواجهة المزججة العريضة ، كعادتكم، تلتمسون بهجة شمس أول الصباح . الواجهة تطلّ على الزقاق مباشرة . الزقاق يمتلئ بزبائن مطعم هاشم المتحلقين ، مجموعات متفرقة فوق كراسيهم الواطئة ، حول صحون الفول والحمص ومشتقاتهما . ومن إحدى النوافذ المشرعة في الواجهة ، كانت أصوات الزقاق الأليفة وكلٌّ في جلسته يشاهد ويسمع : القوقآت المتصاعدة من أقفاص الدجاج لّما أخرجها صاحبها من الدكان الصغير أسفل البيت تماماً. الاصطفاق المعدني لباب موسى الحلاّق يُرفَع بعنف . طرطشة المياه التي يكنسها غارو من أمام مقهاه ، بأقلّ أذىً يلحقه بمغمّسي فطورهم مقابله، مفسحاً لصَبيّه مجال نقل الصواني المحملَة بأكواب الشاي الأستيكانات الرقيقة والدوبُل المُضَلَّعَة . يوسف، بائع الجرائد ، يحمل الرُّزم المخصصة له ليرتبها بحسب أسمائها على عتبة مكتبة عزيزية المجاورة : الجهاد ، الكفاح ، فلسطين ـ أما المجلات الأسبوعية مثل حواء ، والصيّاد ، والكواكب ، والموعد ، وآخر ساعة ، وروز اليوسف، والمصوّر ، وصباح الخير ؛ فلقد استعادها من (بيت الدَّرج) حيث كان يؤمنها هناك، عندكم ، في آخر النهار : كنتَ أنتَ مَن ضغطَ مكبس الرتاج الكهربائي قبل ساعة لتفتح له . لم تخبره ، يومها ، أنك احتفظتَ بنسخة من «صباح الخير» لإعجابك ببورتريه جمال قطب الملوّن لوجه جمال عبد الناصر ، تضيفه للآخر الذي رسمه لأم كلثوم . كنتَ مدمناً على تصفُّح المجلة لأنك ، مثلما كنت تتوهم ، ستصبح فناناً، والمجلة تعتمد

التخطيطات والرسومات بدلاً من الصور الفوتوغرافية . وكان المذياع في مقهى غارو يبثّ أصواتاً لا تميّزون إنْ كانت أغاني وطنية، أم هي وصلات إخبارية عن حرب ستقع ، عندما تناهى إلى سمعكم دبيبٌ غريب !

نهضتَ لتنظرَ مصدر الصوت الثقيل ، فلمحتَ في الفراغات بين البنايات المواجهة للشارع العريض ، ضمن المنظور الذي أتاحه السطح المنخفض لمقهى السنترال ودرابزينه ، رتلاً من الشاحنات العسكرية . رأيتَ هذا كأنما ترى ، الآن ، لقطةً بطيئة في فيلم سينمائي . كما رأيتَ، للمرة الأولى ، وبحسب ما أخبرتَ مريم بعد ثلاثين سنة ، أربع دبابات محمولة فوق ناقلات ضخمة !

إذن ؛ هي الحرب واقعة لا محالة . ثم سرعان ما تصاعدَت هتافات الناس الذين اصطفوا متراصين على الأرصفة ، واصطخَبت رَنّات التصفيق بوصلات الزغاريد .

لم يعبر الرتل من أمامكم ؛ إذ واصلَ تقدمه منحرفاً صوب مطعم جبري ، ومقر جماعة الأخوان المسلمين ، ومركز النهضة العلمي ، وسينما زهران . ثم نأَت الأصوات والمرئيات لتختفي بعد وقت كأنما لم تكن . نظرتَ إلى الزقاق ، فرأيته خلا إلاّ من موسى الحلاّق ، وغارو القهوجي ، والحاج أبو مصطفى بائع الدجاج ، وهاشم الفوّال . كانوا جميعهم يصطفون على الرصيف ، خارج الظِّل الذي شكلته البنايتان المحيطتان بالزقاق ، مغمورين بشمسٍ صعدَت فأجبرتهم على رفع أيديهم فوق عيونهم كسواتر يرنون من تحتها إلى ذيل الرتل الآفل كخيال بلا قِوام .

وارتفعتَ بنظركَ فشاهدتَ ، في المقابل مباشرة ، ثلاثة نزلاء على شرفة «كليف أوتيل» تتجهُ رؤوسهم إلى هناك .

. . ثم سمعتَ صوت أُمكَ يفيض بالقلق :

«الله يجيب أخوك على خير . أنا خايفة تقوم الحرب وهو هناك» .

«موعده اليوم» ، قال أبوك ، متطلعاً إلى الأسفل جهة اليمين، حيث مكتب سفريات الرشيد : عمّان ـ بيروت . عمّان ـ دمشق . عمّان ـ القدس .

كان التاريخ هو الأول من حزيران 1967 !

4

تركتُ أخي هناك ، في القدس ، وعدتُ إلى عمّان .

ليست أوّل مرّة أتركه . إنها الثانيّة .

في المرّة الأولى عَظُمَ الأمرُ عليّ . رافقنا أبي ، مُحمّلَين بما نحتاج من ثياب في أول حقيبتين يشتريهما خصيصاً لنا ، وذهبَ بنا إلى القدس . لم يكن سَفَراً وقتذاك . كان انتقالاً سهلاً عاديّاً إلى مدينة مجاورة . مجرد مشوار صغير ، أو بحسب ما كانوا يقولون «خَطْفة رجْل» ! قضاء حاجة حتى الظُهر ، ثم العودة عند المساء . هكذا كَانوا يفعلون . الناس. لكنَّ الأمرَ ليس هيناً ، في نظري . لم يكن هيناً ، أعني ، أن أعيش رهن أنظمة مدرسة داخليّة ، وفي مدينة بدَت لي موحشة ، بأسوارها العتيقة ، لا أعرفُ أحداً فيها . شعرتُ أنَّ بَتْراً يحدث لي . تمزيقاً أو تنحيَةً لشيء في داخلي وقذفه في الزبالة ! شعرتُ بذلك ، بالبتر ، كلّما جررتُ وأخي حقيبتينا على حجارة الأزقة من باب العمود إلى دير اللاتين ، صعوداً ، حتى المدرسة عند باب الجديد . أكانَ بَتْراً ، حقاً ؟ علّها كلمة لا تناسبُ وعيَ الصبي الذي كنتُه سنتذاك . غير أنها أوّل ما يخطر لي الآن ، إثرَ انقضاء أكثر من ثلاثين سنة على تلك المرّة الأولى .

أذكرُ أبي يتقدمني وإلى جانبه أخي ، في حين أتبعهما بتَعَبٍ لا مبرر

له ! كأنما لستُ أنا الأكبر من أخي والأقوى ، وأبي ليس عجوزاً جاوزَ الستين ! الاثنان يمضيان أمامي بلا تردد ، بلا تلكؤ ، وأنا يتفصّدُ العَرَقُ مني ويباغتني إحساسٌ كالمغص ! أهي الرائحة التي تملأ الأزقة في العاشرة صباحاً ! رائحة غريبة ؛ ليست منفّرة أو كريهة ، مثلاً ، لكنها رائحة أجيز لنفسي ، الآن ، أن أقتربَ منها ، من حقيقتها ، أو من حقيقة تصوري لها ، ربما ، فأقول : رائحةُ القدَم ! نكهةُ العَتاقَة ! أو أن ذلك كلّه ليس سوى محاولة مني ، متأخرةً ، لرسمِ مشهد أدبيٍّ يُلَمِّحُ إلى ما هو أبعد من تفصيلٍ صغير حضرني اللحظةَ كالرؤيا ، يلحُّ لأكتبه قبل أن أنساه :

كان باباً خشبيّاً عتيقاً ، على يمين الزقاق الصاعد ، منفرجاً إلى نصفه، بمسامير كبيرة في عوارضه ، سوداء بها صَدَأ ، وفجأةً يطلعُ من عتمة الداخل ولدٌ في مثل عُمري ، أو أصغر في عُمر أخي ، ليقفَ وينظر إليَّ وعلى وجهه بسمةٌ هازئة ! شقَّ البابَ ووقف يواجهني ، كأنما كان ينتظر قدومي ! بوغتُّ وشعرتُ بإهانة ، أو هي شتيمةٌ صامتةٌ أطلقها في وجهي ، دون سببَ ! فارَ دمي غيظاً ، لكنني سرعان ما تحوّلتُ إلى مشدوهٍ لمّا تبينتُ أنه مجرد راهب يتسربل بثوب الفرنسيسكان البُني الغامقً ، وعلى وسطه الحبل الأبيض معقودٌ بإهمال تحت بطنه ! راهبٌ ولَد ! ولَدٌ راهب ، بشَعرٍ أحمر حليق يكادُ يشفُّ عن جلدة رأسه ، ويتسيَّل تحت فمه وفوقَ ذقنه اللعاب الثقيل الذي يصاحبُ وجوه المعتوهين ، أو البُلهاء ، دون إرادة منهم ! أولئكَ الذين صادفتُهم يمرّون أمام تخشيبة خضر شاويش ، علىً السيل ، يبرطمون ويحدّثون أنفسهم! توقفتُ أتحداه ، مسقطاً حقيبتي الجديدة المليئة بثياب تكفيني شهراً ، لترتطمَ على البلاطات الحجرية المحدبة الملساء . نظرتُ في عينيه. رأيتُ دموعاً لا تتناسب وضحكة الهزء الخرساء اللاوية لفمه ! وعندما تقدمَ مني بلا وَجَل ، بصندله الجلدي محلول السير، فُتحَ البابُ على وسعه وخرجت منه امرأةٌ ناحلة لتمسكَ بردن ثوبه ، وتسحبه للداخل . عانَدَها دون أن يزيح عينيه عني! «يللا ، ادخُلْ» قالت. كان صوتها خفيضاً

كأنها تهمسُ ، لكنه لم ينصَع لها ولم يدخل . حاولَت سحبه من جديد، وكان ، كلّما أصرَّت ، يزداد عنادهُ ويتحوّل إلى صخرة مكينة تتشبث بالأرض ! لم يكن ليقول سوى : «لأ لأ لأ» على نحو هذياني ، ولا ينقل نظرته الجامدة المتفحصة المدققة بوجهي ! انخلَعَ قلبي لمّا نظرتُ فيهما ! كانتا عَينيّ أعمى لا ترمشان لكنهما ، في تحديقهما المثابر ، تريانني وتتمسكان بي ! لا تريدان إفلاتي وتُصرّان على جَرّي إلى كهفيهما الفاغرين ! عندها ؛ تحركتُ في مكاني لا أعرف كيف أفلت من هذا الموقف . أدرتُ ظَهري لهما لأمضي هارباً . «يللا ادخُلْ» ، هتفَت المرأةُ بصوت بدأ يعلو : «يا حبيبي ادخُلْ يللا» ! وعندما غذذتُ خُطاي لألحق بأبي وأخي ، وكانا ابتعدا ، وصلني صوتُ ارتجاج الباب الخشبي العتيق إذ أُغلِقَ بقوة ، غير أنَّ آخر نداءاتها رَنَّ في أُذنيّ : «ادخُلْ يا . . .» .

كان اسمي هو المُنادَى ! ثم ما لبثت حواسي جميعاً أن تعَبَّأت بالرائحة!

أكان اسمي ، حقاً ، ما هتَفَتْ به المرأةُ في ندائها الأخير ؟

أم إنَّ ذلك محض تخمين استدعتْهُ فراغاتُ الذاكرة ليعبئها ؛ فتجرأتُ، بعد تلك السنين ، لأحسمَ الأمرَ زاعماً أنَّ المُنادَى كان أنا ؟ هذا جائزٌ بقدر ما هو ليس مستبعَداً أن يكون الاسم ، المتصادي الآن في داخلي ، لا يزال يأتيني ، كما هو ، من شقوق عوارض الباب الخشبيّة.

لحظةَ أن عبرنا بوابة المدرسة ومشينا ، ثلاثتنا ، في الساحة الأمامية ؛ قُرعَت أجراس دير اللاتين ، فصارَ للمكان رهبته في قلبي! حتى اللحظة! حدّقتُ أمامي ؛ فكانت الواجهة الجَهْمَة تقابلني ، بحجرها المُصفَرّ وبابها الطولاني الرئيس . مشينا محاطين بنظرات طُلاّب كانوا وصلوا قبلنا . غداً يبدأ العام الدراسي. إذَن : **هُم من القسم الداخلي** . مثلنا. استنتجتُ . وكنتُ ارتبكتُ وعاودني المَغص! أحسسته يفتتُ

أمعائي . جَفَّ عرقي ، لكن حلقي باتَ ناشفاً . به عَطَشٌ، وبه مرارةٌ ، وبي حزنٌ على نفسي ! هي طبيعتي . ليس سهلاً عليَّ أن أتآلف مع غرباء . غرباء يحدّقون بي ! غرباء في مكان غريب ! وصلنا الدرجات المؤدية إلى الباب الرئيس والعالي . عددتُها : كانت متفرعة إلى يمين ويسار : في كل جهة أربع درجات ثم البسطة ، وأربع أخرى فالمصطبة العريضة حيث يكتمل جناحا اليمين واليسار . وكان الباب يفضي إلى غَبْشَة ورائحة المدارس المعهودة . رائحة تنفّرني . دلفنا يتقدمنا أبي ، أنا وأخيَ كلٌّ وحقيبته الثقيلة تهدّ كتفه ، ثم توقفنا لا نعرفُ ماذا بعد .

***

أما بعد ؛

قالَ فرير فرانسوا ، مدير المدرسة ، وكان أرمنيّاً باهت السُمرة ، أنَّ لمدرسته ضوابط وأنظمة ينبغي الالتزام بها ، وإلاّ . . ؛ ولم يضحك ! أنتَ تذكر هذا . لم يضحك ـ ولو على سبيل مجاملة أبيك الصامت الذي يبتسم بطيبة رجل يودعُ أبناءه لدى الراعي الصالح ! ـ ؛ بل نفخَ الهواءَ من منخاريه فارتعش شعرهما الكثيف . رأيت ذلك . أنتَ رأيتَ كميّة الشعر تسدّ الفتحتين وترتعش . ورأيت الشعرَ ينفذ من أُذنيه الكبيرتين أيضاً . ثم رأيته وقف بطوله وخرجَ من خلف مكتبه ، وضربَ بمسطرة كانت بيده جانبَ ثوبه الأسود السميك، فسمعتَ صوتَ **اصطفاقٍ قلتَ يوماً لإحدى ماساتكَ عنه : لا أبالغ . صدّقيني . كانت أجنحةُ شيطان !** *ورأيتَ ، فيما رأيتَ ، نظرةً صارمةً في عينيه ، ضخّمها زجاجُ نظارته ، وسمعتَ جملته قاطعةً كالسكّين :*

«الدورتوار في الطابق الأخير . اصعدا وضَعا أغراضكما . هيّا ! » .

نظرتَ إلى أخيك ، إلى عينيه ، تسأله إنْ كان يعرف ما الدورتوار ! قلبَ شفتيه ولم يُجب ، بل حَتَّكَ ، فور وقوفه رافعاً حقيبته ، على فعْل ما يفعله . **كأنه لا يَبالي !** *حدّثتَ نفسكَ . وخرجتَ معه .*

توجهتما صوبَ الدرج على يسار مكتب المدير . لمحتما في تلك

اللحظة صبياً يخرج من بابٍ على اليمين ، يرسم بأصابعه شارةَ الصليب، فاكتشفتما أنها الكنيسة . رفعتما عينيكما قبل أن تباشرا بالصعود ، محمَلَين بثقل الحقيبتين ، فجوبهتما بلوحة كبيرة منصوبة على يمين نافذة المنور ، عند العطفة الأولى : راهب من أخوّة لا سال ، بثوبه الأسود الرافل وياقته البيضاء المشقوقة نصفين ، يقف على نحو ما يرسمون المسيح ، ناهضاً فارعاً ، جاعلاً يده اليسرى مفرودة الأصابع جهة قلبه ، وفي مستوى خصره ثمة صبيٌّ يرنو بعينيه إلى وجهه الذاهل عن الدنيا ، كأنما يبتهل إليه ، بينما الراهب يريح يده اليمنى على كتف الصغير !

تجاوزتما العطفةَ باللوحة سيئة التكوين (بحسبكَ الآن حين تتذكر) ، وواصلتما الصعود إلى الأعلى الأخير .

كان الدورتوار مهجع النوم : أسِرَّة منتظمة الترتيب تملأ المكان الوسيع، وثمة حقائب فوق بعضها . **هنالكَ مَن لم يصلِ من الطُلاّب بعد**. فكرتَ ، ثم تساءلتَ :

«أين سريرانا ؟» .

أجابكَ دون إطالة تفكير : ليس مهماً . فلنضع الحقائب على هذين السريرين المتجاورين .

ففعلتَ . وكنتَ لحظتها ، في تمام تلك اللحظة ، قررتَ أنكَ لن تنام الليلة في هذا المكان .

قلتَ : سأعودُ إلى عمّان . لن أظل هنا !

قال : كيف ؟ هل تستطيع ؟ ماذا ستفعل ؟

قلتَ : أنا مريض .

ثم قلتَ هذا ، أيضاً ، لأبيك ولفرير فرانسوا ، الذي أبدى تفهماً ، فوافقَ ! هو لم يصدّقك ، طبعاً ، لكنه ، ربما ، قرأ التعاطفَ فالتطامن أو التواطؤ في عينيّ أبيك . فوافقَ .

«تعود بعد ثلاثة أيام . مفهوم ؟»، وفَرَدَ ثلاثة أصابع في يده اليمنى : «ثلاثة فقط» .

عدتَ إلى عمّان ، مخلّفاً حقيبتكَ في مكانها على السرير . تركتَ أخاكَ وحده يتدبر أمره في المكان الغريب . سرتَ إلى جوار أبيكَ صامتاً . هو لم يتكلم ، وأنتَ خَرستَ ، حتى وصلَتما إلى الزقاق إيّاه . كان الباب على يساركَ هذه المرّة . وكان مُغلَقاً . وكنتَ ، مثلما تتذكر ولن تنسى أبداً ، تغصّ بما لم تدرك معناه ذاك اليوم .

هل أدركتَ ما كنتَ غصصتَ به ، قبل أكثر من ثلاثين سنة ، هذا اليوم ؟

* * *

. . أفقتُ على حُلمٍ رأيتني فيه أسلّم أخي الصغير لأيد شريرة تلاقفتهُ مولياً ظَهري للمشهد مانحاً قدَميّ للريح ساتراً عينيّ بكفّيّ باكياً نادماً على اقتراف تلك الخيانة دون أن أشنقَ نفسي على شجرة !

لم تسقط من جيوبي ثلاثون من الفِضة ؛

كانت ثلاثةُ أيام !

* * *

لكنَّ أيامكَ الثلاثة نفدت . سرعان ما بددتها ، فأعادوكَ إلى تلك القدس التي باتت ، الآن ، أبعد من أن تصلها ولو بالهاتف . لا صوتكَ يصل ، ولا إدراككَ لما باتت تعنيه لكَ وصلَ كاملاً .

فراغٌ هو . أو خواءٌ . ليس لسواكَ أن يؤكدَ أو يُعيّن .

فأنتَ الذي أعدتَ سمَاعة الهاتف السوداء الثقيلة إلى مكانها ، وهبطتَ على الكنبة المُفرَدَة ، إلى جوار الراديو المكتوم . بقيتَ هامداً في مكانك تحدّق في نسخة «العشاء الأخير» المعلقة على الجدار المقابل لمائدة الطعام الكبيرة . لم تُزحِ عينيك عنها : **يأكلون من جسده ، ويشربون من دمه !**

في داخلك كبرَ سؤالك ، فكبرتَ معه ، وكبرَ عمرك سبعة أيام .

«سبعة أيام ! أبهذه السرعة ! » .

ثم ، وقبل أن تزيح نظرك عن «العشاء الأخير» ؛ أعدتَ إلى ذاكرتك دروس الأحد . الدروس التي كنت تحضرها مع مريم ، حيث علّموكم أنَّ الله خلق العالم في ستة أيام .

«والسابع ؟» .

أما السابع ، فلقد استراح الله فيه .

وكان أن بدأ تعبُكَ ، في هذا اليوم السابع .

* * *

تَعبتُ لإثبات حقيقة ما جرى ، لكن مريم ظلت صامتة . لم تنطق ، فكان أن خلصتُ إلى عدم تصديقها لما قُلت . ولعلّ ابتسامتها الغامضة ، إذ حِرتُ في تفسيرها ، ما ساعدني على هذا الاستنتاج .

«حاولتُ الاتصال وفشلت . هذا ما جرى» .

قلتُ في النهاية ، مكتفياً بهذا التأكيد . وكنت قبل ذلك قد أشرتُ إلى أنّ الأمر ، في ذلك الوقت ، لم يكن بيدي .

علَّقَت كأنما تهزأ :

«بيد الشيطان، إذن ؟» .

ضقتُ من نفسي ومنها ، نتيجة ما آل إليه الحوار من عَبَث ركيك وجدَتُ أنه لا يليق بنا . فبعد غياب دام أكثر من ثلاثين سنةً ، وفي الجلسة الثانية إثر قدومها إلى عمّان ، رأيتني أُعيد ما هو في حُكْم البديهيات . أين ذكاء مريم !

«نعم. بيد الاحتلال ودايان الذي قطع خطوط الاتصال بين الضفتين» ـ كأني تورطتُ في تقريرٍ أُفيدُ به أجنبيّاً يسأل عمّا جرى في تلك الحرب !

فقالت : «كنتَ هناك قبل حزيران بمدة قصيرة» .

«نعم . في شهر آذار ، على ما أذكر» .

وفاجأتني بما لم أكن أتوقع :

«لماذا جئتَ وقتها ؟» .

بدَت نبرتها غريبة تَمُتُّ لامرأة غريبة ليست هي مريم التي عرفتها . كأنما السنوات أزالت ما ظننته راسخاً مقيماً في نفسها ، مثلما هو راسخ مقيم في نفسي . سكَنَت عواصفُ العاطفة التي عملَت ، يومذاك ، على إرعاشي كلّما كنت أفكر بها . رجعتُ من القدس التي خنقتني . تركتُ أخي ثانيةً هناك ، وحده ، لأكمل الدراسة في عمّان . عمّان الأهل ، والبيت ، وحريتي . رجعتُ لأكون مع مريم . رجعتُ لأستكمل قسطاً جديداً من حكاية صغيرة ، منمنمة ، كنا نكتبُ سطورها ، أيام عطلة الصيف ، ولا ندري كيف ستكون نهايتها . رجعتُ لنعيش رجفة الملامسات السرية بعيداً عن عَينيّ أُمها ، ولنحتضن بعضنا بعضاً على العتبة في منتصف الدَّرج الداخلي لبيتنا . مريم فتاتي وجنيّة أحلامي المشبوبة. كانت عالمي المُكتَشَف ، ولا زالت أصابعي تَنْمُلُ حين أتذكر ملامستي لفخذيها الصلبتين . كانت مَرّتي الأولى . لأول مرة أجرؤ على رفع تنورتها والصعود بيدي إلى أعلى حتى بطنها . تحسستُ فخذيها ، وكنا واقفين نستند إلى زاوية الجدار ، فتعرَّقَت يدي المرتعشة على صلابتهما . كانتا صَلبتين وساخنتين! وعندما انتقلتُ من إحداهما إلى الأخرى ، التقطَت أصابعي رطوبة العرَق. كانت مريم تغرق في عرقها . وكانت ، كما أخبرتني فيما بعد :

«ميتة من الخوف» .

قالت هذا بعد أسبوع واحد فقط على تحسسنا لجسدينا عند زاوية الدَّرَج ، وقد تملكتنا ، بسبب ذلك ، رغبةُ الاكتشاف . إثرها ؛ أطحنا بحسابات الحَذَر والخوف ، إلاّ أننا لم نوغل. حافظنا على بكارتنا مكتفيين بمعاينة أعضاء جسدينا الحميمة . كنا نجسُّها بالأصابع والأكُف. وكنا نرتجف طوال الوقت .

ولم تدُم لذتنا السرية . غفلنا ، في حُمّى الارتعاشات ودوارها الآخذ برأسينا ، تلك المنهوبة نهباً، فلم نلحظ إدراك الكبار لما يجري . ثم كان أن التقينا ذات ظهيرة ، وبدا وجه مريم مختلفاً . وبسرعتها عند البَتّ في أية مسألة تخصّنا ، قالت :

«خَلَص . سأذهب مع أُمي إلى القدس!» .

ظننتُ للوهلة الأولى أنها مجرد زيارة .

«كم يوم ؟» .

«على طُول . خَلَص!» .

ولم أفهم أيضاً . على طول ! أي دائماً ! أصحيح ما فهمت ؟ فسألتها وسط صعقة المفاجأة :

«مش فاهم . كيف ؟» .

وكعادتها (ولعلّها ليست الوحيدة بين النساء) حسَمَت ترددي بين تصديق الخبر العاري من أي لبس ، وتحايلي على معناه بالاستفهام الطفولي :

«افْهَمْ يا فَهيم . خَلَص . سنسكن في القدس . باي باي عمّان !» .

هكذا إذَن ؟

أرتكبُ ألف مخالفة في المدرسة ليطردوني . أُصبحُ ولَداً مشاكساً شرساً وأدخل معاركَ تَحَدٍّ مع الرهبان والأساتذة . أفتعلُ شجارات يومية مع الطلاب ، وأُشكلُ عصابةً للسطو على أسئلة الامتحانات في الليل . أدلقُ أكواب الحبر البيضاء الصيني على بلاط الصفوف ، وأخلعُ أغطية طاولات الدراسة عن مفاصلها . أشتمُ المدرسين بالطبشور على اللوح الأخضر ، ثم أذهبُ أبعد : أتسلل من البوابة نهاية يوم دراسي ، ممضياً الليلة في بيت آقو المقابل ، لأسافر إلى عمّان في الصباح ! أستنفد آخر سبب يضطرهم لإبقائي . أجعلُ من فرير فرانسوا ، المدير الصارم النكد، مجالَ سخرية الجميع بتعميم لقبه الذي شاعَ وذاعَ فباتَ (حَنْكَش) بديلاً

عن الاسم الأصل . ثم ماذا ؟ أعودُ إلى مريم في عمّان ، فترحلُ مريم عني إلى القدس !

أوليست هذه مهزلة ؟ قمة المسخرة ؟

ذاك اليوم ، بعد الظُّهر ، تخاطفنا القبلات المحمومة وجرعات البيرة في الطابق الثاني الخالي لكافتيريا «غولد فينغر» ، عند دُوّار مكسيم . كان جيمس بوند ، *العميل السري 007* ، أسطورة السينما وقتذاك . النسخة الأصلية بوجه شين كونري . وكان فيلماً جديراً بأن تُسمّى الكافتيريا باسمه . ولعلّنا ، حين تخاطفنا القبلات هناك ، كنا نعيش مشهداً سينمائياً رسمناه في مخيلتنا مسبقاً . أو عَلّنا ، دون وعي ، عملنا على تعبئة الحكاية بتفصيل جديد نستحق أن نعيش على ذكراه طوال ثلاثين سنة قادمة . فأن نتذكر يعني أننا نشهدُ على أننا كُنا . وأن نتذكر يعني أنّ هنالك معنىً لأن نكون الآن . وأن نتذكر يُعيدُ إليّ جُملة أبي ، قليل الكلام ، لّما كاشَفَني بعد سنين بمعرفته لِما كنا نفعله على المصطبة الوسطى لدَرَج البيت .

سألته : «ولماذا لم تكن تتدخل ؟» .

فأجابَ بحكمة عُمره المديد : «تحَسبتُ أنَّ ظهوري عليكما سيُفزعكَ، وقد ينقطع نَسلُكَ ! »

كُنا وحيدين . أنا وأبي . ثم سادَ الصمتُ . هو ؛ يُرسلُ نظرته الجامدة من وراء نظّارته إلى الفضاء المتغبش عبر النافذة ، فيرى مئذنة جامع «أبو درويش» البعيدة في الأشرفية ، يتساقط الليلُ عليها ليبتلعها . وأنا ؛ أُحدّقُ في السجادة برأسٍ هابط وعينين تقرآن خلال تكويناتها العَجَميّة معاني حوار قديم أعاده أبي إلى ذاكرتي ، وما كنتُ واعياً لأبعاده وقتذاك :

«مستقبلها أفضل في مستشفى المطلّع » .

«نعم . التلياني مستشفى صغير ، والبنت كبرت» .

«ولها أهل يتعرفون عليها وتتعَرف عليهم».

«مريم يتيمة ، والتربية تحتاج إلى أب».

«وأمها تحتاج إلى رَجُل».

«قد تجد لنفسها عريساً يحفظها ويُربّي ابنتها».

«لا نتمنى للناس إلاّ الخير ».

«الله يحفظنا جميعاً في رحمته».

«آمين ».

أعادت سؤالها ، وكأنَّ شيئاً لم يكن بيننا ، قبل ثلاثين سنة وأكثر :

«لماذا جئتَ وقتها ؟».

«جئتُ لأراكِ ».

«أكنتَ تحبني ؟ أم جئتَ لترى أصحابكَ في المدرسة التي هربتَ منها؟».

«لا . جئتُ لأراكِ . لقد قبّلتكِ يومها . كنا في المطبخ . قبل أن تدخل علينا أمكِ ».

رَمَشَت بعينيها الخضراوين ، المتضيقتين بفعل السنين ، وسَرَحَت بهما في السقف . قالت :

«لا أذكر هذا . هل قبّلتني حقاً ؟».

لحظتها ، أحسستُ بشفتيّ ترتجفان وأُسقط في يدي . لم أعرف ماذا أجيب . ثم تساءلتُ عمّن يخلطُ الأشياءَ ببعضها بعضاً ـ أنا ، أم هي ؟ أو كيف لي أن أُميّز بين اختلاقي لأحداث لم تحدث ، ومكابرة مريم ونَفيها لأفعال قُمنا بها . ثلاثون سنة مرَّت . ثلاثون وأكثر . ربما يكون للزمن قوة جَرْف حكايات الماضي وحَرْفها في ذاكرتي . ربما يكون لحكايات الثلاثين سنة خَبَل التداخُل لتستبدلَ نفسها بما حدثَ قبلها . أو عَلَّ

الشخص الذي كُنتُه ليس هو الشخص الذي يتـذكـر عُـمـرَهُ قـبل أن يقضي . . فينقضي !

ثمة عَدوى في التذكر حين يسيل ويطفح ، فتأخذُ الحكايةُ بتلابيب الكتابة .

أو هذا هو عُذري .

5

تجاربكَ في إنشاء القصص وتشييد المُدُن ناقصة دائماً .

أهو نقصكَ أنتَ ، تحتال عليه بإرغامه على الدوران حول نفسه ، لأنكَ لا تجد لقصصك حلولاً لعُقَدها ؟ أم لأنك تفشل ، غالباً ، في حَبْك العُقَد جرّاء تسليمك بمشيئة الأمور تجري في مجاريها ، لترتدّ بعدها إلى ينابيعها ؟ أنتَ لا تدري ، على وجه التحديد ، كيف يصير للمدن أن تغيّر وجوهها وتستبدل سُكّانها . لا تدري ، مسبقاً ، نهاية توطينك لأُناس ليسوا من هنا . ولا تدرك عاقبة العلاقات التي تنسجها بين شخصيات تبحثُ عن هوياتها .

أنتَ ، في وهمكَ ، خالقٌ لا ضَرر منه .

ربما تكون كذلك . ربما تكون خالقاً . لكنك خالقٌ لا تجيد عملك .

هذا بالضبط ما قادكَ لأن تفعلَ ما فعلته عندما استدرجتها (بحسب ما كنتَ تظن) ، وغادرتما رفاهيّـة ردهة الفندق ، تاركين فنجانيكما على الطاولة باردين فارغين . خرجتما إلى عمّانَ أخرى لا يعرفها سواك ، وذاك الـ نجيب (كما يُصرُّ على أن هذا اسمه الحقيقي) الذي ترك لك مفتاح بيته . بيتُهُ الذي بتَّ تعرف حجراته والأثاث المُنتقى بذوق لم يصدم توقعك . . تماماً . بيتُهُ الذي تكَفلَت مخيلتكَ بتأثيثه على هواها ـ أو هواكَ !

«افعلا ما تشاءا ، لكن لا تحاولا دخول حجرة النوم» .

قال وهو يناولك المفتاح . وعندما شكرته قبل أن تغادره جالساً إلى طاولتكما في «الدارة» ، أردفَ بنبرةٍ قاطعة :

«سريري لي » .

خرجتَ للقائها .

مَن هي ؟ ما اسمها ؟

من هنا تبدأ الفوضى في سردكَ لما حدث . فلا تَقُلْ ، أو تجرؤ ، لتكتبَ أنها كانت «ماسة» . لم تكن ماسة هي المرأة التي خرجتَ لتلقاها في ردهة الفندق ، وتصطحبها بعربتك إلى بيت نجيب الغالبي . أنتَ لم تذهب إلى الفندق أصلاً ـ فهذا من بنات أفكارك الرعناء ، والصور النمَطيّة المتسربة من الأفلام الرديئة إلى القصص والروايات الأردأ . غير أنك ، بمجرد محاولتك رسم المشهد في هذا السياق ، إنما تدلل على إخراجك للأحداث عن أماكنها ، ظاناً أن الرواية حين تُكتب ينبغي حَرْفها عمّا كان يولد لحظة نشوئه . وهذا هراء . أو هو ، في أحسن الأحوال ، لا يَصحُّ دائماً . ربما لأن عهدكَ باحتراف الكتابة لا يزال في أوّله . ربما .

لذلك ؛ سأنوب عنكَ في سرد ما حدث :

كان الوقت مبكراً على موعدكما ، عندما اكتشفتَ أنَّ النهار باتَ رماداً يختنق بغبار الخماسين . ليس لأن زجاج النافذة تغَبّشَ بطبقة ناعمة أبهتت أضواءَ المدينة وحسب ؛ بل لأن هواء الحجرة كان ثقيلاً على رئتيك . ثقيلاً وحارقاً أجبركَ على سحق سيجارتك قبل أن تبلغ جمرتُها نصفَها الثاني . ولأنّ سُعالاً مفاجئاً كشفَ تجرحات حلقكَ القديمة .

نهضتَ وفتحتَ النافذة ، فاستقبلَ صدرُكَ برودةً أنعشَت وجهكَ ، قليلاً ، وأنبأتكَ أنَّ مطراً آتياً لا بُد ، هذه الليلة ، ليغسلَ هواء المدينة ويشطف أسطحها والشوارع .

«لماذا لا تُمطر إلاّ في الليل ؟» .

لم تمنح تساؤلكَ ما يكفي من الاسترسال ليتحوّل إلى مسألة في ذاته، وإلاّ دخلتَ منطقةً حيث المناخ والأرصاد الجوية وربما علوم الفلَك وحركة دوران الشمس والأرض وجاذبية القمر إلخ إلخ إلخ - وهذه ليست منطقتكَ بالتأكيد.

فأنتَ كاتبٌ، أو تحاول أن تكونه.

وأنتَ مَلولٌ كذلك، ولا تعرف الوقت.

قبل أن تستيقظ، وتتهيأ لموعدكَ معها، متفكراً في حُجّة مغادرتكَ للبيت في جو خَماسينيّ كهذا؛ كان سكونُ الحجرة ودفئها المريب يُزلقانكَ في سُبات غير مكتمل. لا شيء يكتمل. وأيضاً النهار الذي طفحَ بإنارة واهنة مفككة. صيفٌ مبكر، ومساءٌ تلفّهُ رائحةُ النوم. لكنك، فيَ سباتك المتقلقل، تراه نهاراً لاجئاً إلى نهايته. نهاراً يأخذُ، كأنما فجأةً وبقرارٍ نَزِقٍ، بالإعتام في برهةٍ لا تتعدى إغماضة العين النائسة.

ناسَ العالمُ مرةً واحدة. باتَ رشيقاً يعومُ في الهواء خفيفاً مثل ريشة. وصرتَ مثله في خفته، متحرراً من أثقالكَ. تجوسُ في الأمكنة المتفلتة من أزمانها. تتحَرك عبر الأمكنة الطائرة بعيداً عن جاذبية أراضيها. ثمة التذاذٌ طازج ليس مألوفاً لديك. أهي تلك المُهمَلات التي غفلتَ عنها ما أشعركَ بهذا الالتذاذ؟ المُهمَلات المتروكة وحدها: مقتطَعات العالم المركونة داخلكَ وراء جدران وعيكَ. لقد أهملتها طويلاً حيث راكمتها ورَصصتها، مثل جميع الأشياء التي نعتقدُ أنها تفيضُ عن حاجاتنا، فنركنها بعيداً عن أنظارنا. لا نتخلص منها؛ إذ نفترضُ دائماً أنّ لحظةً ربما تحين ونحتاجها.. عندها لن نندم. نهبطُ إلى القبو المُعتم - ينبغي أن يكون مُعتماً كما يليق بأي قبو -، نستنشقُ رطوبةَ الزمن المتَخثر، البالي في ذؤاباته بعض الشيء، رغم كُرات النفتالين المضادة للعث المدسوسة في أيامه الهالكة. نُضيء الزوايا حيث الحيوات تُطلقُ رغائبها، اليائسة من تحققها، بنفثاتٍ تكاد تُسمَع. ننقل نظراتنا

بفضولٍ غائم ، كاسترابة الذين كانوا على اعتقاد راسخ بمعرفة كل أشيائهم ، وإذ بهم يقعون على ما يروّعهم : ياه ! أحقيقيٌّ ما نرى ! أكنا نملك كل هذا ! عندها ؛ ينقلب الفضول الغائم ، المتخابث والمتحايل ، إلى صدمة الاكتشاف .

يكون الاكتشافُ هناك .

في العُلو حيث قُشِّرَت أشياءُ العالم من كسوتها الثقيلة ، فأخذت تسبح ، عاريةً ، بين طَيَّات الهواء الأبدي ، متَمثلةً بسرمديته ، ومتخلقةً من جديد على هيئة ملائكة بأجنحة خَفيّة .

تراها .

أنتَ تراها ، وتبتسمُ في سرك . تبتسمُ سراً ولا تعرف إنْ كان وجهكَ ، مثل سركَ ، يبتسمُ أيضاً يا أيها العابسُ دائماً ـ فيكون الظاهرُ مرآة نظيفة للباطن . تراها . أنتَ تراها وترى أيديها تمتد إليكَ تدعوكَ إليها ، فينهضُ جذعكَ قليلاً ، وتحاول .

تعرف أنّك لستَ يقظاً تماماً . لكنك ، على وجه التحديد ، لستَ نائماً أو غائباً .

كنتَ غفوتَ بسلامٍ كشيخ ، أو كطفل ، مع أنك في العُمر بينهما .

ثم أفقْتَ .

كنتَ ناجحاً في إنهاض جذعكَ أولاً ـ وها أنتَ تقف قائماً على قدمين نفضتَ عنهما النوم . ذهبتَ للمرآة . حدّقتَ بها وحدّثتَ وجهكَ آمراً إيّاه بالابتسام . ثمة ملاكٌ ينتظركَ الآن ، يستحضرُ أشياءكَ التي طالما أسمعته القصص عنها والحكايات . ملاكٌ يجرّبُ أن يجمع مكعباتكَ ليبني بها عالمكَ من (الليغو الملوّن) والذي لم يعشه ؛ ذاك القصر المسحور الذي وعدتَ بأن تُدخله إلى حجراته وتُطلعه على محتوياتها . ملاكٌ ليس ساذجاً إلى درجة أن يصدق كل كلامكَ ـ خاصة ذلك الأول لّما نطقتَ به في محاولة بائسة لأن تكون غيركَ . يومها ؛ منتهزاً مجرى حديث ، ظننتَ أنّ الوقت حانَ للإفشاء بسر إعجابكَ غير الصادق تماماً ،

وقد مضى على تعارفكما ما يكفي ويبرر (كما اجتهدتَ) فقلتَ :

«أتعرفين . أنت ملاك» .

لم تكد تنطق بهذا حتى أدركتَ أنكَ لستَ أنتَ . كأنما الصوت ليس صوتكَ . والكلام ، في عاديته أو في ابتذاله بالأحرى ، لم تقله أنتَ - بل ثمة آخر ، تنكره وتستنكره ، عملَ على إنطاقكَ هذا «الرابيش» !

سمعتَ الكلمةَ جيداً وأيقنتَ ، من غير إطالة تفكير ، أنكَ تستحقها فعلاً . لا تكابر . أُسقطَ في يدك ، وكان تعليقها التالي مثل رصاصة الرحمة :

«على هامان يا فرعون!» .

حاولتَ تبرئة نفسك من تهمة اقترفتَها للتو ، وفشلتَ . طبعاً . فأنتَ لستَ بريء النِّيَّة كما زعمتَ ، متحايلاً على نفسكَ . ولستَ مستقيماً . تماماً . لستَ طيّب الطويّة كأنكَ «روميو» ديزني لاند ، مُصَفًّى بالحُب ومُقطَّر بالهوى . والنوايا ، مثلما تدركُ جيداً ، لا تلغي الحماقات . كنتَ أحمق . أنتَ تعرف هذا حق المعرفة . وها تفَطنْتَ إلى أنها ربما تملك خبرةً بالرجال تفوق تجاربكَ التي تتباهى باتساعها وتَدّعي غناها . بدا لكَ أنَّ إسقاطها لسيجارتها في تفْل فنجان قهوتها (حدثَ هذا بلمحة جرحكَ لوجهكَ عند الحلاقة الصَباحية) كأنما هو إسقاطٌ لكَ في وحل خيبةَ ستظل تسدد ثمنها طَويلاً . وأنَّ أحمر شفتيها الدهني على عقب السيجارة ، الغاطسة في قعر الفنجان ، هو دمكَ النازف في تلك اللحظة . وأنَّ قطنتها ، التي لم يرشح التّفْلُ إليها بعد ، لن تقوى على تضميد جرحكَ !

صَفَّقَت المرأةُ التي ستحيلها إلى «ماسة» عمّا قريب . صفّقَتْ بيديها على نحوِ مسرحي ، ناظرةً في عينيكَ كمربّية تؤنبُ ولَدَاً وتُقرّعهُ لإساءة التصرف وقالت ، وسط رنين الأجراس الصغيرة النشاز لإسوارتها الذهبية :

«حبيبي ! من أي فيلم تافه اقتبستَ هذا الرابيش ! ».

***

لستُ حبيبها ، مثلما اعتدتُ التعامل مع صورة مريم على أنها حبيبتي ، طوال سنين غيابها . كنتُ ، في السنة الأولى لاحتلال الضفة الغربية ، أرى مريم سجينةً في قبضة الجنرال ، فيصير كُرهي له كُرهَيْن . يتحول الرجلُ العسكري ، بعصبة عينه السوداء وبسمة فمه المنحرف ، إلى قرصان خرجَ من شاشة سينما الفردوس . ترَجَّلَ من سفينته ذات العلَم المطرز بالعظمتين والجمجمة ، وسطا على القدس ، وأسرَ مريم . فأنا ، حتى تلك الفترة ، ورغم محاولاتي فهم الفكر القومي ، وتكثيفي لقراءاتي عن حرب العصابات في فيتنام وكوبا ، وافتتاني بشخصية تشي غيفارا ؛ لم يبرأ العالم لديّ من تخييل السينما وسحرها . هذا ما أدركه الآن ، إثر تفكيري بما قالته لي منتهى ـ وكانت أجراس إسوارتها تصدر صليلها الهيّن .

قلتُ لنجيب الغالبي ، مستعيداً نفثات أيام مريم العتيقة ، وكان خَدَرُ كأس الويسكي الثالثة المكسور بمكعبات الثلج وقليل الماء قد أزاحَ طبقةً كانت تربض على الروح ـ أو هكذا أحسستُ ليلتها :

«يتراءى لي ، أحياناً ، أن الحب في جوهره مزيج من حُلم ووَهم».

حَلَّ الزر الثاني لقميصه الحريري الأسود ، وكنا نجلس قريبين من الباب المشرَع على (الروف) المعتم، فبانت مساحةُ الشَّعر الأبيض في أعلى صدره . تنهدَ ، كأنما يُخرج من أعماقه بُخارَ جمرةٍ أطفأَت جرعاتُ الكحول الأسكتلندي نارَها ، وسألني :

«أي حب ؟ حَدِّدْ . عن أي حبٍ تتحدث ؟»

ملتُ بيدي الممسكة بالكأس المتعرق زجاجها الثقيل بفعل الثلج ، أريدَ وضعها على المنضدة الواطئة إلى يميني ، فنبهني بنبرة حازمة :

«حاذِرْ !».

فتوقفت يدي في الهواء مندهشاً ، مفزوعاً بعض الشيء ، بينما نهضَ من كرسيه ذي المسندين وخطا باتجاهي . رفعتُ عينيّ إليه مستفسراً عمّا فعلته وما كان ينبغي لي ذلك ؛ لكنه لم ينبس . مدَّ يده إلى المنضدة ليتناول المجلد الكبير . ولأنه كان ثقيلاً ، ولأن الغالبي كان حريصاً بدوره ؛ فلقد حمله بيديه الاثنتين كحمله لطفل وأبعده ، ناقلاً إيّاه إلى البساط الفارسي ذي النسيج الحريري ناعم الملمس ، عند قوائم المنضدة.

«هنا أفضل».

قالَ . ثم أضافَ كما لو أنه تنبَّهَ ، فأوضحَ ليطرد احتمال إحساسي بالإهانة ، أو التوبيخ جرّاء عمل ليس صائباً قمتُ به : «أنتَ تعرف . هذا مجلد ثمين وقَيّم ، ونحن لا نريد له أن يسكر بالويسكي ، أليس كذلك ؟ المحافظة على سحْرالنساء الفاتنات لا يكون إلاّ بالمحافظة على المجلد الحافظ لهنَّ من عبَث الزمن ولؤم النسيان ! ».

فقلتُ حائراً ، من غير تفكير : «نعم . معك حَق ! ».

«طبعاً . هذا عمل أمثالنا . أن نحافظ على الجمال وأن نصونه ! ».

وكان أن عاد ليجلسَ على كرسيه ، راشفاً من كأسه ، ماداً ساقيه أمامه على طولهما :

«ها . ماذا كنا نقول ؟».

سمعته ، غير أني لم أُجبه على الفور . مَثُلَ المجلدُ على البساط بالقرب مني . ليس بعيداً عن نَظَري . كان بمقدوري معاينة الغلاف الخارجي الورقي السميك المحيط بكتلته الرابضة . وكانت لوحة المستحمة، تنحني بعريها الباذخ تحت مساقط الضوء الراشح من نافذة الحجرة العالية ، تتوسط المساحة السوداء للغلاف الورقي الحافظ ، وأعلى اللوحة تراصفَت الحروف اللاتينية بيضاء تكتبُ العنوان

ORIENTALISM in ART JEAN - LEON GEROM

سمعتهُ ، غير أني سَدَرْتُ وقد أثملتني كأس الويسكي الثالثة .

أن نحـفظَ الجَمـالَ من عبث الزمن ولؤم النسـيان . أن نصونَ فـتنة النساء اللاتي حفرنَ فينا ، ليصيرَ لوجودهنَّ السابق حضوره الحالي . أوليسَ هذا تحايلاً على الذاكرة الحُرّة وتعليباً لعَجينتها ؟ تواطؤٌ نمرره إلى أرواحنا علّها تَشفى ، ولو قليلاً ، من علّة نضوبها وذبولها ؟ أو ، في أسوأ الاحتمالات ، تجربةٌ قد تُدركُ مسعَاها لتجميل أدراننا وتمويهها ، لنقدرَ على تصفُّح وجوهنا كل يوم ؟

رانَ صمتٌ كأنما باتفاق ضمنيّ . كُنا اثنين نتَّجهُ صوب داخلينا أكثر من مواجهتنا للآخر ، ولحضوره المحصور بين جدران الصالة المفتوحة على ساحة (الروف) المعتمة. أفلحَ نجيب الغالبي . أفلحَ دون أن يقصد، وعبَّرَ ببلاغة حديثه عن حفظنا للجَمال الذي طلعَ من مجاهيل حياته ، عَفيّاً وعَفوياً ، عن السر فَي اندفاعي الملجوم للكتابة : للسرد ، واقتحام لعبة الرواية .

فعَدا عن كشفه لي عدم الجدّة في رواية كواباتا الياباني ، وأسبقية الفنان الفرنسي في رَسْم ذهول الرجل المُسنّ أمام إشعاع الجَمال المبهر لجسد فتاة دون العشرين ، وعجزه عن الإتيان بأمر سوى السقوط في لحظة المعجزة الماثلة هكذا بالعُري الباذج للفتاة وهَلَعها الملتَفّ عليها دون سترها ،لكنها كانت تتحدى هزالَ حكمته كشيخٍ في مجلس روما الجامع لأمثاله المبهوتين بما يعاينوه ، وتخترق يباس تَجارب أعمارهم المديدة المتلفعة بالعفّة وسداد الرأي ؛

فعَدا عن هذا الكشْف ؛ كان لنجيب الغالبي ، عندما أعادَ على مسمعي ، إثر تصفحنا صور لوحات الفنان بينما يتنقل مجلده على رُكبنا، خُلاصَتَهُ القاطعة : «لا شيء . نَدْبُ الشباب ، ورثاء الفحولة!»، أن حَثَّ صوتَ أبي على طَرْق باب ترددي حيال البدء بالعمل. فمن أثيره البعيد والعالي مرَّرَ لي جملته العتيقة ، كأنما صلة خَفيّة أوثَقَت المعنى المستتر لكلٍّ من حَسْم الغالبي للسفرجل المُر ، وجُملة أبي ينبّهني :

«لا شيء يكتمل ! ».

لحظتـهـا ؛ وقـعـتُ على جـوهـر الصـوت الأول . الصـوت البـادئ بتحذيري من مغبّة إبقائي على حمولتي . ***أنزلْها عنكَ كي لا تموت تحت وطأتها*** . هكذا قال . ***اكتُبْ*** . قال . أما أنا ؛ فقلتُ أنْ ليس ثمة أثقل من الذاكرة نحملها فينا . علينا أن نتخلص منها لنكون خفافاً وطلقاء . وربما لنكون جـميلين أيضاً . سوف نتـرك خلفنا ، على الورق ، آثامنا ومعاصي أعمارنا المندفعة بلا هوادة نحو ترهلها البائس ورثائها المحزون لنفسها .

«لا شيء يكتـمل ! » ، قـال أبي ؛ فـفـهـمتُ أن لا شيء يسـتـحق الانتظار . وفهـمتُ ، كـذلك ، انَّ الانتظارَ مَضيـعَةٌ لوقت سيـصاب بتخمته إنْ تركته يتلهّى بإنضاج التجربة . الكتابة ستتكفل بهذا . بالكتابة تنجلي معالمي وتتصفى ملامحُ مريم العتيقة ، وخضر شاويش ، والبيت الذي سكنّاه ، والقدس ، والكنائس ، والأرض الحرام. الكتابةُ (عُدتُ أطمئنني) ستعيد للحكايات أجزاءها الناقصة ، وإلاّ سأبلغ عُمْرَ أبي دون أن أترك كلمةً تدلُّ عَليَّ .

الانتظارُ مـوتٌ يتأنقُ بحكمة جبانة ، ولن أدع جسدي يصل حد التطابق مع نسخة أبي الأخيرةً . نسختهُ في سنينه العجاف ، حين استفحل صمتُهُ درجة كهولته وباتت الكلمة ـ إنْ نطقَ ـ تُحدثُ دوياً في المنزل مثل زلزال . كلمة لا نبلغ معناها ، رغم هذا ، وربما لا تتحسسها مَجسّات الذبابة الزرقاء ، الثقيلة ، الرابضة في تثنيات البطانيّة العراقية «فتّاح باشا» التي يتغطى بَدَنُهُ الناحلُ بوبرتها الخشنة .

قبلَ أن يصلَ أبي ويدخل إطارَ نسخته الأخيرة تلك . قبل أن ينقل ساقيه العَظميتين كأنما يزحف بهما أكثر مما يسير عليهما . قبل أن ينسلَّ متسللاً كالقط المستحم رغماً عنه بمسحوق الغسيل «سيرف» (اعتادت أختي ، مستعينةً بي ، القيام بهذه الحفلة مجنونة المواء صباح كل يوم جمعة في غرفة الغسيل على سطح البيت) ليدخلَ بقعةَ الشمس ملتمساً دفئها ليرشفهُ إلى عظامه . قبل أن يصوم عن الكلام الزاهد فيه أصلاً : ذلك الأصل الأول حين علّمني ، لأنه كـررَ الجملة مرتين ، وكنتُ في

البدء لا أعثر لها على معنىً محدد ثم أدركتُ ، فيما بعد ، وحتى الآن، أنها تعني ولا تعني في الوقت نفسه :

«لا شيء يكتمل».

«الكمال لله وحده ، يا أبي».

قلتُ ، متفكراً بأنه لم يَخرج بجملته عن المعنى العام .

«والمسيح ؟».

أذكرُ أنه سألني يومها ؛ فاستعدتُ كلامي عن قوة المسيح ومعناها حين عاشَ بيننا بَشَريّاً .

رَدَدْتُ متشبثاً برأيي :

«تلك مسألة مختلفة ».

فحرّكَ رأسه على الوسادة لينظر في عَينيّ . بانت زُرقةُ عينيه باهتةً أطفأتْها مهنة الخياطة للسيدات ، مُنَحّياً نظّارته :

«إنَّ هذا هو ذاك ».

ولّما وجدني أتململُ وفي فمي ماءٌ قد أدلقهُ ، فاجأني :

«لا تَكُنْ ثوراً ، وافْهَمْ !».

كان أبي مؤدَباً بالفطرة ، لا يتفوّه بكلمات تجرح أحداً . لذا ؛ فأنا أستبعد أن يكون قد تلفظ ، عند نهيه لي ، بكلمة «ثور» ـ حتّى وإنْ كانت صفةً عابرةً ، أو معبأةً بروح الدعابة التي يواريها الآباء ، عادةً ، ولا يفصحون عنها أو يعبّرون من خلالها عن أنفسهم إلاّ نادراً .

.. ثم كان أن هَزّني نجيب الغالبي برفق ، فتنبهتُ إلى وقوفه مقابلي. عاينتُ بسمتَهُ كأب ! ليست هذه مما ألفتهُ فيه . أهذا وجهٌ من وجوه غرابته ، أم بقايا الصوت الآتي من الأثيرَ البعيد والعالي لا يزال يرفرف في المكان المفتوح على ليل (الروف) ؟

سألني ، وكانت نبرته دافئة أيضاً ، إنْ كنتُ أرغب في مَلء كأسي ، فقلت له :

«شكراً ، كفى».

ولنفسي ، متجرعاً آخر ما في كأسي ، وكأنني أتضرع إلى البعيد والعالي ، حيث يرنو إليّ أبي :

«كفى . عَليّ ألاّ أستجيب لإغواء الاستطراد . فلأعُدْ إلى الواقع».

ثم أغلقتُ بكفّي وجهَ الكأس الفارغ .

* * *

عندها ؛ تساءلتَ بينما حالُكَ يسيحُ بين اليقظة والغياب ، إذا ما كانت صفة الـ «ثور» تملك نصلاً مشحوذاً يجرح شعوركَ . تساءلتَ صارفاً النَّظَر ، مؤقتاً ، عن مصدرها الفعلي : أكانَ أبوك قد قالها فعلاً ، أم أنتَ مَن يَدّعي ، هذه اللحظة ، أنه قالها في ذلك الزمن : «لا تكُنْ ثوراً ، وافْهَمْ ! ».

ولأنَّ بغال العُمْر ناءت بحملكَ ونالها الوَهَنُ ، فقَصُرتْ خُطاها وباتت وشيكة التوقف في أية لحظة ، كسكتة القلب الخفيفة التي أصابتكَ ، أو جَلطة الدم السادّة لشريان القلب التاجي (موتٌ ملوكيّ!) ؛ فأنتَ تُجهدُ نفسكَ لكي تفهم . لا تريد أن تكون ثوراً ينطح خاطرَ أبيكَ فيكسره . ولا تريد ، كذلك ، أن تَنفقَ بغالُ عُمركَ قبل أن تبلغ بكَ آخر الجَبَل : قمة القمم حيث المعنى . ينبغي أَن تفهم مبتدأ الخَبر أولاً ليكون لوجودكَ العابر ، ولاسمك على رأس صفحة الكتاب ، ما يبرره . التبرير لكَ لا لغيركَ . وكذلك الفهم : عليكَ أنتَ أن تفهمَ أولاً ، وبأية طريقة . وليس جديداً ، تماماً ، ما تقوم به .

هنالك محاولات كنتَ اقترحتها على نفسكَ ، وأنجزتها فعلاً . لم يفهمها بعضُهم ، لكنَّ عزاءكَ ما يزال في البعض الآخر : الآخر الذي يعرف كيف يتدبر قراءتكَ : قراءة ما تكتبه على نحوكَ العجيب .

كنتَ فيما مضى ، وحتى الآن ، تُنَقِّلُ نظركَ في أرجاء المكان عَلَّكَ تعثر ، فيما تبحث مستقصياً ، على ظلال خَلَّفها الرجالُ نَسياً . أو لأنهم كانوا على عجلَة من أمرهم ، ربما تَدُلُّكَ عَلى هويتهم أو تشير ، بكيفية

ما ، إلى جهة الريح حيث مضوا فيها . . وذابوا .

ليس الرجال وحدهم .

النساء أيضاً .

وكذلك استقصيتَ العالمَ الذي تبادل عمليةَ الخلْق مع الرجال والنساء. خَلَقهم لحظةَ أن خلَقوه ، فتخَلقتَ أنتَ ، من بعدهم .

مَضَوا في جهة الريح وذابوا ، وعليك أن تمضي بدوركَ متتبعاً أثرَهم، وإلاّ ستكون وحيداً ، هنا .

ليس هنالك من وقت للاسترخاء ، وهامش بغالكَ يزدادُ ضيقاً . فالمخلوقات ، كافةً ، آيلةٌ للذوبان . وقد يكمن سرُ الحكمة للخَلْق كاملاً في نقطة الذوبان هذه . تذوبُ الكثافةُ رويداً رويداً ولا يتبقى منا ، نحن المخلوقات ، سوى أرواحنا المُنهكَة تسافرُ في الريح على غير هدى . لا تحطُّ في مكان . تتجاورُ ، لكنها لا تتحاورُ ، ولا تتلفظ لحظةَ تصادمها بكلمة الاعتذار المبتذلَة ـ حتّى ـ لشدة عاديّتها : «**عفواً ، آسف ، آسفة ، Sorry**» : الكلمة الرخيصة كاللقى التي لا تحمل ثمناً يساوي غَبْرَة الأقدام التي داستها .

من أين تبدأ لتُمسكَ بالمبتدأ : مبتدأ الخَبَر ؟

أهي المدينة : تلكَ المدينة: ذاكَ الزمن المتخثر تحت حجارتها المقلوعة المقَوضَة فوق حجارتها سبع طبقات، إذ بُنيت سبع مرّات ـ كما يقال ـ لكنها مهدَّدة ، باتساعها المذهل ، بالهدم من جديد : بالهدم للمرّة الثامنة .

ابدأْ من نتفة الزمن الذي يخصّكَ أنتَ . من الشريحة المتماسكة ، ما تزال ، رغم عناصر التفتت الأكيدة في بنيتها . حاولْ أن تُمسكَ بها قبل أن تذوب ، هي الأخرى ، عندما يحينُ ميقاتُ هَدْمها الثامن ويُنفَخُ في أسوارها نفيرُ القيامة . حاولْ ، قبل أن تذوبَ ، أن تُمسكَ بكَ .

انْفُخْ في الأذنِ التي تسمع ، لكي تسمع .

امْسَحْ على العين التي ترى ، لكي ترى .
قَبِّل الفَمَ الذي يحكي ، لكي يحكي .
افعَلْ هذا ، وافْعَلْ ما لا أتكهنُ به ، لكي تُمسِكَ بكَ قبل أن تذوب .
لكي تقبضَ على معنى جُملة أبيك : «لا شيء يكتمل ! » .

فمَن أنتَ ، يا أيها الناقص أبداً ؟

6

أنا صاحب مريم الأول . ومريم صاحبتي الأولى . ولي اسمٌ اقتبسه أبي من معجم القديسين المحفوظ في ذاكرته ، وأطلقه عليّ . لم أستطع تحَمُّل تبعات الإسم . إنها ثقيلة فادحة ، ولستُ أنا سوى بَشَريٍّ لا يطمح إلى أن يكون أكثر من ذلك . لستُ سوى رَجُل يَشْقى ليكون بَشَرياً ويحافظ على هويته هذه . وهذا ، مثلما اكتشفتُ عَبْر العُمْر المار كالبرق ، ليس بالأمر الهيِّن . أبداً . فأن تصون بَشَريتَك يعني أن تنخرط في ألف معركة لن تفوز إلاّ في أقلّ قليلها .

للاسم الذي أحمله كرامات وهالات لا أستحقها. أنا ضعيف ، غالباً، ولعلّني ضعيف دائماً ـ إذ أعجزُ عن تحديد أو تَذَكُّر جولات فوزي في المعارك الألف التي خضتها . وربما يكون هذا هو سبب إغفالي لاسمي ، بقدر ما يسعني ذلك ، وإلباس شخصي اسماً آخر حين الاقتضاء. غير أني ، عند تأملي بالمسألة ، أراني أراوح في نقطة التجاذب لنقطتيّ السؤال : مَن يتلبَّس الآخر ؛ الاسم أم حامل الاسم ؟ ثم أخلُصُ إلى التشكك بالقول الذائع : «لكل امرئ من اسمه نصيب» ـ ففي داخل جميع الذين حُمِّلوا بأسماء ذات تاريخ بطولي أو استشهادي، أو أي تميّز آخر ؛ ثمة صخرة تربض هناك تجرّهم إلى تعاسة العجز ومرارته. فالواحد منهم ، رجلاً أو امرأة ، كان أن لُقِّحَ بجرثومة التناقض. الاسم في جهة ، وصاحب الاسم في جهة أخرى ، وبين الجهتين يدور صراع التماثل المستحيل . مساكين هم إذا ما عملوا على أن يتماثلوا مع تاريخ أسمائهم . أنا لم أفعل ولم أسْعَ . غير أن ذلك لا

ينفي احتمال أن أكون مثلهم ، آخذاً بالاعتبار لاوعيي عمّا يدور داخلي من محاولات كهذه . فالأمور تتحدد بخواتيمها ـ كما نعرف .

نعرفُ هذا لأنه عادةً ما يُقال .

ويُقال ، في العائلة ، إنَّ أبي أسماني باسمي المقدس والجليل حمايةً لي من مصيرٍ قضى على أخ وأخت سبقاني إلى الحياة ، وسبقاني إلى الموت صغيرين ، أيضاً . فنذرَ أبي بأن لا يقص شَعري ، مهما طال ، إلاّ في كنيسة مار إلياس في خِربة الوهادنة ناحية عجلون . وكذلك ، في صيدنايا ، سوف يتم تعمِيدي صبياً ، لا طفلاً ، في جُرْن الدير المقدس هناك . فسافرنا برفقة عَرّابي إلى سوريا .

كان له ما أراد . وكان عليَّ أن أنتظر طويلاً ، محتملاً إزعاجات النذر الذي جعلَ جنسي الطفولي محل إشكال ، ومصدر خطأ الآخرين وارتباكهم ، وسخريتهم أحياناً (لن أنسى ذلك كلّما مَثُلَت مريم في الذاكرة).

«ماشاء الله !» ،

لاحَظَت امرأةٌ تجاور أمي في مقعد الحافلة الذاهبة من شارع الملك طلال إلى المحطة . ثم رَفَعَت الملاية السوداء الشيفون الشفيفة عن وجهها، وأتْبَعَت :

«شو هالبنت الحلوة !»

بَسْمَلَت ، ومَسَّدت على رأسي حتى نهاية شَعري الملموم بـ «شَبَرَة» من القماش الأزرق . ربما كانت من «فَضْلَة» ثوب خاطه أبي لإحدى سيدات عمّان أواخر الأربعينيات .

«يوه !» ، رَدَّت أمي بلكنتها الشاميّة المميزة ، وصححتها مستنكرةً على الفور :

«هذا صبي يا سِت »، ثم أتبعَت ناظرةً إليّ: «اسم الصليب حُوْلَك وحَواليك!».

وعندما عادت بي إلى البيت ، أوْصَت أبي ، فاشترى خرزة زرقاء علّقاها حول عنقي بأنشوطة من الجلد الناعم ـ نعومة بشرتي الحساسة وقتذاك .

«أنا ما ارتحتْ لنزرة المَرَه للصبي ، يا جورج . عيونها كانت مفَنْجِره مِتِل الفنجان . الله يستر هالصبي من عيون النسوان» .

تقول أمي ، وأبي يهز رأسه متحيّراً مقطباً ، معدّلاً وضع نظارته بالارتكاز على أنفه العريض . يدير ظهره ليخطو ، تاركاً أمي تنزع عني ملابسي ، بينما طفق الماءُ بالغليان داخل الطنجرة الكبيرة المخصصة لطَبْخ أطعمة الأعياد واجتماع الضيوف . كان الماء ينفثُ بخارَه فوق البابور الهادر . نظرتُ إلى الأرض لأتأكد من الطاسة تحت حنفية الماء البارد ـ سخونة الماء تفزعني . ثم التفتَ ليسأل :

«هل تعرفينها ؟ يعني من أي عيله ؟» .

تجيبه ، حالَّةً «الشَّبْرة» عن شعَري ، لتضمّها إلى ثيابي التي كوّمتها للغسيل .

«الله أعْلَم . بَس لهجتها متل نسوان الميدان . وملايتها بتدلّ عليها» .

يخرج ويغلق الباب .

«يخزي العين على هالآمه الحلوه يا ماما . المسيح يحميك ! » ، تردد أمي على مسمعي ، بينما تُلَيِّفُ جسدي بالصابون النابلسي . أكون في وسط «لَغَن» الحمّام ، أقف منكساً رأسي كي لا ينفذ الصابون إلى عَينيّ . أنظر إلى خرزتي الزرقاء التي سوف أحملها طويلاً حول عنقي . تميمتي الحامية لي من الشياطين وشرور الناس .

عَلّموني ، في دروس الدين ، أنَّ الشيطان يكمن في التجربة .

قالوا لنا إنَّ الشيطان جَرّبَ يسوع المسيح على جبل قرنطل . حاولَ أن يغريه بالماء ليكسر صيامه . وفشل . حاولَ أن يغويه بالخبز ليهدمَ مناعة جسده . وفشل . حاولَ شتّى الطُّرق لكنه فشل . عَلّموني أن الشيطان فشل لأنَّ محاولاته كانت تستميل البَشَريَّ نحو جزئه الترابي الهالك .

نحو شطره الماديّ الفاسد . غير أن يسوع المسيح ليس بَشَرياً بتمامه . ليس تراباً وحسب . ليس مادةً مكرّسةً للفناء والتحلل وحسب. أربعون يوماً في عَراء الجبل المقفر ولياليه الدامسة المتحدة بالسماء ، وخابَ الشيطانُ في النهاية . أطلقَ صرخةَ هزيمته واختفى .

لكننا لسنا يسوع المسيح . وربما يكون ذلك مصدر تكريس كلماته ، التي تَفَوَّهَ بها ، في قُدّاس الكنائس وصلوات المؤمنين : « . . ***لا تُدْخلنا في تجربة ، لكن نَجّنا من الشرير*** » ، فنردد : «آمين» . ولقد كان باستطاعة المسيح أن ينجو بنفسه البشرية وينزل عن الصليب . عَلّموني هذا أيضاً . لكنه تسامى على آلامه الفظيعة التي لا يطيقها بَشَرٌ فداءً للبشر أنفسهم . كأنما حين هتفَ في نَزْعه الأخير : «***أبتي ، ألا ترفع هذا الكأس عني !***» إنما أراد تأكيد أُنوسته ليكون لفدائه معناه المفهوم . وأنه، في قيامته عند الفصْح ، أكملَ ماهيته بالبرهنة على أُلوهيته : إنسانٌ وإلهٌ، معاً ، فيكون الصَّلْبُ معجزة التكفير عن الخطايا .

ألهذا كله تتحول الدماء والآلام إلى عيد نحتفلُ به ؟

إني أسأل ، متشككاً في قدرتي على الفَهْم الكُليّ ، وربما لهذا تراني أكتبُ . لكنني واثقٌ من أنني ضعيفٌ وعاجز عن تَمَثُّل قداسةَ اسمي ، واحتمال فداحة كراماته . أنا صاحب مريم الأول . أنا الذي سألتها في يومٍ بعيد ، وكنا صِغاراً ، عن معنى أن تكونَ مريم : أن يكون اسمها مريم!

نعم . أظنني سألتها ، بعد أن وزعوا علينا في مدرسة الأحد صورةً ملوّنةً لمريم العذراء ، بينما تحدّق عيناي بمعطفها الأحمر :

«إنتي مريم كمان» .

فضحكَت . ضحكَت كأية صغيرة تتباهى بأمرٍ تملكه ، لكنها تعجز عن تحديده .

«ليش بتضحكي ؟» .

لم تحر جواباً في البداية ، ثم سرعان ما قالت :

«كلام فاضي».

«ليش ؟».

«إيش يعني أكون مريم ؟».

«إنتي بتعرفي ؟»

يومها ؛ لم تُجبْ أنها مريم لأنها ، ببساطة ، ولدَت مريم وانتهى الأمر . كما أنَّ الاَسم لا يَخلقُ فَرْقاً ، ولا يميّزُ كياناً يتّصف بخصوصية رغماً عن صاحبه . ذكّرتها بهذا فيما بعد ، قبل أن أجعلها ماسة (أسوةً بغيرها من نساء عرفتهن) ، وبعد أن التقينا إثر حرب الخليج الثانية : الحرب القاضية .

تلك كانت المرّة الأولى نلتقي فيها بعد أكثر من ثلاثين سنة . زمنٌ طويل . مَرَّ زمنٌ طويل ، ولقد تغيرَت . تغيّرَ العالمُ ، فكان لزاماً أن نتغيّر نحن أيضاً ، أو نموت .

«تغيّرتَ ! ياه كم تغيّرتَ !».

قالت بعد أن تواجْهنا ، مصادفةً ، باصطدام أحدنا بالآخر . ارتقيتُ الرصيفَ خارجاً من سيارتي. كنت متعجلاً ، فحدثَ الارتطام لمّا استدرتُ بظَهري . أوشكَت ، في البداية ، على التلفُّظ بعبارة (أظنها شتيمة) ابتلعَتها حال مسارعتي العفوية بالاعتذار . هي لحظاتٌ خاطفة ، غير أنها أفسَحَت لاندهاشي أن يتحول إلى سِحر ، ثم كان نور الاكتشاف . لم أصدّق . ربما قلتُ :

«أأنت هنا ، في مدينتي!».

أو عَلّني قلتُ كلاماً آخر : سأعملُ على التأكُد عند التدوين النهائي. لا بُدّ . كما لا بُدَّ من مراجعة هذا الموقف أكثر من مرّة ؛ فلقد تَغَلّفَ بما يشبه طبقة من خِداع الذات بدافع رغبتي في أن يكون قد حدثَ فعلاً . أو بالأحرى أن يَجيء ، إذا كان قد حدثَ ، وفقاً لمشيئتي وهَواي . المهم أنها ، حال سماعها لما لستُ متأكداً من قوله ، حدَجتني بعينيها ذاتهما : الخضراوين المفتوحتين عليَّ ، ثم تراجَعَت برأسها لتنظرَ وجهي

على نحوٍ مباشر . إنها جرأتها الأولى لم تتغيّر أو تضعف ، وبعض سخرية ، والصريح من التحدي . إنها مريم . غير أن بطانتيّ جفنيها تثاقلتا فوق عينيها ، ففقدتا اتساعهما الأول الذي كان يغرقني في دكنة إخضرارهما .

عليّ أن أستعيدَ الأمر ، برمته ، أكثر من مرّة ، كي لا أفقده . تفاصيل الأشياء تهربُ مني . تفلتُ من ذاكرتي ، فأتركها لغيري ، ظاناً بأنهم يتوفرون على ما ينقصني : يملأون الفراغات في حكاياتي الشخصية بدَلاً مني . هُم ينوبون عني ، بالأحرى . كأني أُحلّهم مَحَلي في أداء ما يشبه امتحان (*املأْ الفراغ في الجُمَل التالية*) .

كأني أجعلهم أنا ، مثلما أجعلُ ماسة جميع النساء .

* * *

هذا صحيحٌ تماماً ، وهنا مَرْبطُ الفَرَس ـ كما يُقال . أو مربطُكَ .

تجعل امرأةً لا وجود لها بديلاً عَمّا لم تجده في ما عرفته من نساء . أسميتَها «ماسة» : أي الجوهرة المبرأة من أية شائبة . تتحايلُ على وعيكَ بتغييبه عَمْداً ؛ إذ أكثَرْتَ مؤخراً من التأكيد أن الكتابة لا تنتج إلاّ عن وعيٍ حاد . وهذا صحيحٌ ودقيقٌ أيضاً . غير أنك ، وبإرادتكَ ، إنما تنفصمُ إلى اثنين يتشاكلان بالضرورة . لكنهما يتماهيان كذلك ليصطدما ببعضهما بعضاً ، كأنَّ للواحد منهما حياته الخاصة . وهذا ، مثلما تُدركُ ، مَرَضٌ . أنتَ مريضٌ . . بمعنىً ما . تغيّب أشياءً منكَ ، فأضطر أنا لاستحضارها . أملأُ الفراغات في جُمَلكَ الناقصة ـ بحسب ما تقول ـ ، وأنوبُ عنكَ في عَرْض المحذوف . ألَم تتفق مع محرر مقالاتك في الجريدة على أنَّ الكتابة ليست سوى عملية حَذْف وإضافة ؟

أنتَ تحذف ، وأنا أُضيف .

أنتَ تترك قسطاً من الذاكرة لا تعيره انتباهك ، فأُسرعُ إلى تخليصك منه ، وأكتبه . فأنا ، إنْ سَهوتُ ولم أفعل ؛ فلسوف أدعكَ تموت تحت وطأته . إني أساعدكَ في التخفف من أثقال حمولتك . إني أجعلكَ

قادراً على الطيران : على أن تكونَ خفيفاً طليقاً وطَلقاً في رحلتكَ الأخيرة . الرحلة التي تخشاها لأنكَ ، مهما حاولتَ إضفاء الطمأنينة على روحكَ القلقة ، فإنَّ إيمانكَ ناقصٌ وماديتكَ هَشَّة . كُلنا كذلك ولستَ الوحيد . عَلَّ هذا يريحكَ ويمنحكَ شيئاً من عَزاء .

الراحةُ ، والعَزاء .

لا تفقه معناهما ، كما يليق بمثلكَ يبتغي الفوزَ بهما - فأنتَ لستَ خارج السرب .

من جهتي ؛ سأعرضُ عليكَ أُولى معرفتكَ بالموت ، قبل الطيران بخفَّة وانطلاق .

ذاك اليوم :

كان جافاً بارداً يخرق العظام بعد أربعة أيام من المطر المتصل . فاضَ السيلُ على جانبيه مكتسحاً كل شيء .

عَلا منسوبهُ المتلاطم واصلاً ارتفاع الجدار الواقي لسوق الخضار ؛ ذاك الممتد حتى أعمدة جسر الحمّام على طرفيه . كاد يضرب باطنَهُ مهدداً بغَمْره أيضاً ، ليتسع عرْضاً : من اليمين ، بداية طلعة وادي سرور . ومن اليسار ، الحَمّام التركي ، ومحلات بيع المعاليق ، والكَرْشات والفوارغ ، والعيادة حيث أبو عودة التمرجي بحقنته التي تتهيَّب التفكير بها . لم يعُد بمقدور أحد التمييز بين صوت هديره المرعب، وهَول الاستغاثات الحيوانية لخيل وحمير وأبقار خان أبو خليل الشركسي . اقتحمَت المياه الطينية الهائجة ، بأمواجها العاتية المدوّمة ، أبوابَ الإسطبل لتصلَ إلى مراقد الحيوانات . كانت البهائم ، تلك الليلة، أحد أهداف التنانين التي قفزت من أجرانها تحت الأرض ، لتنقضَّ على العالم وتُعيده إلى حالته الأولى : غَمْرٌ ، ولَيل .

في الليل تحدثُ كل الشرور . في الليل تُنْسَجُ الأسرار . في الليل ينضجُ الخوفُ في قلوب المخلوقات حين تُجَرُّ جَراً من أطرافها باتجاه حَتْفها . لا أحد استطاع تخيّل المصائر البائسة كـ مايكل أنجلو : لا مَهْرَبَ

لأي من الخُطاة ! كلهم سيُسحبون إلى زوارق الجحيم . والخوفُ المترَجّي، أو الترجي الهلع ، لن يوقف انحدارهم صوب بئس المصير . لا رجاء لمن كفرَ وأدارَ ظهره للمسيح . هكذا فهمَ الآباء الأوصياءُ ، فأوصوا أنجلو بتصويره على جدران القُبة الرئيسة لكنيسة القديس بطرس.

وأنتَ خفتَ درجة الموت .

خفتَ الموتَ ، فمتَّ قبل أن تقضي ، أو كدتَ.

هذا هو مطمورك السري الذي سأعرض حكايته بعد قليل . وكان أن جاء اطلاعكَ ، بعد سنوات ، على نسخة ملوّنة لجدارية مايكل أنجلو لتكرّسه فيك : تخشى الموتَ ، فتلوذ منه إلى المرأة بوهم أنكَ تحيا بمضاجعتها وبمنحكَ لأحشائها ماءَ الحياة . لكنك ، بعد ذلك ،تنطرحُ خامداً ، مغلقاً عينيك على حقيقة أنك بِتَّ نصف حي . إذن : أنتَ نصف ميت . فتسأل : «هل ثمة رجاء ؟».

كان الرجلُ ميتاً ، راقداً على ظهره داخل تابوته ، ووجهه باتجاه سقف الكنيسة : تحت قبتها تماماً . ولو أنه أفاقَ من موته قليلاً وفتحَ عينيه ؛ لاكتشفَ كم ألحقَت أمطارُ الأيام الأربعة المتصلة أضراراً ببطن القبة سماوية الزرقة . ولتسلّى بمعاينة تقشرات قصارتها المتهدلة ، وتخمين فحوى الرموز الرّبانية المتخفية في تكويناتها العشوائية . ولتمتعَ بفَوح البخور المتطاير غيوماً صغيرة متفرقة من مبخرتي الشّماسين بالخشخشة النحاسية ، بمرجحانها بمهارة تَحولُ دون الارتطام بثوبيهما الأسودين ، مع حرصهما على تَنَشُّق الرائحة الزكية بعمق والاحتفاظ بها في كثافة لحيتيهما . غير أنَّ الرجل الميت الراقد في تابوته الضيّق ، بكامل بدلتهَ الوحيدة ، لن يلحظ لَطْخة الزيت التي تقطرَت على كُمّه الأيمن ، لمّا اختطفَ فطيرةَ السبانخ من وسط كومة سامبوسيك اللحمة ، في آخر بازار خيري أقامه المبشّر الأميركي في جمعية البروتستانت

القريبة: على الشارع الذي تصعد منه أملاك مستشفى الطبيب الإيطالي تيزيو، بحديقة الغزلان الصغيرة التي يحتفظ بثلاثة منها، غنيمة رحلات الصيد مع علية القوم آنذاك من هواة القنص ـ ويُقال إنَّ حظوةً كانت له عند الملك! كم كان الرجل الميت جاهلاً، قبل أن يموت، وها آن له أن يعرف الآن أنَّ غزلاناً كانت تمرح في حديقة المستشفى. وأنَّ فلافيا، ابنة الطبيب الشقراء الجميلة، اعتادت إطعامها من يديها الناعمتين عند أشجار الصنوبر. وأنَّ المُبَشِّر الأميركي ويتمان، أحد أحفاد الشاعر الكبير والت ويتمان، قد نجحَ، بعد زمن، في ما فشلَ فيه معه ـ رغم أطعمة البازارات ـ.

كان آخرها يوم المطر الأول، حين اختطفَ تلك الفطيرة اللعينة، زيادةً على حِصته، وحشَرها بأكملها في فمه قبل أن يلحظه أحد. لم يستطع، بسَبب من لهفته وتعجله، ابتلاعها على مهل. حاولَ إزدرادها، لكنَّ زواياها المتحطبة نتيجة خَبْزها الزائد وسماكتها، حالت دون ذلك. حاولَ إخراجها بأصابعه دون جدوى؛ إذ تحولت، بزيتها المحترق ولُعاب شهيته الفَجعَة، إلى عجينة ضخمة سَدَّت عليه منافذ الهواء. جحظت عيناه لحَظَة أن بدأ يختنق، وأخذ يتلفت حواليه مستنجداً بذراعيه يحركهما مثل طائر لا يعرف ماذا يصنع بهما. ثم تحولت حركاتُ جسمه إلى هجوم على الجَّمْع الذي تنبَّه أحدهم، فأخذَ بضربه على ظهره، عَلَّ اللقمة تخرج أو عَلَّها تدخل. كانت ضربات كثيرة قد نالها ظهره إلى أن نجحوا، فتقيأ قطعةً أفسحَت له التقاط أنفاسه. دمعت عيناه وسال من فمه قوامٌ أخضر. غير أنَّ ما قذفهُ حلقهُ لم يكن كافياً لأن يمنع عنه هبوطاً في القلب. تدهورت صحته بشكل سريع وغريب. اصْفرَّ وجههُ، غارت عيناهُ، واستحالَ في ليلة المطر الثانية إلى شبح! ليس لأنَّ بنيته ناحلة وحسب؛ بل ـ كما قيل بعد ذلك ـ: لأنَّ الرّب أظهرَ معجزته، فأنزلَ بعبده السارق عقابه الفوري!

فها هو مطروحٌ على ظهره داخل خشب صندوقه الرخيص، في كنيسة الروم الأرثوذكس متقشرة القبة، بينما يقف الخوري سليمان

بقوامه هائل السواد عند رأسه ، يُتمم مراسيم جنّازه .

لكنه لا يعرف ، لأنه مات . ولأنه ، ربما ، ماتَ لأنه عاشَ لا يعرف ـ فالجهلُ غيابٌ للمعرفة . والمعرفة نورٌ . لذا ؛ فإنَّ عدمها ظلامٌ ، والظلام موتٌ وقَبر ! والرجل الميت لم يفكر ، لأنه ميت ، بحال قبره الجاهز الآن بانتظاره بعد أربعة أيام من مطرٍ لم ينقطع ، أحالَ الأرضَ إلى سَبَخات .

لم يحلقوا له ذقنه النابتة . ما كانوا ليجدوا الوقت الكافي . فبين نَضْح المياه العنيدة المقتحمة للبيت من عتبة الباب وأُطر النوافذ سيئة التركيب ، وهرولة أخيه تحت مزاريب المطر إلى نجّار التوابيت مقابل مدرستَي اللاتين وراهبات الوردية في أول المصدار (تحسباً لصدق ظنونهم) ؛ استدعوا الخوري سليمان ليتلقى اعترافه الأخير . دخلَ عليه هامداً مستسلماً في سريره تحت بطانيتين . اقترب منه ، بقفطانه الكهنوتي الأسود المنقوع بفيض السماء ، وجلسَ إلى جانب رأسه . كانوا أحضروا له كرسيّاً هبطَ فوقه ثقيلاً مثل كيس قطنٍ تشبع بالماء . سأله ، بعد أن مسحَ على لحيته الرطبة المهيبة ، مخرجاً من لَفَّة قماش «بطرشيل» القداديس المشغول بخيط الذهب ، ودَلاّهُ على كتفيه العريضين . نصبَ قارورة الزيت المقدس فوق مصطبة النافذة الأعجز عن منْع البرد القارس من العبث بدفئهم الهزيل . سأله ، بعد أن أرسلَ نظرةً إلى أهل بيته انسحبوا على إثرها ، ليتركوهما وحدهما :

«أأنتَ خاطئ ، يا داوود ؟» .

«أنا خاطئ ، يا أبونا » .

«هل تريد أن تعترف ؟» .

«نعم ، يا أبونا » .

«اعترفْ يا بُني إذن . الرّب يمنحكَ الرجاء» .

«لقد سرقتُ فطيرة السبانخ» .

«فقط ؟ ألم تخطئ بأشياء أُخرى ؟» .

ترددَ داوود متحيراً بماذا يعترف . نَقَّبَ في ذاكرته عن خطيئة اقترفها، لكنه لم يعثر على ما يستحق الذكر . فهو لم يَغُشّ الطلاء الذي استهلكه في دَهْن أبواب مدارس وكالة الغوث الجديدة في الوحدات . ولم يُبالغ من كميّة الماء في سَطْل الطراشة ، عندما بَيَّضَ جدران عيادة الدكتور جورج حبش في شارع الملك طلال . صحيحٌ أنه سمعَ حديثاً هناك ، في غرفة الدكتور ، لم يفهم منه شيئاً ، أنَّ الحكومة كذا وكذا . . ورئيس الحكومة كذا وكذا . . وأنَّ «حلف بغداد» كذا وكذا ! لكن من باب الأمانة عليه أن لا يفشي ما سمعه . فلطالما رددَ معلّمُ مهنته على مسمعه، لمّا كان صبياً في «اللد» قبل الهجرة ، أنَّ «المجالس أمانات» . وكذلك ، وهذا لم يجد غضاضَةً في الاحتفاظ به لنفسه ، لأنَّ الدكتور لدّاويّ مثله . أكانَ مطلوباً منه الوشاية بابن بلدته للشرطة ، مثلاً ، في مَخفر المهاجرين يعني ؟ ! أبداً . كما إنه كان حريصاً وأميناً ، أيضاً ، عند تمريره المحترف لقطنته المغمسة بـ «الكاماليكا» ، لزوم خشب الموبيليا لبيت البشارات المطلّ على الكنيسة والقريب من مدرسة روز السحّار . وكان طاهراً فلم يَزْنِ أو يشتهي امرأة قريبه . ألم يتركوه مع نسوان البيت لأنه «عنده أخلاق» ، و «عينه على شُغله» ، و«بيخاف الله» ؟

بماذا يعترف هذا الداوود ؟

«أبونا . أنا لا أتذكر» .

«متأكد ؟ سنتلو الصلاة الآن !» .

خرجَ السؤالُ من صَدرٍ ضاقَ بطهارةٍ بَشَرية بلغَت هذا الحَد .

لحظتها ، ولكي ينتقل إلى الحياة الأُخرى بضمانةٍ أكبر ، نطقَ داوود:

«تذكرتُ يا أبونا ، تذكرتُ » .

«ها ؟ ماذا تذكرتَ ! »

كانت لهفةُ الخوري سليمان أشبه بمن ظفرَ بضالته المنشودة بعد لأي .

«لقد كذبتُ عندما تحججتُ بالورشة لأغيبَ عن قُدّاس الأحد !» .

«وبماذا انشغلتَ من توافه الدنيا ، يا داوود ؟ اعترِفْ » .

تفتحَت مسامُ الفضول لدى الخوري سليمان .

«كنتُ أحضرُ صلاة القسيس ويتمان » .

عندها ؛ أفلتَ الخوري سليمان توبيخَه الغاضب :

«تُصلّي مع الأمركاني المتجدد ، يا داوود !» .

لكنَّ الرّد لم يأته . فاتَ الأوانُ على بقية الاعتراف . ماتَ داوود . وربما ماتَ جرّاء خوفه من غَضبة الخوري سليمان . ماتَ داوود دون أن يُدرك يقين خَلاصه . ماتَ بلا رَجاء يناله من الخوري سليمان ، الذي ظلَّ مُعلَّقاً ، بدوره ، بين بقاء داوود علّى أرثوذكسيته ، أم إنه انتمى إلى جماعة المتجددين الأغراب !

ما عَلينا .

فداوود الآن في عهدة الكنيسة الأرثوذكسية ، على جانب السيل ، تحت المستشفى الإيطالي ، وواجبُ الخوري سليمان إتمام مراسيم انتقال أحد أفراد رعيته آمناً عَبْرَ وادي الدموع والأوجاع والآهات والأحزان ، ليبلغَ باريه متخلصاً من حقارات العالم الفاني .

قُرِعَ جرسُ الكنيسة برنّات الموت الرتيبة ، فأغرتكَ مريم بالذهاب . لم تتحمس للفكرة ؛ فأنتَ غالباً ما تتردد حيال ما لا تعرف . كما إنك لا تحّبذ كثيراً زيارة الكنائس بالعموم . لكنَّ مريم تريد أن تعرف . وها أول مرّة تخرجان من بيتكما بعد الطوفان .

«يللا . تعال» .

هززتَ كتفيك .

«خايف !» .

زممتَ شفتيكَ وقَطّبتَ جبينكَ . سحبتْكَ من يدك ، فأذعنتَ ، يرغمكَ الخجلُ من أن تُتَّهم بالخوف من الدخول .

الكنيسة شبه معتمة وباردة . صفوف المقاعد الثلاثة الأمامية تكسوها

ثيابُ القوم السوداء ؛ القوم القابعون بتلاصق تلمساً للدفء من بعضهم بعضاً . النساء على اليمين ، والرجال على اليسار ، وبينهما بساطٌ أحمر متهرئ يغطي الممر الذاهب نحو الهيكل . وهناك ، بين باب الهيكل المجلَّل بستارة خمرية والصف الأول ؛ رُفِعَ تابوت داوود فوق مصطبة حجرية . تسللتما أولاً على أطراف أصابعكما واجتزتما نصفَ متر . لكنكَ ، وعندما رانَ الصمتُ ولم يتبقَّ من رنّات الجرس الجنائزية سوى صداها يقرع في قلبكَ ، أحسستَ بأطرافكَ تخذلك . تمنَّيْتَ لو أنك بقيتَ في البيت ، وأخذتَ تفكر : **ألم يكن أحلى أن نلعبَ هناك يا مريم؟ أن ندعَ عمتي تُخرج لي سيارتي الحمراء من الرّف العالي لخزانتها ؟ أن نُقَسّم أزرار أبي إلى فريقين ، الأحمر للبنات والأزرق للأولاد ؟ كنتِ ستغلبينني . أنتِ ملعونة يا مريم !**

ولأنها كذلكِ ؛ سارعَت بجذبكَ من ذراعكَ ، كأنما حدست نيتَكَ بالتراجع والفرار ، فتبعتها مجروراً وراءها . تسحبتما في الممر الفرعي أقصى جهة اليسار حيث لا أحد ، وارتقيتما الدرجات الصغيرة المتلولبة حول العمود الكبير المنتهية بشرفة خشبية ضيقة ، التي تطلُّ على مساحة الهيكل المفتوحة . صرتما فوق المشهد تريان ما يجري تحتكما وتسمعان .

كان الجسد الممدد داخل التابوت المكشوف ؛ إذ رُفِعَ غطاؤه ، أول ما رأيتَه .

كان رجلاً كئيب الوجه كأنه شَمْعٌ خالص ، بذقن غير حليقة ، بشعر أسود مفروق من وسط الرأس ، وبعينين مغمضتين تماماً . رجُلاً نائماً حتى الموت . جفلتَ لمرآه ، فأغمضتَ عينيكَ بدورك ، لتمنع عنكَ مشهدَ رُعب آخر ، غير المشاهد التي كان أخوك يغريك بمشاهدتها في أفلام دراكولا مَصّاص الدماء ! كنتَ تغلق عينيك ، عندما يهمُّ بغرز نابيه في رقبة ضحيته ، وتعمل على طمأنة نفسكَ بتذكيرها الملهوج بأنكَ في سينما الفردوس ، ولستَ في قصر أمير الظلام . أنتَ في عمّان ، بينما الرجل ضامر الوجه خيالٌ على قماشة الشاشة . وأنَّ عشرين درجة فقط تفصلكَ عن بيتكم . ما عليكَ إلاّ أن تفلتَ من الصالة المظلمة وتخرج

إلى ضوء النهار . تهبط الدرجات دون الالتفات لَنصْبة الشاي عند نهايتها على الرصيف ، فتجتاز الشارع ، لتصير أمامَ باب البيت . كان ذلك ممكناً ، وما كنتَ لتقوم به . تبقى حتى النهاية . فما حالكَ الآن ، وأنتَ لستَ تشاهد فيلماً خيالياً في سينما الفردوس ؟ هل تهرب ، ومريم إلى جانبكَ ؟ هيا . افتحْ عينيكَ لترى مشهداً واقعياً . افتحهما لتعاينَ كيف مَلَّ الرجلُ الميتُ موتَهَ ، فارتفعَ جفناهُ لتنكشفَ عيناهُ تحملقان ببياضهما للأعلى ـ تتسعان لاحتضان عينيكَ دون أن تطرفا ـ لتبتلعا وجهكَ المطلّ عليه تسحبانك إليه بصوت سمعته يهتف بكَ يناديكَ ويدعوكَ ؛ فثمة مُتَّسَعٌ لكَ إلى جواره في الصندوق !

فتراجعتَ مفزوعاً .

في لحظة تراجعكَ ، خُيِّلَ إليكَ أنَّ مريم ضحكت . لم تنتبه لارتطام رأسكَ بكتفها. لكنها ضحكت. مريم ضحكت بصوت سمعته كالهسيس، بينما بكيتَ أنتَ بلا أي صوت ـ فلقد دفنتَ وَجهكَ في معطفها الأحمر . أما الآن ، بعد أكثر من ثلاثين سنة ، سأكاشفكَ بإقراركَ أنَّ حكمةً وُلِدَت مع مريم لا تقدر أنتَ أن تفهمها :

«ترشُّ على الموتِ سُكّراً !» .

. . ولم تنم بعدها ، ولمدة طويلة طويلة ، دون أن تُفزِعَ ليلكَ عينان تحملقان ببياضهما تدعوانك إليها ـ فترسم شارةَ الصليب علَى وجهكَ !

* * *

الراحةُ ، والرجاءُ ، وقَولُ المسيح يدعونا بملح الأرض . والأرضُ من غير الملح تفسد .

هل نرشُّ على الموتِ سُكراً ؛ ليحلى ؟

هل ننثرُ على الحياة مِلحاً ؛ لتطيبَ ؟

ألهذا تتحولُ دماءُ المصلوب ، المتقطرة إلى الأرضِ ، وآلامه الطالعة نحو السماء ، لتصيرَ عيداً نحتفلُ به ؟

لا زلتُ لا أعرف.
لا زلتُ أكتب.

القسم الثاني

الأسماء

❖

أن نتبادلَ الحكي يعني أن نتبادلَ دورَ البطولة .

حَسَنٌ . لكنه دورٌ لستُ طامعاً فيه ما دمتَ قادراً عليه ؛ فلا تَخَفْ . إني أتركه لكَ ، ولن أسمح لنفسي بالتدخل إلاّ لملء ثغرات حَكيكَ المكتوب . ولسرد أحداث أراها مهمة ، كنتَ قفزتَ عنها ، سهواً أو عَمْداً (فالإنسان خبيثٌ وماكر حين يتعرضُ لذاته ، مثلما هو نَسّاءٌ متآكل الذاكرة).

غير أن حيرتي قائمة حيال صنيعكَ الدؤوب هذا . فأنتَ مَلولٌ بطبعكَ ، لا تجالِد ولا « تتجمّل بالصبر » ـ بحسب ما يعبّرون . كما أنكَ ، أيضاً ، تنفرُ مما يكتبونه مجرورين بجاذبية العادة وسلطة قوالب التوصيفات السائرة . تَدّعي كتابةً مغايرةً لأنكَ ، مثلما أوضَحْتَ ذات مرّة ، «*لستُ غيري ، ببساطة*».

بهذه البساطة التي أشهَرتَها تلك المرّة ، دعني أُشفي غليلَ حيرتي فأسألكَ عن ماهيّة ما تصنعه ، الآن ، بكتابة أراني كلّما وسعني نجدتكَ فيها لا أتوانى عن فعل ذلك . أقومُ متدخلاً لأصوّبَ ما جرى ، رغم جهلي بما ستؤول إليه أنتَ ، وبما سأكونُ أنا شريككَ فيه . أنتَ ، أنا ـ ليس هذا بمهم . لقد أخبرتكَ أنني لا أطمع باحتلال مكانتكَ أو الأخذ بناصية الحكي ، أو الكتابة ، أو السرد ؛ سَمّهِ ما شئتَ ـ إلاّ للضرورة ومقتضياتها . أو حينما تعجز عنها تماماً لمّا تنام . أو بعد أن يحقنوكَ لتتخدّر ويتلاشى توتر قلبكَ . عليكَ أن تعرفَ هذا ولا تَخَفْ . وعليكَ ، أيضاً ، أن تتذكر أني أنفّذ مشيئتكَ ، أو هي

وصيتكَ بمعنى آخر . ألم تقُلْ أن أعالجَ ما لا أعرفه بالكتابة قبل أن أموت ؟ أو أن تموتَ أنتَ ، بالأحرى ؟

فهل تتذكر ؟

هل تعرف ماهيّة ما نحن مشتركين في تدوينه ؟

كنتَ تخططُ لكتابة رواية . كان هذا قبل إصابتكَ وإدخالكَ إلى هنا . قبل أن تشيرَ لي بعينيكَ إلى لوحة « وليم تيرنر » المغبشة المعلّقة على جدار غرفتك. هي سفينته الغارقة في ألوان تطمسها بقدر ما تومئ إليها وتَشِّفُ عنها. أنتَ تحبها بقدر ما تتطير منها . وثمة حرائق ، تراها دائماً ، تحيط بالسفينة. حرائق الغيوم الهابطة ثقيلةً بحجم الأفق . كأنما المرفأ ليس مستعداً لأن ترسو عليه . لا أنتَ ولا السفينة !

أجل . كنتَ تخطط لكتابة رواية ، فهل ما فعلناهُ حتى الآن ، حتى هذا السطر ، ليس غير المراكمة لمادتها الأولى الخام ، ليصيرَ لنا ، أو لأحدنا ، إعادة ترتيبها لتكون كذلك ؟ لتكونَ رواية ، أعني ؟

أم هي مجرد محاولة منا ، نحن الاثنين ، لاستعادة ماضينا أو ما نقدرُ على استعادته بالأحرى ، كي لا نقضي ونموت تحت وطأة ما نختزنُ في تجاويف الذاكرة : في غور الصدر : في شغاف القلب : في أسئلة لا نعرف إجاباتها : في أجوبة تُعيدنا إلى أصل أسئلتها : في ابتداءات ضاعت نهاياتها : في دروب أوصلتنا إلى بيوتٍ غريبة : في مُدُن أعْرَضَت عن أحلامنا ، فرسمناها على غِرارنا لتتداعى حين نتداعى : في نساء نَسَينا أسماءهن ، فلم نجد بُداً من اختلاق أخرى ، أو أن نُعلي اسماً واحداً نجمعهن فيه لنسكنَ إليه .. ونستريح ؟

أجَل .

إنَّ الأمرَ لكذلك .

سَهْلٌ ويدعو للاطمئنان الكامل .

أجَل .

ويساعد على التخلص من مسؤولية تَتَبُّع تفاصيل جميع الشخصيات

وبنائها المركَب . يعفينا من مهمة اختلاق الفروق بينها أيضاً . فكما تعرف ، هنالك العديد العديد مما هو مشترَكٌ بين الكائنات الإنسانية ، فيجعل من تصرفاتها وردود أفعالها مسألةً قابلةً للتنبؤ مسبقاً .

إذَن : ما جدوى الأسماء الكثيرة بحسب عدد أصحابها ، ما دامت البطولات متماثلة ، مثلما هي النذالات متناسخة عن بعضها بعضاً ؟ فالرواية - إنْ كان ما نحن بصدده رواية حقاً - ليست كشفاً تفصيلياً بسكان المُدُن ، أو بياناً إحصائياً بمُعَمّري ذاكرتنا يُراد منه منفعةً اجتماعيةً ذات بُعدٍ اقتصادي . أو ، بالمقابل ، منفعةً اقتصاديةً ذات مردودٍ اجتماعيّ .. مثلاً .

أليس كذلك ؟

قد تخالفني رأيي الفنيّ في كل أو بعض ما ذهبتُ إليه . هذا حقُّك . ولا أُخفي عليك أنّ مخالفتكَ لي - أو تصويبي لكَ بدوري - سوف يُضفي على هذا النَّص معنىً جديداً يضعه في مستوى الإشكال والمراجعة .

لِمَ لا ؟

أوَلستَ أنتَ مَن يدعو إلى عدم الركون إلى المتعارَف عليه ، كي يُصار للحرية مدلولها المكتوب ، وشهادتها على مطابقة كاتبها لجوهرها ؟

فَلْنَمضِ إذَن لنُسمّي الأشياءَ والشخصيات بأسمائنا التي نختار .

فَلْنَذهب إلى الأسماء عَينها ، عَلّها تسعفنا باستحضار أصحابها حسب ما نرغب .

ولنبدأ بها لنعيّنها باسمها . هي المُقيمة فيكَ ، من قبل ومن بَعد .

قبل السفينة الغارقة في خضرة التل خارج النافذة .

وبعد إشغالكَ لمكانكَ على متنها متآكل الخشب ، لتذهبَ عميقاً في نسغ الأشياء .

7

اليـــوم العـــيـــد وبِنْعـــيِّـــد
بنـذبح بقـــرة الســـيِّـــد
والســـيِّـــد مـــالُه بقـــره
بنذبح بِنتُـــه هالشـــقـــره

*

صباح الأحد .

لا تأتي أعيادنا إلاّ أيام الآحاد .

وغالباً ما يكون النهارُ ماطراً بطوله .

نرتدي ، نحن الأولاد ، الكنزات الصوفية الثخينة . أما البنات ؛ فتُلبسهن أُمهاتهن المعاطفَ الحمراء الجوخ .

في الصباح ، نذهب إلى الكنيسة البردانة ، بعد أن نعبرَ السيل الجاري كالعصافير : نتقافز من حَجَر إلى حَجَر ، حتى نصل الجانبَ الآخر ، فنجدُ الطينَ مستوراً بأخشاب سحاحير الخضار المخلوعة . يجعلون منها مَداساً آمناً من الغوص بأحذيتنا الجديدة في السَّبَخات . نمشي عليها باطمئنان يسوع المسيح وثقته عندما مشى على مياه بحيرة طبريا ولم تبتَلّ قدماه . غير أنّ أحدنا يصرخ بوَجَع ، فنلتفتُ إليه . يتفقده أبوه لاعناً ، بعد الفحص ، مَن نَسيَ المسمار في لوح الخشب . نتمتمُ في سِرِّنا : اللعنةُ خطيئة ، واليوم عيدَ !

يقولون عن الأطفال إنهم ملائكة. أو كالملائكة. لكننا ، بعدما نخلع ملابسنا عنّا ، لا نعثرُ على الأجنحة المحلوم بها. نتفقدها بأصابعنا الغضّة عند الأكتاف : مجرد عظام لم تَغْلُظ بعد أو تتصلب. تحت آباطنا: لا شيء ، سوى رطوبة فاتِرَة ورائحة صابون الحَمّام لا زالت مقيمة ،

وزَغَبٌ حَيي بلا لون تقريباً .

ندخلُ الكنيسةَ ونتخذُ لأنفسنا المواقع المتقدمة في صَفيّ الرجال والنساء ، لنرى المذبح والهيكل والخوارنة بوضوح . أفاقَ أبي مريضاً ، ذاك العيد ، مزكوماً يعطسُ وتدمعُ عيناه . أدركَت أمي ضرورة ملازمته للبيت ولعمّتي التي ما عادت ، بعد الهجرة من يافا ببضع سنوات ، قادرة على احتمال مشقة النزول إلى السيل. كأنما سُلَّت العافيةُ من جسمها و«ركبها المَرَض» ! ، فأرفقتني أمي مع أخي بأختينا ، وانتظمنا في صف النساء . كنتُ الأبعدَ عنها لأنني الأكبر ، والأقرب إلى امرأة شابة على المقعد الخشبي . كانت تتشح بشالٍ صوفيّ طويل ، انفرشَ طرفٌ منه مالئاً مكاني . إلى جانبها ، في آخرِ المقعد ، لمحتُ فتاةً بمثل عمري خَمَّنْتُ أنها ابنتها . ترددتُ متوقفاً عن زحف مؤخرتي كي لا أجلس فوق الشال ، ونظرتُ باتجاه أمي حائراً . ثم لحظتُ ابتسامتين مقتضبتين تبادلَتهما ، سرعان ما تحرَّكَت المرأةُ الشابةُ على إثرها مفسحةً مساحةً تكفيني ، فجلستُ برأسٍ غاطس بين كتفيّ المرفوعين . باتت الصغيرةُ محشورةً بين أُمها والفراغِ في طرف المقعد ؛ فتذمَّرَت :

«ماما ! شوهاد ! إف !».

فأخرستها على الفور :

«بدِّيش أسمع صوتك ! فاهمه !».

أذعَنَت البنتُ ولم تُخرج صوتها ، وانكمشتُ أنا أكثر . بعد قليل ، نظرتُ إليها بطرف عيني ، فكانت تمسحُ بردن معطفها الأحمر دموعاً خرساء . التقت عيوننا ، بينما الشالُ الصوفي الأخضر ، بخرومه الواسعة ، يتهدل بين نظراتنا ، مشوشاً ومخايلاً . لكنني ، وللمرة الأولى، جاءني مَن خَمَشَ قلبي بهمسه فيه : تعرفُ البناتُ كيف يكرهنَّكَ !

رأيتُ ذلك في عَينيّ البنت الصغيرة .

رغم شال أمها الأخضر ومخايلته ، إلاّ أنني التقطتُ المعنى في

نظرتها الجامدة .

كانت رَجْفتي الأولى ، بسبب فتاة .

* * *

. . ها أنتَ تتذكر .

كيف لا يكون ذلك العذاب وقد مَلَكَت فتاتُكَ تلكما العينين الكبيرتين تنفتحان على وسعهما ، وتبتلعان رجفتكَ ؟ عينان واسعتان مغسولتان بدمعهما للتو . أنتَ لا تعرف وجوهَ السحر المتعددة للدموع حين تأتلقُ العيونُ بمائها المالح . كنتَ صغيراً لا تزال . لا تفهم كيف تعمل دُكنة الاخضرار العميق فيهما على إغراقكَ في هَمٍّ طارئ لم تجرّبه قبلاً . لن تُجديكَ توسلاتُكَ ليسوع نفعاً ؛ فذنبكَ عظيمٌ عند البنت الأكبر منك بسنة واحدة واسمها «مريم» : كنتَ السببَ في تعكير صفو العيد من أوّله . وهي لن تغفر لكَ . وانتقامُ الصغار ، كبكائهم وصَخَبهم ، يظهرُمفاجئاً غير مسبوق بأي تعليل . ولقد ظهرَت « مريم» فجأةً في الساحة الصغيرة لمدرسة «روز السَّحار» .

كنتَ تتشيطَن فارضاً عنفكَ غير المفهوم ، مُذّاك ، جالداً سيقان البنات بمريولكَ المُنَقَّع بالماء . تطاردهن ملوّحاً بالقماش الكُحْليّ المجدول ، فيتفرقن هاربات من أمامكَ ، صائحات نصف خائفات نصف ضاحكات ، فتُمعنُ في جَلْدهنَّ . لم يخطر لكَ ، وقتذاك ، إذ كنتَ صغيراً لا تزال ، أنَّ صنفاً منهن (كما حاضَرَ فيكَ نجيب الغالبي ، أو عزيز رزق الله بعد عُمْر) سيوقع بكَ في المنطقة الخطرة بين هذين النصفين . أنتَ لا تعي هذا ؛ فتراكَ تلاحقهن كأنما هُنَّ الطرائد ، بينما ستكون يوماً ذاك الجسد الأهلكتهُ لحظاتُ قضاء وطره منهنَّ ، فباتَ كالجثة الآخذة بالابتراد اللاهث فيما عيونهنَّ ترصدنه بإشفاق . أنتَ لا تعي هذا ؛ فتراكَ تتعفَّر وراءهنَّ في حين تطلُّ عليكم صاحبةُ المكان من شُباكها وتتنبأ لكَ ، بحكمة المرأة العريقة ، أنَّ واحدةً منهنَّ سوف تشعلُ سيجارتها ، قبل أن تغتسلَ من لهوكما الدَّبِق ، وتأخذ بالتفرُّج عليكَ

كأثرٍ سرعان ما يزول . ولأنكَ لا تعي هذا ؛ تعجز عن إدراك أن اللعب يتضمن قدراً من المفاجآت يزيح عنكَ عَماكَ ، لترى إلى قامةٍ فارعةٍ تكادُ تصطدمُ بها ، فتتوقف مرّةً واحدة .

تكون الساحة قد هَمَدَ صخبُها .

لهاثُ البنات يتخافت ، ودقّات قلبكَ تسمعها ، بينما رأسكَ بين يدي صاحبة القامة الفارعة وقد تهدَّلَ شالها الصوفي الأخضر ، واصلاً إلى أسفل بطنها . هناك كان رأسكَ . وإلى جانبها ، أمامكَ ، حَدَّقَت بكَ عينان واسعتان داكنتا الاخضرار ؛ فارتجفتَ للمرة الثانية .

لم تخفف الأصابع من ذهولكَ الطفوليّ ، رغم تمليسها على شعركَ الطويل . بقيتَ جامداً في مكانكَ ، مريولكَ تَنفَكّ جديلته رويداً ، جاعلاً من تقطر مائه بقعةً متطينةً صغيرة بين قدميك . لا بُدَّ أنَّ عرقكَ بردَ عندما سمعتَ صاحبة الشال الصوفي الأخضر تقول :

«مريم . أليس هذا الولد مَن جلسَ بجواري في الكنيسة ؟» .

« آه » ، قالت البنت ، دون أن تزيح عينيها عنكَ ، ثم أردفت ساخرةً :

«ماما ! شايفه ؟ شعره طويل متل البنات !» .

فأخرسَتها ثانيةً على نحو حاسم :

«مش شُغْلك» ، خاصةً لمّا رأت حلقة الصغار تضيقُ لتحيط بكم ، وتعليقات البنات تضربكَ كأنما هي عقابٌ لكَ على شراستكَ :

«على إيش شايف حالَك ؟ روح بالأوّل قُص شعرك وبعدين تعال سَوّي وَلَد» .

فما كان منك إلاّ أن تضرب الأرضَ بقدميكَ ، وتزعق بصوتٍ خَرْمَشَتهُ بحَّةُ بكاء قادم :

«أنا وَلَد . أنا وَلَد غَصْبنْ عنكم !» .

فحاولت صاحبةُ الشال الصوفي الأخضر إصلاح ما أفسدته ابنتها

بملاحظتها اللئيمة :

«طبعاً أنت وَلَد يا حبيبي . طبعاً ، وَلَد ونُص» ، وعادت لتداعب شعرك الطويل بأصابع ضربها التوتر قليلاً ، ولتسألكَ ، وقد ثنت ركبتيها هابطةً إليك : «إيش إسمك يا شاطر ؟» ؛ فبانَ ثوبُ الممرضات الأبيض بأكمله تحت صوف كنزتها السوداء المفتوحة ، متحررةً من أزرارها البُنّيّة الثلاثة التي على شكل « أصابع زينب» من الخشب .

لم تكن لتتداركَ الموقف وقتذاك ، مثلما حاولَت المرأةُ أُم البنت الشَقية «مريم» ؛ إذ كنتَ صغيراً لا تزال . أكنتَ في الخامسة أم السادسة ؟ ياه! لقد مضى زمنٌ طويل طويل على مدرسة «روز السَّحّار» . أم حدثَ ذلك كله في السنة الوحيدة التي أمضيتها ، مع أُختيكَ ، في مدرسة راهبات الناصرة عند سفح جبل اللويبدة ، تحت مستشفى « لوزميلا» ، قبل أن ينقلوك إلى مدرسة للذكور فقط ؟ للذكور الشياطين الذين ، على شاكلتكَ ، يجلدون سيقان البنات بمراييلهم المنقوعة بالماء ، في عزّ البرد، فينبغي لذلك صرف النظر عن قبولهم بعد اليوم . وهذا ما حدثَ فعلاً ـ إذ تحققتَ من الأمر ، عندما راجعتَ أُختيكَ للتأكد ، قبل أن تدوّن تاريخكَ الشخصي وقبل أن تكتبه .

الريحُ شتائية قارسة . ساقاكَ تثلجتا تحت بنطالكَ الذي تلطخَ بالطين وابْتَلَّ تماماً . وما كنتَ لتتداركَ سؤال المرأة عن اسمكَ (ما كنتَ قادراً) فركضتَ لتلوذَ بإحدى حُجرَتيّ مدرستك الأولى . دخلتها بكُلّكَ : هائجٌ ، مجروحٌ ، باك ،متأذٍّ ، غارقٌ في عَتمة الحجرة الطينية القديمة ، لا تلوي على شيء ، إلّاكَ . ثم جاءكَ الصوتُ . نظرتَ باتجاهه ، وسمعته خافتاً :

«حصّةُ الملعب لم ينته وقتها» .

كانَت السيدة صاحبةُ المكان تُدير وجهها عن الشُبّاك المشرف على الساحة ، فتراقصَ النورُ الضعيف الراشح إلى الداخل ، وبتَّ أمامها في المستطيل الضيق المؤدي إلى صفوف المقاعد . لم تستجب لمَلاحظتها هي

أيضاً، وبقيت صامتاً . وكذلك ظلّت السيدة عند شُبّاكها المرتفع تنظرك بعينين لا تميّزهما ، لكنك ترى التماعاً ، يكاد يكون أبيض ، يشعُّ من دائرة رأسها الغاطس في الظل الكثيف .التماعاً يذكّرك الآن بهالات القديسين المستديرة المرسومة خلف رؤوسهم في أيقونات الكنائس . مضت لحظات ، دقيقة ، قبل أن تعاود مخاطبتكَ :

«هل بَردتَ ؟» .

كنت بالفعل تتلقى تيّار البرد الهابّ من باب الحجرة ، الذي تركته مشرعاً حين دخلتَ هائجاً ، فيشتدُّ ارتجافُ بدنكَ ، وتعدم الإحساس بساقيك المثلجتين .ثم قالت بصوتٍ خلِته يخرجُ من أُمكَ :

«تعالَ » .

كان صوتها دافئاً ، وله رائحة قشور البرتقال المنثورة فوق جمرات «المنقل» النحاسي في بيتكم ، فتقدمتَ إليها .

« اجلِسْ» .

قالت ، مشيرةً بيدها إلى أول مقعد قريب منها ، فجلستَ جاعلاً رأسكَ بين كتفيكَ وعيناكَ تنظران الطينَ الذي تَخَلَّفَ عن حذائيكَ الغارقين بالماء الموحل . مدَّت يدها التي أشارت بها قبل قليل ، والتقطَت مريولكَ الكُحلي المَنقَّع . ولما فردَتْهُ لتتحسس قماشته بباطن كفها ، علّقت كمن يتنبأ بحقيقة آتية :

«أُمكَ ستضربكَ ، على ما أظن » .

كنتَ تعرف هذا ، وتخشاه .

. . وكان أن نادت ، فيما بعد ، على « خضر» الذي مَرَّ حينها خلف سور المدرسة الواطئ . «خضر شاويش» صانع الطبول وبائع الفخّار . طلبت السيدةُ أن يوصلكَ إلى البيت القريب على الجانب الآخر للسيل .

«الولَد سيمرض» .

نبّهتهُ قبل أن يهبطَ بكَ ، ممسكاً بيدكَ ، لتنحدرا السفحَ الزلق كالصابون . انتهيتما بعد ذلك إلى خان أبو خليل الشركسي على يمينكما . ثم مضيتما تعبران السيلَ الذي لم يحن ميقاتُ الخروج القاتل لتنانينه من أجران مياهها الجوفية .

* * *

لا أعرف كيف صارَ لي أن فكرتُ بأنَّ السيلَ لا يهيجُ إلاّ عندما تنهضُ التنانينُ من مخابئها تحت الأرض . ربما الخوفُ هو السبب . الخوفُ من أمرٍ مدمر لم يكن بمقدور مداركي ، وقتذاك ، أن تستوعبه ؛ فأحلتهُ على مَا رَسَّختهُ الصورُ الملّونة في داخلي . التنين رمزٌ للشَّر ، وهيجانُ السيل شرٌّ أيضاً . ولكن : إذا كانت الأيقونات في الكنيسة تصوّر مار جريوس يقوم بطعن التنين بحربته من فوق صهوة حصانه الأبيض ، فمَن القادر على قَهْر السيل ولَجْمِ اندفاعاته المدمرة للناس والبيوت ؟ وكيف ؟

مار جريوس هو النبي الخضر . لا فرق . الجميع متفقٌ على هذا .

وخضر شاويش لم تنقصه صفاتُ البطولة في عَينيّ الوَلَد الذي كُنْتُهُ . ولعلّني ، حتى اللحظة ، أستمرئ المحافظة على صورة الرجل الذي ما انفكت أفعاله المتميزة تتمازج مع حكاياته العجيبة . أو تقترن أعمالهُ المُتقنَة بما تعلمته منه ، أو بوَحيٍ من شخصيته .

لا فكاكَ للحكاية عن صاحبها : فكرتُ فيما بعد . وها إني اقول ، الآن ، أنْ لا فاصل، إذ صاحبُ الحكاية هو الحكاية .

أوصَلَني للبيت بعد أن عبرنا السيل ، حاملاً إيّاي على كتفه ، متنقلاً بمهارة عالية وحَذر شديد فوق الأحجار المدببة الصقيلة والزلقة . لم تخطئ قدمهُ موضعها مرّةً واحدة . انتبهتُ ، يومها ، إلى انتعاله حذاءً رياضياً بنّيَّ اللون . ثم كان لي أن اعتدتُ رؤيته بحذاءٍ رياضي أبيضَ في الصيف .

«هكذا تصيرُ خفيفاً» ، قال بعد وقت موضحاً: «على الرياضي أن

يكون خفيفاً دائماً » .

وكان خضر شاويش خفيفاً في كل شيء . في حركته ، وفي كلامه، وفي عمله حين يكشط فروة الجلدِ المُقَدد بالملح والشمس ليهيئه فوق فوهة الطبل الفخّاري ، وفي عراكاته مع أشقياء المنطقة وبَلطجيات الليل عندما يمرّون ، وقد تعتعهم السُكر ، ببرّاكيته الخشبية على جانب السيل . خفيفاً في إشهاره للموس «أبو سبع طقّات» في وجه مَن لا يقتنع بأن «يكُفَّ شَرَّهُ» بالكلام . وخفيفاً كالنمر في أفلام طرزان ؛ تلك التي يحرص أبي أن يكون خضر مَن يرافقنا ، أنا وأخي ، إلى صالات عَرْضِها في سينما البتراء ، ودُنيا ، والكواكب ، والفردوس .

ومثل خفّته ، كان أدبه أيضاً .

فتحَ أبي الباب . تناولني منه . فوقفتُ بينهما .

«ادْخُلْ يا خُضُر » ، دعاهُ أبي ، ناطقاً اسمَهُ على نحوه الشاميّ الخاص .

«شكراً يابا . معلش» .

« ألا تريد أن تتزوج يا خُضُر ؟» ، سأل أبي .

« لمّا يصير النصيب . أي خدمة ؟» ، قال . ثم أضافَ عندما شكره أبي :

«السلام عليكم» .

وخطا مبتعداً عنا . نفذَ من بين ظهور الرجال المثقلة بمعاطفها وسلال حَمّاليها المعبأة بالخضار . خطا بسرعة كأنما يطير . لم يكن يمشيَ أو يتراكض . كان يطير !

.. بعد زمن ، وإثر اطّلاعي على رسومات الأساطير في الكتب والمجلات الفرنسيّة في مكتبة مدرسة الفرير في القدس، لم أعُد أرى حذاء خضر شاويش إلاّ مزوّداً بجناحين صغيرين يرتفعان به في الهواء ! أم هي ، ثانيةً ، إحدى تمثيلات الملائكة الراسخة في خيالي : شابٌ

جميل طويل الشَّعر أشقره ، مفتول العَضَل رافعاً سيفاً يتقدُ لهباً ، ومحلّقاً فوق العالم بصندلين مزودين بجنَاحَين أبيضين صغيرين ! ثم ما لبثتُ أن تساءلتُ : كيف لجناحَي حمامة أن ترتفعا برجل ! لم أتوقف طويلاً حيالَ ذلك ؛ علّني بررتُ الأمرَ بأنَّ للملائكة امتيازات ليست للبَشَر . أو علّني أردتُ أن أُصدّق هذا لأصدّقَ ما سوف يتأتى لي أن أتذكره فيما بعد .

«الخفَّةُ أهمُّ من القوة !» .

عَلَّمني ، عندما كان يسترسلُ بسرد حكاياته عنه ، وعن يافا .

في المساءات الباردة ، حين يشتد هطول المطر منذراً بليلةٍ عاصفة ؛ يُرسلُ أبي مَن يستدعيه ليكون معنا .

«ألا تخاف أن تغرق برّاكيتُكَ ؟» .

«يسترها ربُّكَ » ، يقولُ مهوِّناً ونافياً احتمال الخطر .

لكنَّ عمتي سرعان ما توقف تغافلَه ، وتقرر على الفور :

«الدكاكين على السيل غير مؤجَّرة كلها . اسكُنْ في أحدها» .

يتحجج بأدب وتهذيب ، غارساً نظرته في كَفّيه الغليظتين المستريحتين في حجره :

«الدُّكان بابُ رِزق ، وليس بيتاً !» .

فتردُّ عليه بأسلوب الرجال :

«الرزق على الله» ، ثم تردف دون أن تتيح له فرصة قول المزيد :

«يَللا . رُحْ اجْمَعْ حاجياتك الضرورية وضَعْها في الدكان» .

وقبل أن يغادر خفيفاً ، كأنما هو خَيالٌ بلا وزن ، تذكّره :

«تعالَ إسْهَرْ معنا . أُحبُّ حكاياتكَ عن يافا» .

هكذا كنتُ أعيش هزيمةَ التنانين وشرورها ، عندما نغرق ، جميعنا ، في تفاصيل الحكايات . هكذا تكبرُ الحكايةُ وتَقوى بنيتُها لتكون هي

القادرة على قهر السيل ، ولَجْم اندفاعات تدميره . ننسى زمجرات الغضب في الخارج الغرقان ، ونطفو فوق حرير ما كانَ يوماً . نستعيدهُ على طقطقة الكستناء المدفونة بين جمرات المَنْقَل ، والمذاق الحلو للبطاطا الشتائية في عِزّ موسمها .

كانت يافا مدينة تجمعهما لمّا يغطسان بالحديث عنها . وكانت ، مثلما يتراءى لي الآن ، حكايةٌ كبرى لا يستطيع أن يعيشَ واحدهما خارج مداراتها . هُجّرا منها ؛ لكنهما يحلمان بها دائماً ، ويحكيان . يحكيان ويغوصان في مياه بحرٍ لا نراه ، نحن الصِّغار تلك الأيام ، ثم يخرجان بملامحَ مَلَّحها دَمعٌ خَفيّ .

* * *

أبالحكايةِ نستعيدُ المكانَ وأنفسنا ، أم بالحكي نعيشُ الحُلمَ ونتدثّرُ به ؟

هيّا يا خضر . احك . لكَ دورُ البطولة الآن . لن أقاطعكَ أنا ، كما يفعلُ بي قريني ، المُعْتَزّ بذاكرةٍ يَدّعي أنها مُصانة . مَن يدري ؟ . . لعلّه مُصيبٌ والساهي أنا .

احك . وسأكتفي بتسجيل حكايتكَ ، بحسبكَ ، طبعاً .

أُسجلّها على شرائط وأفرغها على الورق . قد ألجأُ إلى تحوير بعض كلماتك . أو أدعها كما هي لتعبّر عن لغة ذاك الزمن . أو أتدخل في صياغة سردكَ ـ فأنتَ ربما لا تدركُ أنَّ الكتابة ليست هي الحكي . وعليكَ أن تعرف ، أيضاً ، أنَّ قانوناً خاصاً لكلٍّ منهما يؤدي بالحكاية لأن تصيرَ حكايتين .

* * *

أجَل .

تصيرُ الحكايةُ حكايتين . تصيرُ أكثر .

هي الأمور هكذا على الدوام . وأنتَ لم تكتشف هذه الحقيقة إلاّ بعد مرور أكثر من عشر سنوات . بل أكثر بكثير. عشرون سنة مرَّت ،

تقريباً ، عندما ذهبتَ إلى خضر لتسجّل حكاياته على شريطين . لم تكن تدرك تماماً ، وقتذاك ، غايتكَ من ذلك كلّه . ربما حدّثتَ نفسكَ بأنها ستكون مادةً أُولى لريبورتاج صحفيّ ، تضيفه لرصيد عملك الجزئي في الجريدة . معلّمٌ في مدرسة حتى الظهيرة ، وصحفيٌ يفتّشُ عن الحكايات في مساءات الشوارع وليل المدينة .

اجتمعتما في « الوحدات» . بيته هناك . على فراشٍ فوق الأرض جلستما . جهاز التسجيل بينكما ، ومن فوقه تتبادلانَ السجائر ، وترفعان الشاي لترشفانه . الإبريق على الصينية إلى جواره .

يرفعه ليملأ منه كوبكَ كلّما فرغ ، ويواصل الحكي .

تلتقط كلماته الآن ، وتفرّغها على الورق .

كنتَ تنصتُ وقتذاك . يحكي لكَ عمّا جرى . تقاطعه لتستفسرَ أو لتعلّق . صوتكَ هو صوتكَ . داخل الشريط . صوتكَ يطلع من الشريط كأنما يريد مشاركة صوته في سرد حكاياته . وكذلك ، أصوات أهل البيت العميقة الآتية كالهمس خلف الحائط ، وصُغرى بناته لّما جاءت إليكما بالشاي . وأحياناً ، عندما يسودُ صمتُ إشعال سيجارة ، أو رشفة شاي ؛ تتضحُ نداءاتٌ مبهَمَة لنسوة البيوت المتلاصقة في أزقة المخيّم .

الأزقةُ ضيقة تتوازى وتتقاطع خطوطاً شبه مستقيمة بلون الإسمنت المُغطّى بطبقة وَحْلٍ تَخَثّرَ في شقوقها . وكلّما أمطرت السماء لساعة أو أكثر ؛ سالتَ جداولُ عكَرَة لتجرفَ الأتربة ، وضجَّت متدفقةً متدافعةً في المجرى المكشوف وسطَ الزقاق . وعلى الجانبين ، لصق الجدران ، تهدرُ أنابيبُ المزاريب بماء الأسطح لتضخه باتجاه الجداول والمجرى . يغرقُ العالمُ في تلك الساعة وتنغمرُ العتبات تماماً . توصَدُ الأبوابُ على ساكنيها ، فينكفئون إلى أفرشة الأرض وبُسُطها ، يتقربون من المدافئ البترولية .

وكنتما تسمعان جرَيان كل هذه المياه تحت النافذة في الخارج .

أهذا ما جعلَ للحكايات ، عندكَ ، مذاق الشاي المُنعنَع أو المزكّى بالقرفة ؟ أهذا ، وسواه من أيام الشتاء الأولى ، ما فتحَ ثقوباً في كتابَتكَ لها ؟ البردُ الهابّ من أركان الغرفة . والدفء الذي أعادكَ سنوات للوراء ، قارعاً طبولَ ذاكرتكَ ، المتيقظة على وَبْرَة بطّانيّة جاءت لخضر هديةً من «أبي العزّ» ، جارهم ، جلبها معه من حَجّه لبيت الله الحرام . هو أشارَ إلى هذا عابراً ، خضر ، لكنكَ لم تجعلها كذلك ، تعبرُ ؛ إذ نَبشَت هذه البطّانيّة في مطموركَ وأحيته من جديد .

حاولَ أن يعتذر عن تواضع المكان : «فنحنُ في الوحدات كما تعرف، والمخيَّم . .»

قاطعته : «أنا أعرف المكان إنْ لم تكن أنتَ تعرف أنني أعرف» .

وكنتَ تزمع حثّه على أن يتحدث عن جاره «أبو العز» ، حامل البطّانيّة ، والسُّبحة الكهرمان ، والـ «غَلن» المملوء بماء زمزم ، واللحية السارحة بتهذيب حتى أوّل صدره ، والشارب المحفوف تيمناً بالسُّنَّة الشريفة ، ورائحة المسْك الفائحة من تضاعيف ثيابه المضمخة بالعطر الباكستاني الطاهر ، ودمغة البرهان على أداء فروض العبادة والصلاة المنتظمة الموشوم بها جبينُه من كثرة السجود والابتهال ، واللوحات المذهَّبة والمزجّجة والمؤطَّرة لآية الكرسي وغيرها ؛ تلك المعلّقة في مكتب إدارته لشركة النقليات الرائدة في «القويسمة» ، حيث شاحنات المرسيدس تصطف بانتظار تحميلها لتتحرك إلى السعودية والكويت والعراق ، وعلى جلدتَي عجلاتها الخلفيّة المزدوجة المرفرفتين خُطَّت ، إلى جانب شعار الشّركة الصانعة ، **هذا من فضل ربّي وعين الحسود تُبلى بالعمى** ، بينما بمقدور كلِ سائق يصدف أن يمرق مواجهاً إحداها قراءة **كُلُّ مَن سعى رُزقَ** ، وكُلُّ **مَن عليها فان** ، مخطوطتان برداءة فوق الواجهات العاليةَ لسقوف كابيناتها ، والمصاحف الصغيرة في علبها المخمليّة ، النيليّة والخمرية ، لاقطة الغبار ، بأقفالها الرقيقة الواخزة الصاج الفالصو ، الموزعَة فوق تابلوهات الزجاج الخلفي والأمامي لأسطول سيارات التاكسي الصفراء مدهونة الأبواب بدمغة جهة

الترخيص الخضراء «**تكسي العودة**» !

كنتَ ترغب حَثَّ خضر على أن يتحدث عن الجار العزيز «أبو الفدا»، غير أنكَ خشيتَ أن تخلطَ بين حكايتين ،فيطيشُ هدفُكَ . أَقُلْتَ «أبَو الفدا» قاصداً «أبا العزّ» ؟ نعم . ولم أخطئ . فهذا هو ذاك . ولا فرق سَوى ما يجبله الزمنُ منا ليجعلَ الواحدَ اثنين . ومن هنا، ربما، يصير للأسماء معنى . وهكذَا أبقيتَ ما عندكَ عندكَ ، وتركتَ لخضر دفّة الحكي .

ففي الحكاية يحضرُ خضر عندما يحكيها وفقاً له .

وفي كتابتها تحضرُ أنتَ بحسب ما تُظهرهُ كلماتُكَ .

فماذا قالَ خضر ؟

وماذا كتبتَ أنتَ ؟

8

دار الشريط ، فطلعَ الصوت . أخذتُ أفرغـه على الورق . كنتُ ، كلّما تعبتُ من التقدم بالشريط ثم الإعادة للربط بين الكلمات ، أعملُ على تحريره بتنقيته من زوائد الكلام . وكنتُ ، كلّما استُفزَّت ذاكرتي بكلمة من خضر ، أو بموقف مفارق ، أو بمشهد مثيل أو شَبيه ؛ أدوّنُ ذلك على هامش الورق .

***

أنا خضر حسن عمر الشاويش ،

من سكّان يافا سابقاً .

أبدأ رحلتي بالرياضة .

كان عمري حوالي أربعتعشر سنة . بدأت ألعب مع ولاد الحارة من جيلي . عسكر وحراميّة . عشرة وعشرة . كنت النشيط بينهم . كانوا يقولوا : خذوا أنتم التناعش وإحنا التمانيّة شرط أن يكون خضر معنا . كان النشاط عندي عبارة عن «خفيّة» . ماكنتش عارف إني مش قوي . وفي يوم راحوا الشباب للبحر . ولاد حارتي . تمرّنوا على رفْع الحديد ووصلوا للسبعين كيلو . كنت واقف معهم أتفرّج . الحديد هناك على طول الشّط ، و«الرّقّيعة» كمان . على البحر كان خمس ست شباب بيصلوا السبعين . منهم بيرفع أكثر ومنهم أقلّ . أذكر واحد اسمه

أحمد . آه ، ابن الأستاذ . موجود حاليّاً . أحمد اليوم لَحَّام . موجود في البَلَد لَحَّام . إيش ؟ طبعاً كبر . هَيّو تخين وشعره أبيض . سألني أحمد : يا خضر (وكان ولاد الحَارة حوالينا) تقدر ترفع الحديد ؟ بتعرف كيف ترفع الحديد ؟ بتقدر تشيل السبعين ؟

يومها ماكُنتِش جرّبت رفع الحديد أبداً .

وعلشان كنت أفوز عليهم بـ «الأباط» ، جاوبته :

ـ ولو ! معقول إنكم بترفعوا أكثر مني وأنا بَغْلِبكُم ! طَبْ أنا بارفع زيادة عن اللي بترفعوه .

يومها لم أكن ، كخضر ، قد جرّبتُ حَمْل البندقية . هو لم يجرّب الحديد ، وأنا لم أجرّب البندقية . كانت البندقية حلماً جديداً آمنتُ ، مثل غيري وقتذاك ، بأنها ستتكفل بترميم حلمنا القديم . انكسرَ ذاك الحلم ، لكنهم قالوا إنها مجرد نكسة . لكن الحلم تلاشى في خمسة أيام. وبدلاً من أن نحرر الأرض السليبة ، خسرنا أرضاً جديدة ! بتُّ أراني بَدَداً ، ولا ذنب لي . قالوا : هُزمنا . فقلتُ : لم أحارب . وقالوا : أنتم أخليتم البلادَ وسلّمتموها للعدو «مفروشةً» ! فقلتُ : أنتم ؟ قالوا : نعم ، أنتم . فقلتُ : ألستم أنتم نحن ؟ ألسنا نحن أنتم؟ ألسنا نحن نحن ؟

لم أكن ، يومها ، قادراً على إدراك كَم معقدة هي المسألة التي كنتُ أراها ، وما زلتُ ، بسيطة لا تحتاج سوى لطيبة قلب خضر ، ولبراءة نيَّة أزعمُ أني أمتلكها . تلخَّصَت المسألة في نظري بالحرب الأبدية بين الخير والشر . بين الأبيض والأسود . بين العسكر والحراميّة ، التي كانت مجرد لعبة ينخرط فيها خضر مع أولاد حارته . لم أكن

لأستدلّ عمّا يكمن من تفاصيل تحوّلُ الخيرِ شراً ، والشر خيراً . وفي التفاصيل ، كما صرتُ أَعرف ، يسكن الشيطان !

ثم كان أن سعيتُ لاكتشاف عالم الرجال الخارقين : أولئكَ الذين حَلَّت بوسترات صورهم ، ببندقية الكلاشينكوف ذات التكوين الرشيق ولَثْمة وجوههم الغامضة ، محل إعلانات السينما لأفلام **زورو** المَقَنَّع المسلّح بسيفه الرهيف ، **وهيركليز** الجبّار بعضلاته الهادمة للأعمدة . كان الأخير نموذجاً أواظب على رسم جسمه الأسطوري في دروس الفرنسي لأفاجأ ، غالباً ، بالفرير الذي نسيتُ اسمه ، دون أن أنسى صفعاته وشَدّه لسالفيَّ لفوق حتى أكاد أصرخ من الوَجَع ، ودون أن أنسى اضطراري للوقوف كلّما زادَ من فَتْله للسالفين فأرى في البعيد القريب اليهوديات فوق أسطح البيوت الخربة عند الخط الآخر للأرض الحرام ، ودون أن أنسى حلاقته لجانبي رأسه على الزيرو ليبدو شعرُهُ في الوسط منتصباً عالياً ومائلاً للخلف قليلاً ، فيتحوّل ، عندما أرسمه ، إلى شبيه بخوذة جندي روماني ، كما نراه في الأفلام !

أفلام! الدنيا أفلام . يقولون . وعَلّني تورطتُ ، بنصف وعي، في دنيا جديدة أردتها فيلماً بديلاً عن كل ما شاهدته : عَلّني تورطتُ في منطقة الوسط ، ما بين مناظر صالات السينما ونقاشات المقاهي عن آخر كتب قرأناها . انتقيتُ شيئاً من هنا ، والتقطتُ شيئاً من هناك ، وجبَلْتُ كياناً رغبتُ فيه . كياناً يقوّضُ السببَ الأبكاني فكتبتُ **«والرجالُ يبكون أيضاً»** .

لن يبكي الرجال بعد الآن . قلتُ . ثم قلتُ : «سأكونُ مع حاملي الكلاشنكوف . سأبحثُ عنهم . سأجدهم!»

رُحنا للبحر وولاد الحارة معنا . الواحد منّا «شايف حالُه» في هذا السّن وأقلّ غلطة . . يعني مسألة حساسة . . و« يا ورَدي» لو . . أقل غلطة ، آه ، كنت رَحْ أضيع ! الكُل يتفرج . الحديد موجود دايماً على البحر ، ودايماً هناك «الحويطيّة» و «لَمّة الرفيعة» . أهل يافا بيتذكروا هذا. حديد ، نَتْر ، رَفْع ، منطقة البحر مَليانة ، فـ« مَيّلْتْ» مع حوالي خمستعشر واحد من الرّفيعة. وقفنا على البحر بـ «الكلاسين» .

ـ إنتَ الأوّل .

بَديت بالأربعين الموجودين . رفعت الأربعين ، بس شُفت حالي بدّي أقع !لَورا شويّة لقدام على وجهي شويّة ، وحوالي ستين سبعين،كبار وصغار ، وكُلهم يطقسون ويضرطون عليّ ومن جَميعو وإيش هذا! إنتَ بتستعمل السّري ؟ وساعتها تركت الحديد وصُرت كالطلَق . ركضت وأنا حاسس المسخرة متل طلقات الرصاص في ظهري ! هذي العادة موجودة في كل شَب في هذا السّن .

مشيت ، وفكرت بأن كل واحد غلبته راح يلاقيني لـ «يتفّ» عليّ . هيك تهيأ إليّ . يا ورَدي ! وأنا ، بصراحة ، كنت أمارس العادة السرية. لا أنكر . تلات أربع مرّات في اليوم . عادة إذا استمر عليها البني آدم بتصير مثل« شُرْب الدُخّان» . بتزيد . وهذا الشيء ماكنتش أعرف عنه . المهم . شهرين في الدار ولا حَدّ من الحارة يشوف وجهي. عرفت إني مش قوي وإن الموضوع «خفيّة وبَس» . وصرت أسأل نفسي: كيف راح أوصل السبعين ؟ كيفَ ؟

ولكن ؛ كيف سأجدهم ؟ كيف أعثر على أوّل الخيط ليوصلني إليهم ؟ ليسوا مرئيين .يعملون بالسر ، ولكن أفعالهم معروفة. قبل أيام هاجموا دورية إسرائيلية . نشرت الجرائد الخبرَ بعناوين حمراء .وقتها كانوا يعتمدون على الخطاطين ، مثل طرخان ، لكتابة العناوين على نحو

بارز . سألتُ الشاويش في حصَّة التدريب العسكري عن ذلك ، فقال إنه لا يعرف . كُنا التزمنا ،أسوةً بجميع طلاب المدارس وموظفي الدولة ، باستخدام «فوتيك» الكتّان الكاكي في زينا اليومي. فنحنُ **خرجنا من حرب** - قَالوا ؛ ولكنني فكّرتُ : نحن لم ندخل حرباً، فكيف نخرجُ منها !

صرت أروح كل يوم ، عند المغرب ، على البحر . فيه هناك عريشة، مثل قهوة ، ينصبوها في الصيف ويفكّوها في الشتا . وعلشان الرياضة الحقيقية بعد العصر ، كانوا يركنوا الحديد ورا العريشة حتى يصير الوقت المناسب . فكنت أروح وأدفع قرش ، وكان القرش مش قليل ، ومرّات قرشين . أناول «الزّلَمة» القرشين وأدخل ورا العريشة. لأ ، ممنوع . معلش . راح أكون لوحدي . وهيك صرت أتمرن . حاولت جهدي أن أقطع العادة ، وإذا غلطت وعملتها ، أقعد في الدار «ألَطّش في حالي» . مرة ومرتين ، حتى تخلصت منها .

وكنتُ فكرتُ ، خلال تلك الفترة ، أنَّ انسحاب مريم من أحلامي سببهُ الحضور الطاغي لنادية لطفي . نادية لطفي التي دوّختني بمجموع قبلاتها المحمومة لعبد الحليم حافظ في فيلم «أبي فوق الشجرة» . غير أنَّ تداخلاً خبيثاً لصورة مريم في وَهَج نادية لطفي ، جعلَ مني شاباً يطفو فوق العالم . أُحلّق مع تلك المرأة الجامعة لهما ، بلا أجنحة ، تماماً كإحدى لوحات شاغال التي باتت ، لمّا وقعتُ عليها ، تمثيلاً خارقاً ، نورانياً نوعاً ، لحالتي .

فإذا كان خضر «يلطّش في حاله» كلّما مارسَ العادة السرية لأنها تعجزه عن حَمْل الحديد؛ صرتُ أستعيضُ

أنا، أحـيـاناً ، عـن تلك العـادة بحلم أن أطيـر لأصلَ إلى أماكن مَن يفتدون الأرض بدمهم ! كنتُ أطير وفي داخلي أحملُ امرأتين في واحدة ليست هذه وليست تلك !

استـمريت على الحديد . يوميـاً . ولغـاية شـهرين كنت أتمرن حتى وصلت السبعين . . .

ـ وصلت السبعين ؟

آه . وصلت السـبـعين . وبعـدين رحت للزلمة اللي اسـمـه إليـاس الشعّـار . هذا اليوم فـاتح نادي في القـدس . بيقـولوا إنو مـات . أنا لا أعرف . هو رجل قوي ، يعني . . .

ـ أكان مدرّباً ؟

على البـحـر عنده نادي وكـان مُـتّـهَم بأنه يعني . . مـخـصيّ هو . كـان بيمشي وحواليه الشباب . بَس خربان . بَس الناس . . حتى يمكن . . هو مُتّهَم ، ويمكن إنه قُتل بسبب هالتهمة . بَس هو أبداً . كان بيرفع الميّة كيلو بيد واحدة . . .

وكـان أن دَلّني النبيل ، إثر معركـة الكرامة بـأشهر ، على شـخص له صلة مع رجـال حلمي الجـديد . النبـيل ليس اسمه في الحقَيقة . صار اسمه فيما بعد . كـان اسمه غانم. وكان يعمل في صالة البليـاردو داخل شارع سينما الحسين . «أهلاً شباب !» يرحّب بنا بودّ حار كلّما دلفنا لنلعبَ ، قـبل وقت عـرض الفـيلم أو بعـده ، ويرتب الكُرات الملوّنة المرقـمـة داخل المثلث الخـشـبي حـسـب الأصول . المهم . دَلّني النبيل ، أو غـانم . رافقني إلى الوحدات ، وكنتُ أدخلها للمرة الأولى . لا. ليست المرّة الأولى. في المرّة الأولى ذهبتُ لأحضر مهرجان معركة

الكرامة. أُقيم المهرجان هناك . في واحدة من مدارس وكالة الغوث ، على ما أذكر . كان المكان يصخبُ بأناشيد « فتح»، وملصقات الفدائيين ، وصور الشهداء رُسمت وجوه بعضهم بالفحم الأسود .

لم تكن المرّة الأولى ، لكنها كانت أوّل مرّة أواجهُ فيها رجلاً منهم. كان منبطحاً فوق حشية من الإسفنج على الأرض. حشية كهذه التي أتربع عَليها الآن أُنصتُ لحكاية خضر شاويَش. وأذكرُ ، تماماً ، أنَّ بطنه كانت مكشوفة إذ انحسر قميصه ، والقذى في عينيه ما يزال . فردتا حذائه تحت النافذة وبداخلهما الجوربان . سَلَّمَ عليّ ، ونهض حافياً ليغسلَ وجهه . ثم سمعته من خلف جدار الغرفة غير المَطلي بعد ، والعاري من أية صورة ، والباقي على حاله بعد القصارة الإسمنتية الناعمة ، يطلب من صديقي غانم :

«سوّيلنا بَرّاد شاي يا رفيق !»

عند سماعي الكلمة الأخيرة ، وكانت مرّتي الأولى أيضاً، اضطربتُ في أعماقي . رفيق ! ها أنا على عتبة عالم لطالما حلمتُ به ! ها أنا أدلفُ الغرفة الأولى لصُنّاع الكرامة . ها أنا أنتظر ، وكنتُ وحدي في الغرفة أرقبُ ضوء الظهيرة الهاجم على النافذة المستورة بورق جرائد أُلصقَت على زجاجها ؛ وما كانت لتمنعه من غزو المكَان.

ـ هل قُتل في الثمانية والأربعين ، يعني ؟

لأ . في القدس . فاتح نادي كبير. كان يطعج الحديد ويلفّه . يعني مش قليل . بعدين أظهرت نفسي للشباب .إيش ! شوفوا شوفوا هذا !

وصاروا يطقّسون عليّ . أنا كنت مريض . قلت . وهَيّو الحديد بينا . قال مريض قال ! يا فلان ، يا فلنتان ، يا سعدان ، وتجمع حواليّ عشرين خمس وعشرين : تعالوا. هَيّو . رَح تضحك علينا إحنا ؟ لأ ، الحديد قدّامنا وبعدين احكموا . بَس أنا فكرت : مين اللي يجمع كل هالناس إللي شافوني أوّل مرّة ؟

عاد الرجل وقد غسلَ وجهه وسَرَّح شعره . كانت سمرته لافتة . في منتصف العشرينيات من عمره . شاربه كثيفٌ يغطّي شفته العليا بكاملها . ابتسمَ بتحفظ ، مسوّياً قميصه فوق بنطاله ، وتربعَ أمامي ، سانداً ظهره إلى الجدار تحت النافذة المواجهة لي ، وإلى يمينه الحذاءان بالجوربين .

قال غانم ، وهو يسكب الشاي ، معرّفاً بي :

«هذا هو الشاب المتحمس الذي حدثّتك عنه» .

«أهلاً .أليس له اسم ؟» .

قلتُ ، وكنتُ أخبرتُ غانم ، أو الرفيق النبيل ،أن لا لزوم لأن يعرف اسمي قبل أن يقبلوا بي ، ملتقطاً اللقب الذي هَيَّجَ أعماقي :

«اسمي رفيق» .

كأن المسألة لم تنطلِ عليه . رمقني متفحصاً .لكنه رشف قليلاً من شايه ، وقال :

«أنا أبو الفدا .الرفيق أبو الفدا» .

ورشفَ ثانيةً ، بصوت مرتفَع هذه المرّة .جالَ بعينيه على الأرض كأنما يفتّش عن شيء . ثم رأيته يمد يده إلى جيبه ليُخرجَ نصف دينار .

«خُذْ . هات لي علبة كمال !» .

ورمى بالورقة نحو غانم ، أو النبيل ، وسألني :

«هل تدخّن ؟» .

قلتُ : «نعم أدخّن» ، لكنني لم أرتح لطريقته في مخاطبة صديقي . أخرجتُ علبة الـ **فيلادلفيا** من محفظتي الصغيرة ، السائدة ذاك الزمن ، وقدمتُ له منها . قبلها . لم يقُلْ «شكراً» . أنا لم أنتظرها . لكنها العادة . وفكرتُ بأني أدخلُ فعلاً عالماً جديداً . زهوتُ بهذا وتناسيتُ طريقته الآمرة . ولتمرير الوقت حتى يعود صديقي ، أخذ «أبو الفدا» ينثرُ جُمَلاً قصيرة مثل : *طريقنا طويلة ، ستكون ثورتنا حتى النصر والتحرير . . تأكّد ، شهداؤنا في الجنة ، العَرَب تاجروا بنا*. ثم أخذ يتحدث عن حكاية الهجرة الأولى واستقرارهم في أريحا. وقال : نزحنا من عقبة جبر ، *لكن الأصل من جهة العباسيّة* .عندها ؛ سرعان ما أجهضَ زهوي بحميمية حديثه معي ، لمّا أجبته عن سؤاله : *مِن أي بَلَد أنتَ في فلسطين ؟*

«لستُ من هناك . أنا من عمّان» .

إذ تغيّرت لحظتها ملامح وجهه . كأني عاينتُ انزعاجاً في عينيه ، أو ما يشبه ذلك . كأني رأيتُ تردداً أو حيرةً . لكنه لم يمهل نفسه أو يمهلني طويلاً ؛ فسألني :

«طيب. أنتَ لستَ منا ، فلماذا تريد أن تكون معنا ؟» .

أُسقط في يدي . حِرتُ في سؤاله فلم أعثر على إجابة ، بعد تلكئي ، سوى :

«يعني ، ماذا يعني لماذا أكون معكم ؟ مش فاهم !» .

نظرتُ إلى عينيه علّهما تفسّران لي ما نطَقَ به فمه ؛ فعاينتُ رواسبَ القذى ما تزال في الزوايا .

رُحنا للحديد . صفّينا حوالي عشرين خمس وعشرين . سبعتعشر واحـد على ما أذكر . يَللا ، ادْخُلْ في الحديد . دخلت ورفعت الحديد الموجود . أربعين كيلو . وكانوا قبل ما أرفع الأربعين يتمسخرون : قال مريض قـال ! آه ، تعال وشوف ! ما خلّصَت المسخرة إلاّ بعد ما رفعت الأربعين . رفعتـها رفعة مستقيمة وقعدت . وهيك خَفَّتْ الأصوات شويّة شـويّة فـي «الجَّـمْـعَـة» حولي . التـاني والتـالت والرابع رفـعوا الأربعين . بعـدين حَطّيت الخـمس والأربعين ، وعـملوا مـثلي ، حـتى خَفَّت المسخـرة والتصفيـر لمّا وصلت الخمسين . السبـعتش نقصـوا لـ تناعش. منهم رفع ومنهم لأ . نقصنا حتى وصلنا السبعين ، وكنا أربعة. أنا رفعتـها ، والتـاني رفعـها ، والتالت رفعـها ، والرابع ما قـدر . هون بقيت مع اتنين أنا تالتـهم . حَطّينا الخـمس وسبعين ورفعتـها . عندها؛ اكتشفت إن الحمـاس إلو تأثير أكثر من القوة . ايللي معـي ما قـدروا يرفعوا الخمس وسبعين . حَطّيت التمانين ورفعتهم ! هون صرت تسمع صوت الإبرة . مـافيش بني آدم واحد حكى كـلمة ، وأنا مـا تبـاهيت يعـني، أو حكيت عليهم ، بَس قلت : شـايفين ؟ أنا كـنت مـريض . صابني النشاط ورُحت أرمح على طول شط البحر .

ـ كم كان عمرك وقتها ؟

كان عمري يمكن أربعتش ونُص. ما وصلت الخمستعش . استمريت أرمح على البحر ، ووين ما أشوف كوم حديد أفكر : يمكن يكون واحد من شـهود أوّل مرّة هون ، فأميّل عند الرّفيعة . أدخل للحديد . أحُطّ الكوانات . . .

كنتُ في مثل عمر خضر ، أو أكبـر بسنتين . بعد أيام امتدت وطالت حتى أحسستـها دهراً ، وتحت إلحاحي ، اكتشفتُ أن غـانم كـان يماطلني . وأخيـراً قال ، متـجنباً النظر في وجهي :

«لم يقبلوا !» ، وكان الحَرَج بادياً عليه .

«لماذا ؟» ـ لم أكن لأصدق !

ضحكَ أولاً ، ضارباً ذراعي بيده ، كأنه يُهوّن عليّ الأمر: «ولا يهمك».

ركبني العناد : «لأ . يهمني أن أعرف . قُلْ لي ».

«قالوا إنه ليس لك مصلحة لأن تنتمي لهم».

«مصلحة ؟ لا أفهم».

«يعني ، لا أرض لكَ خسرتها هناك . ثم . . .» ، وصمتَ .

أدركتُ أنه يخفي عني المزيد ، فسألته :

« ماذا ؟ لا تخبيء عني . ماذا قالوا ؟».

أشعلَ لنفسه سيجارة **كمال** . نفثَ منها النَّفس الأول . وقال :

«ولأنكَ من عائلة غنيّة . قالوا إنّ وجودكَ سيكون مؤقتاً. نزوة أو بَطَر !».

«لكنني لست من عائلة غنيّة . ربما ميسورة . فقط».

فصارحني ، وكأنه بكلماته أرادَ أن «يَبُط الدُّمل» :

«كيف ، يا صاحبي ، ستكون علاقتكَ مع مسؤولك وأنتَ تدخّن **فيلادلفيا** بينما هو يدخّن **كمال** ؟».

لم أصدّق ما سمعت. لم أفهم. لم أعرف إنْ كان كلامه الأخير صدرَ عنه ، لأنه أدركَ المسألة على هذا النحو . أم إنها خلاصة ما توصلوا إليه !

تصورتُ أن الدنيا أُغلقت في وجهي . فابتأست .

ـ حدث كل هذا في يافا ؟

في يافا ، عالبحر . وين ما ألاقي كوم حديد أروح . وتشهد أهالي يافا كلّها وكل مين هُوّه ابن بحر . أو بَرّه البحر . وهيك بديت بالرياضة. وهذا بيعني الفقر . يعني إني ما بشتغل . بعدين . . .

حدثَ هذا في عمّان .

كانت عمّان تفور كالمرجل. بعد معركة الكرامة صاروا يتجولون في الشوارع. في البداية بلا أسلحة. يعبر أحدهم في وسط المدينة فيتجمع الناس من حوله . يحدّقون به . بلباسه المرقط . يحاول بعضهم استضافته في محله . «كاسة شاي. قنينة كازوز». يشكرهم ويعتذر. ثم بدأت الندوات والمحاضرات تقام في كل مكان . الدكتور جورج حبش (الحكيم) في أكثر من ناد. الدكتور صادق جلال العظم على مدرج سمير الرفاعي في الجامعة الأردنية . الدكتور منيف الرزّاز. حتّى وصفي التل! فكرتُ : ليسوا كلّهم فقراء. ليسوا كلّهم من هناك .هل أخطأت العنوان في المرّة الأولى ؟ تساءلتُ . ثم أخذتُ أبحثُ من جديد ، بعد أن زالت السرية والتكتم . باتت المنشورات توزَّع عَلَناً .صرتُ أقرأ .أخذت الفروق الرهيفة تظهر . أخذت التنظيمات تتكاثر. أخذت روح التنافس تستقطب أعضاءً جُدداً كسباً للجماهير !

لم أعد ، عندها ، أمتلك حماستي الأولى . رأيته تعجلاً مني وتهوراً . لم أدَع الفوضى ، التي عَمَّت المشهد ، آنذاك ، أن تقتل حلمي .لكنني أخذتُ أفكر أكثر .كنتُ أتريث بينما الأحداث تتسارع .

ـ ماذا كنت تعمل وقتها ؟

والله يعني . . .

ـ هل كنت في المدرسة ؟

لأ ، ما رحتش المدرسة . لا تواخذني ، أعمال ، بيع مُشترى ، أبيع أشتري. أشتغل مثلاً عند ولاد خالتي يعني. أهل الفخّار، وشَغْلة الطبلات وقتها ، سابقاً .

في المدرسة انخرطتُ في تنظيم الطلبة أولاً . كنتُ أحد أوائل المنتمين له . المسؤول عني طالبٌ أنيق يجيد التحدث، من أولئك المشهود لهم بالنجابة ، وصاحب العلامات الأعلى في صفه ، وابن عائلة معروفة . نجتمع في بيت أحدنا . نتحدث عن كل شيء ولا أخرج بشيء لا أعرفه. ثم أستلم حصتي من المنشور الجديد لأوزعه ، خفيةً ، على مقاعد الطلاب في صفوف المدرسة. كادوا فَي مرّة يمسكون بي . لا يهم ، قلتُ لنفسي . غير أنّ فتوراً أصابَ اجتماعاتنا عند حلول امتحانات نهاية العام. صارت تتباعد وتخلو من كلامٍ لم نَقُلهُ قَبْلاً . ثم لا شيء. انقطعَ الحبل. صادفتُ الطالبَ الأنيق مراراً . نبتسمُ في وجوه بعضنا بعضاً ، فأعتقدُ أنه سيسلّم ويحكي. لكنه لا يسلّم ولا يحكي .

بعد سنوات وسنوات ، وكنتُ كبرتُ معها ، بتُّ أشاهده يناظرُ على شاشة التلفزيون . أُنصتُ إليه ، فأَسمعُ حديثاً مرتباً منسقاً محسوباً . أسمعُ كلاماً أنيقاً ، فأقول : هكذا، إذَن ، يتحدث المسؤولون !

ـ ماذا كنت تشتغل إضافة إلى الطبلات ؟

والله يعني . . .

- كي أكون في الصورة تماماً .

بعدين دخلت في الجيش .

. . بعد ذلك ، دخلتُ الحزبَ المالك لذراعه في حركة الكفاح المسلّح . دخلتُ الحزبَ الذي لم يسألني إنْ كنتُ من هنا أو من هناك ، لأنَّ تكوين عضويته من هنا ومن هناك . بتُّ رفيقاً من يومها . ولأني كذلك ؛ صرفوا لي بندقية كلَاشينكوف أخمص حديدي مع لوازمها . قالوا : أنتم الآن رهن الاستدعاء . عند الاستنفارات يلتحقُ كل واحد منكم بمركزه . لكن أبي قال ، لمّا رآني أدخل بما حُمّلتُ به ، وبطريقة نُطقه الشاميّة للكلمات ، مشيراً بإصبعه الناعم نحو السلاح : صْلاح *! جايب الموت للبيت !*

وكنا في المدينة . والمدينة بعيدة عن الأغوار . بينهما السلطُ . والأغوار يقطعها نهرٌ على جانبيه تلالٌ ملحيّةٌ يسمّونها «كَتَرات» ، وبعدها أريحا وجبل قرنطل والَطريق الصاعد نحو القدس . وحتى نصل إلى مدينة الله ، ثمة أهوالٌ وأهوال . موتٌ وموت . وكانت بيانات العمليات عن اجتياز النهر والاشتباك مع دوريات العدو ومراكز مراقبته تتوالى بغزارة . وكثيراً ما كانت العملية الواحدة تُنسَب لمنظمتين في بيانين منفصلين . عندها ؛ يُحسَمُ شهداءُ العملية لأي من المنظمتين ينتمون بمقدار قوة تسليحها ومسلحيها في عمّان !

دخلتُ على مجموعات تختزنُ ثأراً وتكنّه لمجموعات أخرى . وما كنتُ ، حينها ، طرفاً آذى أو تأذى ،

فتحملتُ إرثَ الثأر ، رغم هذا ، وصارت التفاصيل هي الشيطان .

ـ لا . أريد قبل ذلك .

قبلها ماكنتش أشتغل فعلاً . يعني بصراحة . أذكر إني اشتغلت في قهوة ، مرّة . . .

ـ على البحر كذلك ؟

عالبحر .

ـ هل تذكر اسم المقهى ؟

آه ، إلياس الشّعار . قهوة إلياس الشعّار .

ـ أكان يملك مقهى أيضاً ؟

قهوة وحديد ورياضة . يعني صرت أتابع وآكل وأشرب وأشتغل وأدرّب الأولاد . أنا ما وصلت لِسَّه للي بدي أحكيلك عنه .

هي دائماً هكذا . الحكايات . نريدها أن تكون على قياسنا ، حتى ولو فصّلناها من جديد . لستُ أتهم خضر بالكذب ـ معاذ الله . خضر طيّب ونيته طيبة . غير أن النوايا لا تشفع لصاحبها . . دائماً . النوايا تهزمه أمام الآخرين وأمام نفسه . النوايا تجبره على تكسير الحكاية ، مثل قطعة أثاث ، وتركيبها من جديد لتكون ، مثلاً ، كرسيّاً صالحاً لراحته اليوم وكل يوم . ينبغي أن يُعاد تركيبها . تماماً مثل عبدو النجّار الذي يضطره أبي لأن يعيد شُغل النمليّة التي أوصاهُ بنجارتها. فالدرفات ليست متساوية . والأرفف غير مشطوفة كما يجب . والركائز الأربعة تجعلها ترقص «مثل الجِّنكيات» ! : *لماذا لا تستعمل*

المتر يا عبدو ؟ لماذا لا تشتغل بالفارة وورق الزجاج ! يسأله أبي . *أرجل النمليّة كل واحدة قياسها مختلف !* أبي يحب عبدو النجّار « لأن عيونه زُرُق» . لكن عبدو النجّار دائم السُّكر . عبدو النجّار مسطول . يوم بيفتح المنجرة ، وخمسة بيقفلها على حاله ! كانوا يسمعون صوته في الداخل يحادث نفسه . يسمعونه يتشاجر مع عفاريت الخشب وجرذان النشارة التي تربربت في مملكته على السيل . خضر يقول إن الناس تقول إن عبدو النجّار يتعاطى الأفيون ! « *ولو!*» يفتح أبي عينيه خلف نظارته . « *والمصاري ؟ معاه مصاري !*» يسأل. يضحك خضر : *مصاري الناس نصفها للخشب ونصفها للكيف !*

وكذلك خضر : نصف حكاياته لنا ، ونصفها له .

آه من هذه التي لنا : حصتنا من الحكايات لّما نحكيها .

قُلْ يا خضر . قُلْ .

ـ طيّب . سأسألك عن أمر آخر . الأب والأم . هل كانا موجودين آنذاك ؟

لأ ، الأم بَس .

ـ والأب ؟

ميّت . زماااان ميّت .

ـ طيّب . كيف كان الوضع الاجتماعي . الاقتصادي يعني ؟

والله ضعاف . بصراحة . مادياً . الوالد متوفي وعمري كان حوالي ست سنين لّما مات . والأم ما بتشوف . ضريرة . وأخ وأخ وأُخت . الكبير هاشم كان بيشتغل «مكوجي» في الجيش . والتاني محمد شَغّيل

كمان. الأشياء متوفرة . وأنا اتّبعت الرياضة . المصروف مش ناقصني. أكلي وشُربي ولبسي كانت ، يعني ، متوفرة . خصوصاً خالي. خالي كريم . بَس أهلي . . .

- ماذا كان يعمل ؟

والله اسكافي . بَس رجل طيّب . وزوج خالتي كمان . بيشتغل في الفُخّار . رجل طيّب . ما قصّروا في حقنا . أهلي بعاد عنّا . هَذول أهلي . الحق يقال . أهلي هُمّه دار خالي . وهنا ابتليت بالرياضة . أرمح إلى تل أبيب . أمشي من يافا حتى تل أبيب ، ووين ما أشوف الحديد . . **(صوت احتكاك عود ثقاب واشتعاله)** حتى صرت معروف. وبعدين إجا الشتا وخَفَّتْ رياضة البحر ، وإلياس الشعّار تعوّد ينقل إلى سوق الخضار . .

- ينقل ماذا ؟

عريشته . ينقلها وينصبها في سوق الخضار أيام الشتا. جُوَّه يافا. آه. لأنه في الشتا النَّوَّةْ بتسحب كل شيء على الشَّط. ماحَدِّش بيقدر عليها ، والحديد عنده هناك. أروح للسوق وأتمرن . وفي يوم دخل واحد لمحل إلياس الشعّار وقال : يا شباب ، هناك واحد إنكليزي نازل بيرمي بالبرتقال من السيارة وما حَدِّش فاهم عليه .

- في أي سنة حدث هذا ؟

والله تقريباً ، أذكر ، في الستة وأربعين . قبل «الطَّلْعَة» بسنتين . سألته وين هو الإنكليزي ؟ أنا كنت « بَلَطِّش» شويّة إنكليزي . بريطانيا عندنا وكُلّها في فلسطين وكنت أسمعهم لمّا بيحكوا. آه . رُحت وشُفت الإنكليزي فعلاً بيحاكي رجل إنُه البرتقال هذا ما بينفع . لا يناسبنا. البرتقال راح يدخل «الكمب» ويُفحَص . أنا راح آخده للمختبر . شايف يابا ؟ الإنكليزي بيحكي للرجل إنه البرتقال مش حيدخُل الكمب قبل فحصه ، والرجل مش فاهم ليش عَمَّالُه بيرمي البرتقال . سألت الإنكليزي : واي يو آر . . ، المهم ، أجابني : قُلُّه إنه. . . ، وعِلْمَك ،

وحكيت الحدوته وعاينت البرتقال وبعدين قلت : برتقالك هذا إنتَ اشتريته شَروة . منظره باين مش حلو . مضروب . برارة . فجاوبني : يا أخي صار واشتريته . وسأخسر . هيك قال البَيّاع. سيلاوي . . .

ـ سيلاوي ؟

من بني سيله . وكان مستلم في «القسطينة» . . .

ـ أين ؟

في القَسطينة . كان عنده « فروت شوب» هناك .

ـ وما القسطينة ؟

كمب القسطينة . مخصوص للبراشوت . آه .

ـ أين موقع هذا الكمب ؟

ما بين . . على طريق غزة .آه . القسطينة .إيت بيتاليان كمب البراشوت . قلت للسيلاوي : راح أدبّرلك الإنكليزي ، بَس لازم تعزّه. يعني متل شيشَة ، حَطَّة وعقال ، أزازة ويسكي يعني ، تعطيه ؟ أنا في عَرضك ، وين أروح بكل هالبرتقال ؟ طيّب ، روح اشتري شويّة برتقال نظيف وافرشه على وشّ حمولة السيارة . وخَبّرت الإنكليزي بالخطة فوافق .أوكيه ؟ أوكيِه . وبعدين سألني السيلاوي : تشتغل معي؟ آه أشتغل . وافقت لأني بحبّ الجيش .لأن الجيش كُلّه رياضة. قال: أعطيك تلات ليرات شهرياً .يعني عشر قروش كل يوم . هُوّه مش مبلغ كبير ، بَس كنت فرحان حتى لو ببلاش . رايح رايح . ما فيش مسؤولية وراي .خَبّرت أهلي ورُحت معه للقسطينة وبديت أشتغل على العَصّارة .كنت جوعان حديد .

ـ كانت العصّارة للسيلاوي أم للإنكليزي ؟

للسيلاوي ، للفروت شوب . كان المحل يبيع بيض مقلي وبطاطا ومرتديلا. متل كانتين يعني. بيسمّوه فروت شوب .آه . وكان هناك ولاد عَرَب بيبيعوا الأسكيمو . فيه متعهد أسكيمو ومتعهد جرايد .

سألت الأولاد وقتها وكان عمري أربعتعش ونُص ، لِسَّه خمستعش ما وصلتها : يا ولاد ، مافيش حديد في الكمب ؟ حديدَ ! يا شيخ روح . قال حديد قال ! أي إنتَ تَبَع حديد ؟ جاي ترفع حديد ؟ والله لـ «يطخوك» !

بعد أسبوعين تقريباً جاني وَلَد منهم : هَيّو الحديد . حديد ضُبّاط . والضُبّاط من حواليه نايمين . إذا حرّكت الحديد ولعبت فيه يعدموك . وفعلاً ، المنطقة ممنوعة وحَساسة . فيها ضُبّاط كبار . طيّب ، وين هوّه الحديد ؟ دلّوني ؟ حتى لو كنت راح أموت . دلني . وفعلاً ، دَلّني ورُحت . لَقيت الحديد . حديد دولي ! حديدَ ! يا وَرَدي ! القضيب رفيع لمسكة الإيد . الكوانات على الجنبين مصفّطة . والـ « تيب» لازقينُه في نُص القضيب علشان التوازن . سابقاً ، كنت وصلت للميّه وخمستعش . هناك ، في يافا ، وكنت أتمرن بعد التمانين . حَطّيت السبعين . وبعدين شُفت الوزن خفيف . رفعتها. نَتْر ، وخَطف ، وفوق ، وضغط ، وألماني ، وخَطْف فَحْجة .كنت أشكّل يعني . بدّي أشبع نفسي وجوعان للرياضة .وقتها ، طَلع واحد ضابط و«بشكيرُه» على كتفه.لسَّه مغمّض عينيه . فايق من النوم . ضابط كبير. حوالي تاج ، مش قَليل .طِلِع بالـ «شَبّاح». شافني وظل ساكت . وبعدين صرخ :طوم ،جوني ، وراح يزعّق. الظاهر إنه استغرب.شو هذا ! وَلَد بيرفع هذا . . ، وأنا كنت بَفكِّر الناس تقدر ترفع . . ، ترى مافيش «رَفّيعة» عندهم ! طلعوا . ضُبّاط وصحفيين . صاروا متل «الحويطة» حواليّ . شافوا المشهد . وبعدين أنا سألتهم : في حَدّ بيرفع حديد ؟ ولّما ما جاوبوني ، حَطّيت التمانين ووصلت الخمس وتمانين. وتسعين . وكنت أتمرن ، وكانت الأوزان خفيفة عليّ . .

ـ كيف كان جسمك في ذلك الوقت ؟

كانت «بزازي» . . شُفت ستيف ريفز تَبَع فيلم ماجستي ؟ هيك . شُفت الحَجَر ؟ يعني وقتها لو وقعت من الطابق الرابع . . كان العَضَل ماسك بعظمي . عَضَل بطني هذا ، خصوصاً ، لو كنت تنزِّل عليه أكبر

حَجَر ، شايف يابا ، لا يمكن ، أعمل هيك وأنتره ! داخلياً ، جُوّه بطني، مافيش ألَم أبداً . وكمان كان وزني خفيف . جسمي كُلُّه عَضَل. رفعت كوبري ، جسر ، التسعين . ضربت الكوبري . وهون، لّما شافوني ، قرّب مني واحد حامل كاميرا وقال : ابتدئ .فبدأت . وراح يصوّرني في كل الحركات . وبعدين جمعت كل الحديد ، ميّه وخمسة .نترتهم وأنا ثابت ، تلات أربع مَرّات .

سألوني وين بتشتغل ؟ أنا هون ، في الفروت شوب . ورجعت .

قابلني المعلّم ويا ابن الصِّفتَك ، ويا أبو اللي جابَك يا بعيد . بَهدلوني ، ويالله اطلَعْ . أخذوا مني التصريح ، *الپاس* ، المختوم من الكمب علشان يسمحولي أدخل . حتى أجرتي أكلوها عليّ .

ـ **أهُم اثنان ؟**

آه .واحد بيحكي إنكليزي . مصري. والتاني هُوّه السيلاوي منه المصاري ، والبيع والتدبير على المصري . طردوني لأني تأخرت عليهم فعلاً . معهم حق . ومشيت . بعدين رمولي ليرة علشان أركب الباص. شكراً يا أخ ، ومشيت .

ساعتها كان الضُبّاط ، يا سيدي ، بيسألوا عني في الفروت شوب : وين الولَد ؟ وكنت على الطريق وهناك لسّه في مسافة للباص وإز بسيارة جيب وراي . ضُبّاط والسيلاوي معهمَ . رَكّبوني في الجيب . تعال يا عَمّي ، هذا السيلاوي المعلّم ، وراح يبَوّس فيّ . لا تواخذني ، اطْلَعْ معنا .

سألوه : أجرته ، كم تعطيه ؟ جاوب : تلات ليرات شهرياً . لأ ، هذا خمستعشر ليرة شهرياً ، وممنوع يطلع من الكمب أو بنطلعَك إنتَ كُلّك . فاهم ؟ وراح يظل عندك ولّما بنطلبه . . ، بكم إنتَ مستأجر المحل ؟ جاوب : خمستعشر ليرة شهرياً . لأ ، عشر ليرات شهرياً . خصموا عليه خمس ليرات . شكرهم وهُوّه فرحان .هذا حكم الإنكليز، بَس يرضوا عنه. وهيك صُرت حُرّ ، بَس لازم كمان أشتغل

مع المعلّم وأرضيه ، مع إنّو وشريكه المصري اعتذروا لي . كانوا بيمارسوا الرياضة الصُبْح . يناديني الآر . اس . ام . . .

ـ **ما اسمه ؟**

آر . اس . ام ، يعني سارجنت ميجر مثلاً . رُتبة . بيصطفوا خمسين عسكري وخمسين أمامهم . يخطّ إشارة متل العلَم ، ويقوم كل عسكري بحمل زميل إلُه ويركض بيه حتى الإشارة . كنت أحمل أتخن عسكري وأركض وأستنى . منهم كان يوقع ومنهم لأ . كنت أفوز بالدرجة الأولى في هذي الرياضة . وبعدين في رياضة تانية . مواسير ممدودة عشرة متر تقريباً أو خمستعش ، ولازم كل عسكري يطلع عليها حامل كامل « كِتّه» العسكري ويمشي على طول الماسورة للآخِر . بجميع كِتّه . . .

ـ **ما هو الكِتّو ؟**

الكتّ العسكري . البندقية والطاسة وجَميعو . كانوا بيحطوا في الكتّ تَبَعي أسطوانات الحديد الأربعة ، فينشدّ ظهري لورا . أطلَع وأرَكض على طول الماسورة وأنزل . ومع إنهم كانوا بيحملوا أقل مني ، بس بعض العساكر ما كانوا بيوصلوا للآخر . وكمان كان عندهم في الكمب بطل مصارعة . سألني إذا كنت بَلْعَب مصارعة . أنا ما دخلت نوادي ، بَس عندي قوة وما حَدّش غلبني . نصبوا حلبة المصارعة اللي كانوا يفكوها ولّما بدهم يلعبوا بينصبوها . طلعت أنا ويّاه والتمّت العساكر ومافيش حكَم ! هُوّه شَب في حجمي ونشيط . لاعبته وجبته الأرض خمستعشر مرّة وكل مرّة يهز راسه : أوكيه ؟ أوكيه ، أجاوبه براسي . وبعدين حَضَنّا بعضنا ونزلنا ، والعساكر تزقف . بَس مين اللي اغتاظ ؟ مسؤول الرياضة ، الآر . اس. ام . إذا كان هالوَلَد راح يسيطر على الرياضة في معسكر الإيت بيتاليان ! هيك بيسمّوه . .

ـ **إيت بيتاليان ؟ إيت يعني ثمانية .**

آه . إيت بيتاليان . هذا كمب البراشوت في القسطينة . المعسكر

اللي كنت فيه . جاني الآر. اس. ام : ماسلز (يعني عَضَلات) ناداني، يس ،نعم ؟ قال إنُه راح يجيبلي واحد أصارعه من صرفند. بعد أسبوع. أوكيه ، طيّب ، أنا قلت . آه ، بَس أشهد إني خُفْت . يعني بصراحة خُفْت . كنت أفكر بأن كمب صرفند كل أهل فلسطين بتعرفه. هذا كمب بحجم عمّان . وفيه جيوش وفيه حكومات ، ومش سهل يطلعوا منه بَطَل . يعني هذا البَطَل بَطَل بريطانيا كلها .

وأشهدُ ، أنا أيضاً ، أنني خفتُ وسقطَ قلبي بين قدَميّ - كما يقولون . ففي أحد الاستنفارات المسائية ، وقبل أن ينتصف الليل ، تراجعَ إطلاق النار وتبادل القذائف . لم تعد جبال عمّان تردد ذاك الصدى المكتوم الآخذ بأنفاسي حين أسمعه. كُنا حوالي عشرة مسلحين مدنيين في مركز جبل الحسين . بعضنا داخل حجرات المكتب ، وبعضنا الآخر توَزَّعَ في جوانب الحديقة. وكان أحدنا يقف بسلاحه على الرصيف المقابل للمبنى .بعد وقت ،جاءنا الرفيق المسؤول وقال إنه لا داعي لأن نتواجد جميعنا : توَصَّلَ مكتب التنسيق في جهاز «الكفاح المسلَّح» إلى حَلٍّ للمشكلة مع الجيش . قال .واقترحَ أن أغادر مع رفيق لنا، أصلُهُ من السلط ، إلى بيتينا .وهكذا كان .هاتفَ رفيقي أخاً له يملكُ سيارة «فوكس الكُركَعَة»، فجاءَ من فوره .صعدنا وجلسنا فيها. أنا في المقعد الخلفي بكامل تجهيزي العسكري ، والرفيق إلى جانب أخيه في المقعد الأمامي .

لستُ أعرف ،حتى هذه اللحظة ، أي شيطان وسوَسَ في رأس الأخ ليسلكَ الطريق المؤدي إلى العبدلي ، ليوصلني من هناك إلى وسط البَلَد !

هناك كانت المفاجأة بالانتظار . ونحن « يا غافل إلَك الله! » - كما يقولون أيضاً . كأنه غفلَ أنَّ القيادةَ العامة للجيش على طريقنا . وانفتحت بوابات جهنم من حولنا، دون أن نعرف كيف ومن أين استيقظَ الشيطان !

المهم كان ما كان ، وصرنا في قبضة الضابط المناوب . كانت الرُتَب الذهبيّة تغطي كتفيه العريضتين . رأسه كبير، أسمر البشرة ، بعينين أحمرهما السَّهَرُ ، لا بُدّ ، والقلق. وربما الخوفُ كذلك . عينان كالدم تنظران في وجوهنا . وكانَ ، رغم ذلك ، هادئاً !

قالَ وقُلنا .سألَ وأجبنا بحسب ما كان .تأكدَ من أننا لم نطلق النار من بندقيتينا .عددُ الرصاصات كاملة في أمشاطها ، وليس ثمة رائحة للبارود في الفوهتين .ثم سألَ ، لمّا عرف من نحن ، بأسمائنا الحقيقية ، وباستغرابٍ صادق :

«لا أفهم .لستم منهم ، فكيف تكونون معهم !».

عندها ؛ تذكرتُ «أبو الفِدا» ، فرأيتني أُحشَرُ بين سؤالين استنزفاني، حتى اليوم .

- بطل الجيش البريطاني .

بَطَل مش قليل . آه ، وأنا لا قادر أطلع ، ولا قادر أهرب ، ولا قادر أحكي . وإنت بتعرف ، هذا لازم يكون بَطَل تحت إشراف دكاترة ومتخصصين . وأنا ! آه ؛ أجهل أبواب المصارعة اللي حياخذها وشو حدودها لمّا يجاوبني على حركاتي . أي نَعَم القوة موجودة ، والمصارعة مارستها ، وماحَدّش غلبني ، خصوصاً على البحر ،وكنت أفكر طول الوقت . وفي يوم ، وكنت أقلي بيض ، جاني واحد من العساكر الإنكليز وكان أضعفهم : ماسلز ! ناداني . نعم ؟ تعال ، هَيّو وصل

اللي بِدّك تصارعه . قلبي مغصني . آه . بدّك الصحيح . قلبي انمغص مَغْصَ ! والله العظيم إنّو قلبي انقبض فعلاً . جاوبته : آي آم سيك . مريض . كام أون ! يللا ! قالها بعين جريئة ، وكان من أضعف العساكر ، وعرفت من يومها بأنهم ما بيحبّوا ، يعني مثلاً ، بَس مش مصدقين إني خايف . وكان معي رجل مصري . قال : خِضْر ، مش عاوز تروح ؟ عاوز تكسر العروبة ؟

ـ أهو المعلّم ؟

لأ أخوه . أخو المعلّم . عاوز تكسر العروبة ؟ والنبي أروح أنا . اسمه زغلول . راح ورجع . خِضْر ! قال . آه ؟ ماتروحشي . ليش؟ ده هولندي ! ده جاموس ! إيه ده ! عجل قد كده . إوعى تروح. وفعلاً ، أنا سمعت إنّو تخين وهانت عليَّ المسألة . استرحت .

***

حسناً .

ها بَطَلُكَ ، خضر ، استراحَ لّما عرف أنّ خصمه ضخم البنية وثقيل. زالَ خوفُهُ . أدركَ أنَّ فرصته تكمن في قوة بدنه النشط وخفَّة الحركة . بعد ذلك ، لن تكون لإدارة الشريط مجدداً ، والإنصات لبَقية الحكاية أية أهمية . أليس كذلك ؟ لا تعويل على متابعة حكاية باتت معروفة الخاتمة . لن ينهزم خضر في المصارعة المرتقبة . لن ينهزم بطلُكَ . فالأبطال لا يُهزمون ، كما تعرف . وكما أعرف أنا أيضاً . ليس لأنني أنْصَتُّ مرّات ومرّات لحكاياته المسجلَّة على شرائط ـ مثلما فعلتَ أنتَ . وليس لأنني سمعتُ صوته يحكي بالتفصيل عن جولته الأولى ، وكيف جاءت حركته محاولاً الإفلات من ثقل البطل ، المصارع الإنكليزي الرابض فوقه بكامل جسمه الهائل ، بَنتيجة الفوز فوراً : من الجولة الأولى: من الفعل العكسي لّما تناهضَ خضر قليلاً قليلاً ، دون أن يدرك في تلك اللحظات أنه إنما كان يهصر خِصيتيّ البطل أكثر فأكثر !

كنتُ أعرف أنَّ خضر سوف يفوز .

وكنتَ تعرف أنتَ ذلك لأنكَ ، مثلك مثل رفاق جيلك ، تعرف أنَّ الأبطال لم يُخلقوا ليُهزموا . لم يولدوا ليخسروا . هكذا علّمتكَ المجلات المصوّرة ، والقصص ، والروايات التي كنتم تتدرجون في قراءتها .

أتَذْكُر « تان تان» الفرنسي ، الولَد صاحب عَكْفة الشَّعر الأشقر المميزة ومغامراته الرابحة ؟ كنتَ تغوص في رسوماتها الملّونة ، عندما يضعون مجلدات أعدادها بين أيديكم في حصّة المطالعة . أتَذْكُر ؟ كانت بطبعاتها الأصلية ، الفرنسية ، قبل أن تُترجَم في مصر باسم «تم تم» . كانت أيام الحيرة ، والقَلَق ، والبحث عن شيء تريده حقاً ، لَكنك تعجز عن تحديده . أيام اكتشافكَ لبلوغكَ ، ثم مرحلة القَذْف بعد إدمانكَ للعادة السِّرّيّة . أنتَ لم تندم على ذلك ، ولم « تُلطّش في حالك» ، مثلما حكى خضر عن نفسه . ولكن ؛ أحقاً كان يفعل هذا ، أم هي مجرد نصيحة يمررها عبر الحكاية ؟ . . وإذا كان افتراضي صحيحاً ؛ أليس وارداً أنَّ بطولاته ليست ، هي ذاتها ، كاملة الصدق وقابلة ، بالتالي ، لإعادة النَّظَر وإخضاعها للفحص ؟ تماماً كغيرها من آلاف الحكايات ؟

تلك كانت أيام مدرسة الفرير في القدس . أيام شعورك العارم بأنك رهينة أمزجة الرهبان الصارمة ، وضحيّة العقوبات الجائرة النازلة على رأسك بلا توقف .

بالمناسبة : ألم تكن في جميع سلوكات التمرد على إدارة الرهبان ، وعراكاتك العنيفة مع الطلاّب الأشرار (بحسبكَ طبعاً) حين تغلبهم بطرَحهم أرضاً ،تتمثل في دخيلتك دورَ البطل الخارج على المؤسسة : البطل الثائر على الظُّلم ـ تماماً مثل « زورو» ، و«زاباتا»، و «طرزان» ، و «الكاوبوي جون وين» : البطل الخَيّر المتشق لسلاحه في معارك القضايا النبيلة والعادلة ، كما بتَّ تتعرف عليه ، فيما بعد ، لدى إنصاتك لخطابات عبد الناصر ، وقراءاتك اللاحقة عن «تشي غيفارا» و«فيديل كاسترو» و« الجنرال جياب» و«الفدائي» ابن العاصفة ،

والصاعقة ، والجبهة ، والمنظمة ، والحركة ، والتنظيم ، والحزب ؟

ألم تَرِد أن تكون جميع هؤلاء ؟

ألم تحاول أن تكون بطلاً ؟

بطلاً رديفاً ، أو موازياً للبطل خضر ، الذي دَلَّكَ على خريطة فلسطين في شخصيته وتفاصيل حكاياته ؛ فزرعَ الحُلمَ فيكَ عن بلادٍ تحوّلت إلى أسطورة . .

بطلاً كنتَ صغيراً لمّا بعث بك أبوك الصامت ، وبأخيك ، إلى القدس لأن ليس ثمة أقسام داخليّة في مدارس عمّان ؛ فشهدتَ أنَّ تلك البلاد من حَجَر وتراب . أنها مكانٌ يبعثُ على السَأم والضَجَر ، مثلما هي مكانٌ صالحٌ للحُب كما للموت . . أيضاً .

إذَن : لماذا خسرتَ البطولة ، وكيف ؟

أو بالأحرى : هل لكَ أن تشرحَ معنى أن يتحوّل البطل ، في زمن هذه الكتابة ، وربما قبلها ، إلى مهزوم أو معزول ؟ أن يتحوّل إلى خاسرٍ ليكتسبَ ، بذلك ، صِفةَ البطولة ؟

* * *

الشرحُ يطولُ والنَّفَسُ قصير .

غير أني متأكد من أنَّ هنالك مفارقة ما في بنية خضر وحكاياته . فهو يحكي ليعيش أياماً مَضَت يراها أجمل من حاضره . كأنه ، عند الحكي عن عِزٍّ قديم وتَفَرُّدٍ آفل ، يتخلّص من بؤس واقعه ويميّز شخصَه الضائع في جَموعٍ نُسيتَ وبلا ملامح . وعليّ أن أُصدّق . علينا أن نصدّق حكايات الآخرَين . علينا أن نتقبلها كما هي كي نفسح لحكاياتنا مجال القبول . ثم يصير أن نفرز وأن نعيد تركيبها . أهو تواطؤٌ مُتفَقٌ عليه ؟ لِمَ لا يكون ؟

«نحنُ نكذبُ لنعيش !» .

قرأتُ هذا في كتاب نَسيتُه . ربما يكون أحد مخطوطات بورخيس غير

المنشورة ، بعد . عاينتها داخل حُلم من أحلامي ، أو داخل واحد من أحلامه الفالتة إليّ . وربما تكون عبارة عبَرَت في حوار سينمائي ورَسَخَت في ذاكرتي . هذا ليس مهماً . غير أنَّ ما لفتني في أبطال المجلات والروايات وأفلام السينما ، أنهم ينتصرون دائماً ، وفي النهاية غالباً . لكنهم ، أو هي تناسخاتهم لدى خروجها من خيالات الشاشة إلى شموس الواقع ، سرعان ما تذوي وتخفت ثم تتلاشى وسط هزائم ليست في البال . تختفي فلا نعثر عليها إلاّ بين صفحات تأريخ مشبوه . هي وليست هي. لكننا ، رغم ذلك ، نفرح لأنَّ مادةً صالحةً لإعمال أقلامنا في حيواتهم توفَّرت . نكتب عنهم . ونكتب عن سواهم من غير المشاهير ، أبطال التراجيديات البائسة والمهلهلة ، أيضاً .

أنكون نكذب ، بالكتابة ، لنعيش ؟

أم نكتب عَيشَنا ، وإنْ ملّحناهُ بقليلٍ من الكذب ؟

سيّان . أكان الأمر الأول مَقْصَداً أعيه الآن ، بعد انخراطي في جبلة ما كتبته من قبل . أو أنه من طبائع الناس ممارسة الأمر الثاني حين يسترسلون بالحكي عن أنفسهم ، مثلما يُفتَرَض بخضر أنه فعل . أو بي أنا ، لحظة وراثتي لحكاياته المودعة لديّ بصوته ، فأخذتُ أُملّحها بضرورات الكتابة ومصافي الخيال .

***

لا بأس .

أنتَ تتمادى . هي عادتكَ . لا تستقر على ما هو قارّ . لا تقبل بالأشياء كما هي . لا تُسلّم بإشارات الوجوه ؛ إذ هي ، في نظَركَ ، نصف أقنعة . حتّى أنتَ نفسك . حتّى أنتَ لا ترضى بما أنتَ عليه ، فتراكَ تحاول أن تكون غيركَ . أن تكون سواكَ ، ومن الداخل . ذلك هو الـ صَعْب ، وبأل التعريف التي تبغض استخدامها لأنها تغتال الفردَ في الجماعة ، وتمحو التميّز والتفرّد بدسّهما في «طبيخ الشحّاذين» ـ أمثولتكَ على خلط الأخضر باليابس كأنهما قِوامٌ واحد !

لا بأس ، ولكن .

لا مهرب لكَ . لا مهربَ لكَ إنْ شئتَ التمادي في ألاّ تكون والعالم من حولكَ ما أنتما عليه فعلاً ، إلاّ أن تلجأ إلى عادة البَشَر الخالدة .

عليكَ بالكذب إذَن . فالكذب ، كما يُقال ، مِلْحُ الرجال .

فماذا ستكتب ؟

9

طاق طاق طاقيّه

طاقيتين بعليّه

رنّ رنّ يا جَرَس

حَوّدْ واركَب عالفَرَس

*

كتبتُ ، محاولاً جعلَ مسافة بيني ككاتب كُلّي العلم ، والشخصية المرسومة التي قد تكون واحدة من أناي :

«رنينُ الأجراس القديمة يتصادى في رأسه .

جرس روز السَحّار يعلنُ عن درس ***ألف وبا بوبايه ـ قلم رصاص ومَحّايه*** ، ***أنا باكتُب على اللوح ـ وإنتو تُردوا ورايه*** ، وكيف لاَ تُرْسَم السماء من غير أن تنفرشَ خيامُ اللاجئين تحتها على الأرض . وتلك الـ «مريم» .

جرَسُ كنيسة الروم على جهة السيل المقابلة لبيتهم ، وكان، في ذاكرته المحتفظة به حتى الآن ، رتيباً متقطعاً يُعلن عن فاجعة .

جَرَسُ راهبات الناصرة يلمّهم في طوابير الصباح لدخول الصفوف ، بعد وجبة الحليب كريه الرائحة والطعم الإلزامية .

جَرَسُ مدرسة تراسانطة يقطع عليهم الشوطَ الذي كانوا سيحسمون فيه مباراة كرة السَّلة .

تلك كانت أجراسُ عمّان .

.. ثم كان جرسُ دير اللاتين يأتيه ، في القدس ، فيوقظه في سريره . يتصادى عبر عَتمة المهجعِ الفسيح مفككاً لها ، ثم يصله نَغَماً صافياً ينتظره ليسكنَ روحَه . يُقرَعُ جَرَسُ الفجر للدير المحاذي للمدرسة ، فيستيقظُ على نزوعٍ لضربٍ من سلام لم يألفه ،لكنه يستشعر سريانه فيه. لا يعرف كيف يفسّر ذلك ، بينما أصحاب الأسرَّة من حوله يدفنون رؤوسهم تحت الوسائد. يؤجّلون لحظة النهوض التي أزفت أو تكاد . يعذرهم. نائمون في دفء البطانيات وخَدَر السُّبات اللذيذ .أو متناومون تتثاءب أذهانهم نصف غافية ، غير غافلة عن أيديهم المدسوسة تحت سراويلهم وقد أرسلوها للعَبَث بأعضائهم. تسلية مثيرة طازجة الاكتشاف .نائمون أو متناومون ، إلاّ أنَّ الراهب اللبناني المناوب النشط ، فرير ادمون ، سيأتي الآن لينيرَ المهجع الكبير، أو الدورتوار، وليُصفّق مبدداً سكْينةَ المكان البارد ، رغم أنفاس العشرات منهم. سيأتي الآن ليُجبرَ كل واحد على الوقوف يرنّحه النعاس ، بمنامته المُجَعلَكَة وشَعره المنكوش، ليرددَ معه صلاة كل صباح باللاتينيّة ! ثم : *إلى المغاسل* . *هيّا. ڤيت* ، *ڤيت* . *بسرعة !* تعمّ فوضى ذلك كلّه فلا يسمعون ، ورؤوسهم تتلقى دفق ماء الحنفيات المثلج ، صوتَ الريح الباردة تجيء من الغرب : من بحر يافا تهبُّ مُنَخّلةً أملاحها ببساتين سهل اللّد والرملة ، ثم تصعدُ صخورَ اللطرون ، وباب الواد مُصفّرةً في ثقوب وتصدعات الدبابات الأردنيّة المعطوبة التي تصدأت ، المنثورة كما هي على المنحدرات والسفح، منكسة المدافع ـ متحفاً في الطبيعة المكشوفة ـ قبل أن تمرّ بالنصف الغربي للقدس وأزقتها الباردة

وحوانيتها المغلقة لا تزال وبيافطاتها العبريّة ذات الحروف السميكة بالتواءات ناقصة ، عابرةً الأنقَاضَ المدفونة تحت حشائش وعُشب أربعة عشر عاماً من التَّرْك في خلاء «الأرض الحَرام» ، حيث فندق الملك داوود الامبراطوري وكنيسة نوتردام المتروكة للهَجر بين خرائب حرب الـ 48: مساكن اليهود الشرقيين المتهالكة كحزامٍ للقدس الغربية : كخَطٍّ أمامي بمواجهة عيون العرب ! سور المدينة القديمة حيث يجاورهم «باب الجديد» ، بعُمْر المسيح وبحجارته الضخمة ومراصد الجنود الأردنيين الصغيرة .

«هُم يبردون هناك» ، تفكّر متيقناً ، و«أولادُ القسم الداخلي في قاعات النوم يبردون ايضاً » .

هو البردُ دائماً وفي أي مكانٍ يمّمَ إليه .

في عمّان وفي القدس ، وبالعكس ، وفي غيرهما من المُدن .

في عمّان ؛ سألَتهُ السيدةُ صاحبة المدرسة :

«هل بردتَ ؟» ـ كادَ يموتُ من البرد ، فأخذه خضر شاويش إلى أُمه . خلعَت عنه ثيابه المبتلّة ، وحممته ، وأنامته بعد أن سقته منقوع البابونج المغلي مع حَبتين من «الأسبرو» . حاولَ أن يقول لها إن البنات يسخرنَ من شعره الطويل ، وأنه لا يفهم . لكنها صرفته عن الموضوع ، وأغلقت عليه الباب ، لتكملَ تجهيز طعام الغداء في المطبخ . وعندما أفاقَ في اليوم التالي تحسَّسَت جبينَه ، ولمّا لم تجد حرارته مرتفعة ؛ حققَت نبوءة السيدة صاحبة المدرسة . علَا صياحُهُ مستنجداً بسكان البيت الذين تظاهروا بعدم سماعه ؛ إذ طغى سؤالُ محمد عبد الوهاب الطالع من خروم الصندوق الخشبي الموبيليا : **«يا وابور**

ألّي رايح على فين ؟ يـا وابـور ألّـي» ؛ فضـاعت كلمـاته المطالبة والزاعقة بأن يَقصّوا له شعره ، كبقية الأولاد ، في ضجَّة القطار المُغنّى له والمنطلق في أرض مصر الواسعة .

ثم كان أن شَبَّ وبلغَ سناً أجاز له أن يسافر ، فتعرَّفَ على نفسه لمّا عرفَ المرأةَ الأَخرى . المرأة الغريبة حين تصبح مرآةً يعاينُ ذاته فيها . ينكشفُ أمامها دون خَجَلٍ من أن ترى في بكائه المحيّر ضعفاً ، فيعترفُ ويبوح . يشتاقُ ويهفو للإمساك بأشياء لا تُمْسَك ولا يعرف أن يُسمّيها ، فتلقاهُ في حضنها وتأخذهُ إليها ، كأنما تحميه من مجهول يجهلانه هما الاثنان ، وتُدفئه . تنهضُ فوق رأسه تسكبُ الماءَ عليه . تشطفه ، ثم تعاودَ التصبين . حركتها محسوسةٌ في وعيه ، والدفء يشيعُ في جسده العاري ، فيزيده استرخاءً . السقفُ مرتفع ، والجدران عالية ، والأرض بَلاطٌ مخروم . ثمة بُريكات من الماء بلون الحليب المغشوش . يراها كلّما استطاعَ أن يفتح عينيه . يكون فعلُ الصابون الواخز قد بددتهُ طاستان عامرتان بالماء. تَدلقه عليه بسيلان محسوب . يسقطُ فاتراً ، فاضّاً في كيانه بَكارةَ التذاذ يستَشعرها كالخَدَر . الاسترخاءُ ، وميلادُ مُتعة تطفحُ لتشَملَ بدنَه المكشوف ، بتمامه ، لها . تنفضهُ رجفةٌ طلعت من روحه . تهتز أصابعُ قدميه الرابضتين ، برسوخ ، لصقَ قاعدة المرحاض المثبتة في تربيعات البلاط . يهيمُ هدوءٌ يلفّه ويحرجه في بُخار المساحة التي يشغلانها وحدهما . في الإضاءة الصفراء ، الكابية ، التي صبغَت الحوض الصغير بصنبوره النحاسي دائم التقطُّر : والغسّالة الميني هناك ، في الزاوية المقابلة بزرقتها السماوية : والحبل المشدود من طرفه بمسمار غَلَّظه الصَدأُ ، يمتد حتى الحائط خلفه ، مُثقَلٌ بما عُلّقَ عليه .

الاصفرار الضوئي أغْبشَ أشياء المكان وأنعسه. يهيمُ الهدوء المُصفَرّ، للحظات ابتلعَت طشيشَ الدَّلْق الهيّن، ثم يجيئه صوتها الأليف :

«بردتَ ؟».

(هو صوتها القديم الذي يسكنه قبل ميقات الميلاد. قبل اغتسال جسده الأول بماء الملح).

فَرَكَت كتفيه العريضتين بقطعة الليف الخشن،

«ستدفأ الآن»،

وأكملَت بعافية مذهلة حتى آخر ظهره. وللحال؛ أمسكَ بذراعها الأزلقتها مياهُ الصابون وجذبها، برفق ناعس، ليغطي بها وجهه. مَرَّغَ فمَهُ بكفها، فأفلتتَ أصابعُها الليفَ ثقيلاً في حضنه. تركت له يدها ليبدأ مَصَّها إصبعاً إصبعاً. وقَضْمها بشفتيه. وتحزيزها المداعِب بأسنانه. ثم أطلَقتها من تلقائها، أصابعها الخمَسة، لمّا تحركَت إلى جانبه، لتجوسَ وتسرحَ في تكوين الرجل الذي رفعَ وجهه ضارعاً إلى البَلل الراشح من إطلالتها عليه.

الرجلُ الذي قَمّطته المرأةُ بجلالها المائيّ؛ فما عادَ بوسعه أن ينسى.

أخذت بيده، وأنهضته أمامها، كاملاً. أطول منها قامةً، لكنه المُذعنُ لمشيئة قرارها بتناول يده اليمنى. قلبتها لتستظهرَ باطنَ الكَف. تفردهُ مُدنيةً إيّاه إلى وجهها. يختفي جَبينها، وعيناها، وأنفها، وذقنها في رحابة ما استظهرته، وتستطعم مذاقاً يخصّهما. كأنما كانت تنغمسُ في قُبلة عرفان! ثم باتَ عاجزاً، من يومها وحتى بلوغه أعتاَب هذه الكتابة، عن حَسْم مَن أجْزَلَ

عطاءه للآخر : هو ، أم النساء عبر السنين ؟ أهو الذي أعطى ، أم الذي أخذ ؟

أجَل : استطعَمَت المرأةُ مذاقاً يخصّهما لأنهما اشتركا في تكوينه قبل قليل . قبل أن يتراجع لهاثهما الصاعد وهُما يقضمان التفاحة الواحدة . وقبل أن يفيقا ، معاً ، منحدرين إلى خَدَر العرفان لينطرحا على فِراش الدهشة والانبهار بما فَعَلا .

(ثمة جُرح قديم وغائر في اللحم ، وكثير التردد في الحلم. ولا بُدَّ أنها رأته).

بعدها ؛ طفرَ الصوتُ منه وتعالى . انجذبَ إليه بمقاومة روّضها لسانُ المرأة ولعابها ؛ فراحَ يتتبعه منصتاً للغته المحاورة .

قالَ : «تعالي إليَّ» .

فجاءت ، المرأةُ الغريبةُ ، لتعلّمه معنى الحنين ولذعته اللاعجة .

* * *

أكنتَ تدعوها إليكَ ، بحسب ما تكتبه ، أم تستدعي جميع أشيائكَ الدفينة محاولاً أن تحيطَ بنفسكَ ، آخذاً بوصيّة بورخيس في أن لا تموت تحت وطأة الذاكرة المُقفَل عليها ؟

أكنتَ تستدعي تلك اللحظات ، أم تُعيد تكوين زمن بعيد سابق عليها ؟ زمن تملؤه أصواتُ مياه مغايرة وغامرة وهادرة تذكّركَ بقصة الطوفان وسفينة نوح الطافية فوقَ عالم يغرق بإرادة رَبٍّ ربما لو كانت الأقدار قد تلاعبت بالتاريخ ، فجعلَت من مريم العذراء شفيعةً للبشرية وقتذاك ،لَما كان الهلاك الجَماعي .

غير أنكَ ، مهما حاولتَ ، ستبقى رهين ماضيكَ الأقدم منك والأسبق عليك ، فلا تحاول . لأنكَ ، إنْ فعلتَ ، ستخلع الأقفالَ عن

الأبواب وتشرعها على يَباب بلا نهاية . . فلا تكون أنتَ أنتَ ، وتستحيلُ الحكايةُ إلى سَرابٍ وقبضَ الريح .

إذَن ؛ لا تحاول أن تتمادى ، واكتف بمريمكَ الصغيرة وبعض الحكايات المنمنمة عنكما . ذلك سيكون أكثر أمناً ، وسيقع في وعي الناس هَنّيناً وشَيّقاً ، على الأغلب ، وسيرضون بما ستجيء به . فأنتَ تدركُ ، بلا أدنى شك ، أنَّ خروجكَ النهائي عَمّا يتوقعونه منك ككاتب ـ أو حتى عصيانكَ العَلَني لما يحبونه لأنهم يعرفونه ـ ، سوف يودي بما تكتبه لهم إلى الجحيم .

فحذار من الجحيم ، ومن نار جهنم .

أسمعتَ ؟

عليكَ أن تدعو ، وأن تستدعي ، وأن تستعيد ، وأن تُعيد تكوين العالم ، وأن . . . ، أنتَ تعرف ذلك كله ـ ولكن حذار .

فخُذْ السردَ عني إذَن ؛ لقد حانَ دوركَ لأن تحكي .

كان حلماً ما رأيته .

وما رأيته سأحكيه :

حينما خلعتُ الأقفالَ عن أبوابها وشَرّعتها ، كان العُباب بلا نهاية . ليس ثمة يَباب . أمواهٌ عظيمةٌ أينما يممتُ وجهي ، واليابسةُ امحّت . لا يزال القار مبْتلاً ويرشح متقطراً . القارُ الذي أحكَمْتُ به الأبوابَ لأحمي الفُلْكَ من تدفق المياه إلى جوفه . رأيته يتمدد أسودَ متشققاً كلّما وَسَّعتُ من فتحي للأبواب . لا حياةَ إلاّ لمياه فوق مياه ، وثمة البَرْدُ يهبُّ من الخارج يسوطُ وجهي . مددتُ رأسي ورفعتُ عَينيّ نحو السماء ، فشاهدتُ العلامة . من الماء إلى الماء ضربَ القوسُ القُزَحيُّ بطرفيه وبانَ . ثم كان أن خاطبني صوتُ القَهّار قائلاً : «***هذه علامة الميثاق الذي أنا أقمتهُ بيني وبين كل ذي جَسَد على الأرض***» عندها ؛ فتحتُ فمي وقلتُ : ها أنا أنجو ، بمشيئته ، دونَ جميع الخَلْق من ذوي

النَّفَس في أنوفهم . البَشَر والحيوانات . الزواحف على الأرض والأطيار المحلّقة في الفضاء . المخلوقات التي تَدبُّ ، والتي تمشي ، والتي تسبح . كان عُمري ، لمّا أُذنَ بالغَمْر الرهيب ، قد بلغَ ستمائة عام. ثم بالأربعين يوماً ماطراً تنقضي ، وبالأربعين ليلةً غارقةً تنقضي. أُفرِغَت قرابُ السماء من أمطارها الغزيرة ، وحاضت بواطنُ الأرض بأجواف مَياهها العميقة . وها أنا أُرسلُ بالحمامة لتستطلعَ حالَ العالم . عادت أول الأمر ، إذ لم تجد أرضاً تقفُ عليها . انتظرتُ سبعة أيام وأطلقتها من جديد ، فعادت تحمل في قدمها ، هذه المرّة ، ورقةَ زيتون. فقلتُ لنفسي : حَسَناً فعلَ القَهّارُ . غير أني تذكرتُ أنَّ الحمامة ، في حلم آخر أقدمَ عهداً ، عادت بقدمين ملطختين بالطين ، ففهمتُ حينها أنَّ اليابسةَ لا زالت سَبَخاً بلا قوام . كما إني أذكرُ ، أيضاً، أنَّ الحُلمَ الأقدمَ عهداً ساقَ لي ، في منَامي ، طائرَ « زو» يمزّقُ جلدَ السماء بمخلبيه ، محطماً صوتَه إيذاناً بمجيء الطوفان من بَعد .

وهكذا أفقتُ .

أفقتُ على هديرٍ عميق يضرب جوانبَ الغرفة الغارقة في الظلام . كأنما حُلمي يلازمني وينهضُ معي ، ففركتُ عَينيّ لأتأكد .

حكيتُ ذلك لمريم أو ربما لـ «ماسة». لم أعد أميّز حقاً ؛ فكثيراً ما أخلطُ بينهما .حكيتُ بكلمات ليست ما أكتبه الآن ، ـ وكانت تُنصِتُ بعينين واسعتين تعشقان الحكايات ـ :

أحسستُ بالهدير مثل وحشٍ هائل يلهث من تحتي بلا هوادة . أُصبتُ بالخوف ، ولم يكن بوسعي أن أحدد مصدرَ الصوت الغامض . أو أن أعرف ما هو .أكانَ دبيبَ أقدامٍ كثيرة تجتاز الممر الطويل ، الواصل بين غُرَف البيت المتوالية على امتداده مثل قطار ؟ أم صوت الشاحنات

العميق المكتوم ، وقد وصلَت سوق الخضار المحاذي للبيت ، لتفرغَ بضائع اليوم التالي ؟ غير أنّ الهدير واصلَ عبوره المرعب من تحتنا ، يهز الأرضَ ، فيهتز سريري الحديدي ، وتنهضُ أجسامُ أخوتي في أسرتهم. أنبأني أزيزُ النوابض وحفيف الوسائد أنَّ الواحد منّا آخذٌ بالتكوم تحت لحافه السميك. ثم جاءَ هَمْسُ أخي الصغير: «ما هذا ؟ هل سمعتم؟». كانَ سؤاله خائفاً ، وخَمّنتُ أنه يغادر سريره ليخطو حافياً، ويندسٌ في سرير أختنا الكبيرة ، تحت لحافها .

لم يسبق لأيٍ منّا أن سمع صوتاً هادراً كهذا ! صوتاً أشبه بدمدمة عميقة ، بزعيق مخنوق ، بغضب غامض يبتغي قَلعَ البيتَ من أساساته ـ وكان هزيم الريح العاصف يرجّ النّافذة يكاد يخلعها عن إطارها . والمطر متصلٌ يلطمُ زجاجها ويصفعه دون توقف ، موجةً إثر موجة . ثم إذ بالليل الأسود تمزقه الرعودُ وتتخطفهُ البروقُ ، كأنما هي معركة القيامة الكبرى بمركباتها الفولاذية وأفراسها السماوية ذات الذيول الناريّة وأجنحة ملائكتها المحاربين بدروعهم التي من ذهب وسيوفهم المشتعلة كاللهب تصطفقُ وسع الفضاء المظلم هناك في أعماق الأعالي هابطةً نحونا مصممةً على اختراق الأرض والإجهاز على التنانين المختبئة في أجران المياه الأزليّة قبل أن تصعد هي وتُغرقُ العالمَ بشرورها . . .

لكنَّ الأمر انقضى .

فُتحَ البابُ فجأةً ، وشَعَّت لمبة السقف تزغلل عيوننا ، وظهر أبي أمامنا ، ومن خلفه هتفت أمي :

«لا تخافوا !» ـ كان أن أفسحَ لها أبي ليدخلا معاً .

«تعالوا !» قالت ، وجعلتنا أربعتنا أمامها ، كأفراخٍ تلوبُ مذهولةً حول نفسها .

تراكضنا في الليل الماطر عبر الدهليز المكشوف لندخلَ غرفة المعيشة المُضاءة . وهناك ، رأينا عمّتي تنكشُ بالملقط الكبير رمادَ المنقل النحاسي .

* * *

تجمعتم داخل الحجرة المُغلقة . أكملتم الحلقة حول المَنقل التي بدأت قطَعُ الفحم تتجمر فيه . وبانتظار أن يتخمّر الشاي بالبابونج ، في جوف الإبريق المدسوس بين الجمر والرماد ، فتَحَت العَمةُ الكتاب المقدّس خاصتها ، وقالت :

« سنقرأ الآن عن الطوفان في سفر التكوين » .

وبدأت . أنتَ تذكرُ كلاماً كثيراً وأسماءً كثيرةً وقصصاً عن مَعاصٍ وخطايا لم تفهمها . حينذاك لم تفهمها . كنتَ صغيراً فلم تفهم ـ وها أنتَ بتَّ كبيراً ؛ هل ما زلتَ كذلك ؟ ذاكرتكَ تحملُ كلمات الماضي ، وعقلكَ لا يفقه هذا الغضب الرّبانيّ العظيم . أنتَ تذكرُ وحسب . أنتَ تذكرُ البخارَ يتصاعد من فَم الإبريق التوتياء الأزرق ، ومن أسفل غطائه الذي كان يرتجف نافثاً في المكان عطرَ البابونج اللافح ، والدفء يغمرُ أياديكم المفرودة فوق مستوى الجمرَات المُحمرّة بتشققاتٍ تكتنزُ جحيماً لكنها تبدو هَشّةً ، وشفاهُ عمتكَ تحرّكُ قصةً تقول :

«**وكان الطوفان أربعينَ يوماً على الأرض. وتكاثرت المياهُ ورُفعَت الفُلْكَ. فارتفعَ عن الأرض. وتعاظمت المياهُ وتكاثرت جداً على الأرَض. فكانَ الفُلكُ يسيرُ على وجه المياه . وتعاظَمَت المياهُ كثيراً جداً على الأرض. فَتَغطَّتْ جميعُ الجبال الشامخة التي تحت كل السماء**» .

وكان أبوكَ عند النافذة يقف محدّقاً بالظلام الغارق في عاصفة السماء ومياهها. وكُنتُم جميعاً تُنصتون إلى هدير الطوفان العاتي من تحت البيت يتعالى رويداً ، كأنما سوف يقتحم الحجرةَ ويجتاحكم . ثم سمعتَ صوتَ أبيكَ :

«نَجّنا يا رَبّ !» .

تلك الليلة ، اقترحَت العَمّةُ على أبيكَ وأُمكَ :

«بمشيئة الرب سنفي بالنذر بعد خلاصنا من الطوفان . ثم نذهب بالولَدين إلى (صيدنايا) ونُعمّدَهما هناك !» .

لحظتها ؛ عرفتَ أنَّ أمرَ قصّ شَعركَ قد بُتَّ فيه ؛ ففرحتَ . لكنك

أدركتَ ، في الوقت نفسه ، وعلى نحو غامض ، أنك ستدخل مرحلةً مجهولةً من عُمرِكَ . مرحلة سيكون للّعب غير المحسوب فيها قسطاً أقلّ، فوجمْتَ متطلعاً إلى أخيكَ الأصغر .

كان يتلهى ، كعادته ، متشاغلاً عمّا يدورُ حوله بأمرٍ ما ـ لكنه لم يكن غافلاً أبداً .

هل تَذكُر ؟

10

أذكرهُ في تلك الليلة الهوجاء :

بأصابعه دائمة التحرّش بالأشياء ، حين رأيته ينهمكُ عابثاً بقشرة كستناء متبقّية من سهرة الأمس . كان يجرّب سَلْخَ فروتها عن جوفها المتيبس ، فتنكسر من خارجها البُنيّ المُحَمَّص .

استغرقَ في عمله هذا كأنما يُنجزُ مَهمةً ذات طابع مصيريّ ؛ بدأَب موصول ، غير عابئ بتفتتها كُلّما جرَّبَ جزءاً آخر ، حتى انتهى إلى كومة فُتات في كَفِّه .

بعدها ؛ نثرَ صَنيعَه هذا فوق جمرات المنقل ، فتتالت تكتكات الاحتراق. غير أنَّ بعضاً من نثاره البُنيّ سقطَ على السجّادة ، واختفى في ألوانها الداكنة .

وأذكره بعد سنتين ، ربما :

بإصراره غير المفهوم على قَضْم حواف نوافذ البيت الخشبيّة . يتركها مثلّمةً كأنَّ رتلاً من الجرذان مَرَّ عليها بالتتابُع ، دون أن يغفلَ أو يُهملَ مساحةً مهما صَغُرَت . فيضطر أبي ، للاستعانة على وضع حَدٍّ لهذه العادة الغريبة ، الطارئة ، وبعد استشارة «عبدو النَّجار» ، أن يُشبع الخشب بمادة المايكروكروم الصفراء لاذعة المرارة ، عَلَّه يكفُّ. لكنَّ ذلك

لم يحل دون دوام القَرْض ، أو الحَدّ منه .

ولدى معاينة الكبار للتشويه الذي أصاب أُطر النوافذ ، منظراً ولوناً، تحوّلت حيرتهم إلى هاجس التساؤل عن مَضار الخشب في معدة الصغير. والغريب أنه لم يكن يتوجّعَ أو يشكو ! ثم كَفَّ عن عادته ، مثلما بدأها ، فجأةً ، تاركاً أمرَ تفسيرها لغزاً حتى الآن .

وأذكرهُ ، عندما نعود من تخشيبة خضر شاويش ، صانع الطبلات :

بالفوضى والصَّخَب الموزعان على أرجاء البيت ، إثر شِجاره مع أختينا ، وصوت بكائه الطالع :

«هاي طبلتي ، ليش كسّرتيها !».

يكون خضر قد أعطاه واحدةً صغيرةً فَخّاريّةً من تلك التي يعدّها لبيعها للصغار . وجهها مكسوٌّ بورق أكياس الإسمنت المشدود قليلاً والمُلصَق بمادة السرسيسيو القوية . لونُها تُرابيّ كلون الورق وذات رائحة نفّاذة لا تشبه رائحةً سواها . أعتقد أنها من لوازم الكُنْدَرجيّة للصق جلد الأحذية و«جَزْمات» الشتاء طويلة العُنق الكاوتشوك السوداء . (ها إنِي أكاد أُخطئ في تهجئتها . كنتُ لا أعرف وقتها كيف ألفظها : **كاوشتوك**! أقول ، أو **كاوكشتكوك** ، وأصمتُ لمّا تأخذ أختاي بالضحك على نُطقي المتعثر) المهم : كانت رائحة غريبة لمادةٍ كثيفة تشوبها حبيبات كرمل البحر . رائحة أتذكرها حتى الآن رغم اختَفاء عُلَب السرسيسيو منذ زمن . أتذكرها وأتذكر خضر عند مراقبتي له وهو يعمل في التخشيبة على السيل . يجفف أكياس الإسمنت بعد نشرها مغسولةً فوق الأحجار الملساء المفلطحة ، ثم يمررها لتغطّي فوهة الطبلة الصغيرة، طالياً أطرافها بالسرسيسيو . عندها ؛ تفوحُ الرائحةُ القوية مختلطةً بفَوح الشَّمع المُذاب داخل أوعية صغيرة كانت عُلَباً للسردين والتونا . شَمْعٌ أحمر وأخضر وأزرق لا أعرف من أين يجيء به . أرقبه في انصرافه الكُلّي إلى تحريك ما بيده . أرصدُ مسارعته ، قبل انجماد السائل

الشَّمعي ، إلى غَمْس الطرف الآخر لقلم الكوبيا خاصته في أوعية السردين والتونا القصديرية ، ملتقطاً به القوام الكثيف وتزيينه للورق الجاف الخشن بنجومٍ وأقمارٍ وشموسٍ وأهلَّةٍ بَالألوان جميعها .

تتحوّل الأشياء الفقيرة والرخيصة إلى قطعةٍ جميلة تُفرح الصغار وتجذب أنظارهم .

كنتُ أراهم مع آبائهم يدخلون بلهفة . يُشيرون بأصابعهم نحو الطبلات المعلقة على جوانب التخشيبة ، كأنها قناديل ملوّنة .

«يابا هاظي! ريد هاظي!» ، وينشُ بيده ذبابةً استعذبت مخاطَه المتسيّل من أنفه . وينتر ذراعه الممسكة أصابعها بقطعة الهريسة ، طارداً أربع ذبابات أخرى تتشبثُ بها .

«بَسْ ياللعيِّل !» ، ينهر البدوي ابنه .

يظل خضر ساكتاً ومبتسماً كعادته . لكنه يُنزل واحدةً ، ويأخذ بمسح كفّه الغليظة على وجهها المرسوم بالألوان الشّمعيّة . أُحسُّ أنَّ في حركته هذه حواراً مقتضباً ، صامتاً ، سيأتي بالنتيجة لا محالةَ . وفعلاً؛ ينتصرُ إلحاحُ العيِّل وزعيق بكائه . يُخرجُ البدوي من صدر ثوبه محفظةً مكتنزةً حائلة اللون ومتقشرة ، وينقل منها إلى يد خضر . يتناول الأخير القروش القليلة بكل تهذيب :

«شكراً يا أخ . يا ريتو مبروك ».

ويدنيها من فمه ، كأنه يلثمها ، قبل أن يدفعها إلى جيب بنطاله الكاكي ، مردداً :

«نعمة ».

«رِزقك أجاك من هالقطروز»، قال البدوي لخضر ، مثبتاً عقاله فوق شماغه مُصْفَرّ البياض : «وهاظا رزقي من بيعة الطَّرْش!»، وأشار برأسه نحو سوق الحَلال القريب ، ضارباً بقبضته مكمنَ المحفظة عند الصدر .

«حلالَك دايم إنشاء الله»، قال خضر .

«وحَلالَك ياللخو . مِن وين إِنت ؟».

«من فلسطين» ، أجابه كمن يشهد على نحوٍ قاطع . بسرعة .

«ها . لِيّا ابن عَمّ مات في فلسطين . يقولون عنها باب الواد . تعرفها ؟».

«أعرفها».

«كان سايق دبابة . استشهد هالمسكين وهُوّه جُوّاها . دفنوه مَطْرَح ما مات !».

وقبل أن يُفسح لخضر أن يُعلّق بشيء ؛ استدارَ جاذباً ابنه وهتف ، بينما يبتعد به وصوت الطبلة الورقية يتصاعد :

«فلسطيني ! الله يكون بالْعُون ياللخو !».

كنتُ سأسأل خضر ، ذاك العُمْر ، عن حكاية باب الواد تلك والدبابات والحرب . غير أني أجّلتُ هذا ، ناظراً صوب العَيِّل البدوي حاضناً طبلته يكاد يتعثر بحجارة السيل الناشف :

«لن تُعَمِّر طويلاً . الولد سيكسر الفخّارة أو يخزق الورقة».

فيسارع خضر ليردّ عليّ بعفويته وهدوء كلماته :

«أعرف . القروش القليلة لا تشتري الفرَح الكثير !».

لم أكن ، حينذاك ، أعي المعنى كاملاً ؛ فأهز رأسي من غير أن أتأكد إنْ كان خضر يبيع السعادة بالوزن ، أم بالكميّة ، أم بالأمتار ، أم بماذا ؟ المهم .

كان الصغير يأخذ ، حال دخوله البيت ، بالقَرْع على طبلته كيفما كان . بيده ، أو بعصا من خشبة زائدة التقطها من أمام دُكانة «عبدو النجّار» . يقرع على الطبلة ويجول بين الحجرات ، فتقوم القيامة :

«أي طَرَشْتنا !».

«بَسْ هاي طبلتي وأنا حُرّ فيها . ليش كسرتيها ؟ ليش ؟».

«حُرّ ! وَلَك إنتَ كُرّ مش حُر . قال حُر قال !».

«وإنتي حمارة كمان !» ، يكيل لها كما كالت له .

«هاي طبلة كَزّابيِّه ماما . لا تزعل ».

تبادر أمي خارجةً من المطبخ لإسكات «فجوره» (مثلما تَصفُ أختي الثانية ، الأصغر ، نوبات النَّكد الصارخ المشهور بها) ، وتردف بصوت كالتمتمة :

«الله يسامحك يا خضر على هالعَمْله !».

بعدها ؛ تخفتُ المعركة ويغيب عنَ النَّظر . لا تعرف أين . ثم أراه يَنْدَسُّ في ثوب أمي ، واضعاً رأسه عند بطنها ، آخذاً بنطحها كالتيس :

«يللا . بِدّي قضامه ! هاتي».

«قضامه ! مش وقتو يا ماما . بِدنا نتغدّى كمان شوي».

«لأ . بِدّي هَلأ . بِدّي يا ماما بِدّي . يللا !».

وأراها تحدّق بسقف المطبخ كأنما تريد اختراقه بعينيها المجهدتين ، مدفوعةً برأسه المغروز في بطنها لتستند بظهرها إلى «النَمْلِيّة» ، وتُخرجُ كلماتها بنبرة توحي بِنَفَسٍ وصبرٍ ينفدان :

«المجد لاسمكِ يا عَدرا ! شو أعمل بهالوَلَد !».

خُيِّل إليّ أنها كانت تبتهل وتتضرّع . غير أنَّ سقف مطبخها لم يسعفها بأيّ جواب من مريم العذراء . أو عَلَّه سقطَ عليها دون أن تسمعه كما ينبغي ، إذ طغى هديرُ البابور ، بعينه الكبيرة ، على سواه من الأصوات . أو لم يصِل من سابع سماء . . بعد !

وأذكرهُ ، مرّةً ، وكان هادئاً على غير عادته :

بمحاولته تطبيق ما تعلّمه من خضر عن صناعة طائرة ورقيّة . يُجبرُ أُمي على أن تجبلَ له عجينة النشاء كمادة لاصقة ، ثم يجلس متربعاً على الأرض ليعالج عيدان القَصَب . ينظّفها أولاً ، كاشطاً قشرتها المتليفة ،

ويفسخ من غليظها خمسةَ عيدان يعملُ على نَشْرها بسكينة المطبخ الكبيرة، لتكونَ متساوية الطول . بعدَها ؛ تبدأ تحايلاته المكشوفة لإقناع أبي بتسديد ثمن أطباق الورق الملوّن التي سيشتريها من مكتبة الزقيلي مقابل البيت : الصقيل اللامع كسوةً للهيكل القَصَبي المُضَلّع إثر جَمْعِ عيدانه الجاهزة . والخفيف المُكَرْمَش للذيل والأجنحة من أجل التوازن . أما خيط المَصّيص ؛ فإنّ جارنا «أبو نظمي» كفيلٌ بمنحه دون مقابل .

يضحكُ الرجلُ الطيّب في جلسته وراء طاولته المحشورة في زاوية الدّكان ، المكتظة بـ «كَرَسْتَة» الكُندَرجيّة والبويجيّة : لفائف الجلد المُصَنَّع وبدمغة (شركة الدباغة الأردنيّة المساهمة المحدودة) مسنودةً على طولها إلى الجدار : عبوات الغراء اللاصق «السرسيسيو» المعدنيّة دائرية الشكل على الأرفف الخشبيّة المُغبرَّة : العلب الكرتونيّة المربعة والمستطيلة المُثقَلَة بالمسامير بجميع أشكالها وأطوالها : كُعوب الأحذية قاسية المطاط السوداء : رُزَم سيورها ، وأصباغ جلودها ماركة «كيوي» ، برَسْمَة طائر على الأغطية احترنا في معرفة اسمه : النعال ترابيّة اللون مكوّمة داخل أكياس : أكداس «الضابانات» محزَّمَةً أزواجاً أزواجاً بالقرب من الطاولة: الإبَر والمسلاّت ، وكُبَب خيط المَصّيص المتين .

يضحك أبو نظمي ، آخذاً بيده كُبّةً كاملة ، وبلهجة نابلسيّة يقول :

«معك الخشبة ؟ هاتها» .

ثم يبدأ بنقل أطوال وأطوال من خيط الكُبَّة الكبيرة ، ليلّفها حول قطعة الصغير الخشبية ، مكرراً سؤاله :

«بيكفي ؟» .

لا ينتظر جواباً . يواصل العمليّة حتّى يتساوى حجم الخشبة المتعاظم مع حجم الكُبَّة المتناقص . عندها ؛ يلتقط من الرّف القريب من رُكنه مقصّاً كبيراً ، ويقطع الخيط .

«مبسوط يا أفندي ؟» ، متوجهاً للصغير باسماً ومؤكداً له : «بهذا الخيط رَحْ توصَل طيارتك لعند رَبْنا !» ، ويستدرك كأنما يحدّث نفسه :

«أستغفر الله العظيم !».

.. غيـر أنَّ هذا كلّه لـم يكن ليـصنعَ طائرةً كـتلك التي يصنعهـا لنا خضر شاويش .

طائرة خضر شاويش مُتقنَة ، وجميلة . أو هي جميلة ، كما أفهمُ الآن ، لأنها مُتقَنَة . طائرة خضر شاويش لا تتخلّع ؛ إذ يُحكم تماسك عيدانها الخمسة بقوة شَدّه للخيط ، واستعماله للسرسيسيو . طائرة خضر شاويش ساحرة مثل حكاياته العجيبة ؛ ما إن نركضُ بها قليلاً حتّى تأخذ بالارتفاع متوازنةً . تُلهبنا فَرْحَةُ طيرانها الأوّل ، فنزيد من سرعة ركضنا ، ملتفتين للخلف ، محاذرين التعثر بأرض السيل الجافة . نتوقف لنتملّى تحليقها الواثق ، ونَمدّها بأطوال أخرى من خيط المصّيص. ترتفع محلّقةً أعلى فأعلى ، وتأخذ بالتصاغر في عليائها كلّما نَأَت . أجنحتها الزرقاء المكشكشة ترفرف على يمينها ويسارها ، وذيلها الأحمر الطويل يتمايل متغنجاً في الريح ويتلوّى كالحَيَّة .

يكون لصوت هفهفتها البعيد والعالي صدىً عميقٌ في داخلي . تماماً كذاك الأثَر الذي تخلّفه فيَّ حكايات خضر شاويش .

ذات مَرَّة ، وعند اطمئناني لاستقرار طائرتي في السماء ، سمحتُ لمريم أن تمسكَ بخشبة الخيط . قبضَت عليها بحرص ، وجذَبَت الخيطَ إليها بهدوء ، قليلاً قليلاً ، فهَفهفَت الطائرةُ كأنما تَرُدُّ لها التحيّة . ضحكت مريم . ضحكت قليلاً ، مبقيةً علامةَ فَرْحَتها في تكوين ثغرها، ثم غرقت عيناها في الزُّرقة العاليّة ، ولم تنبس .

أعرفُ كيف يشعر المرءُ لحظةَ امتلاكه لهذا الجَمال الملوّن ، المحلّق في سابع سماء . أيُّ زهو وأيُّ خيلاء !

كان وجه مريم قد تغيّر . خلتهُ مثلي ، يسبحُ صاعداً بسلاسة وهدوء صوب وجه الطائرة الأخضر اللاّمع ، وينفذُ عبر الهواء إلى قلب النجمة الذهبيّة التي تفننَ خضر في قَصّها . فجلستُ فوق حَجَرٍ قريب أرقبها .

ثم اجتاحني حزنٌ .

***

حُزنُكَ ملتبسٌ ، غامضٌ ، لا تجد له تفسيراً .

أعذركَ . كنتَ صغيراً لحظتذاك . أكبر من أخيك ، لكنكَ أصغر من أُختيك . ولأنكَ صغير ، ستبقى الدنيا أكبر منك وأوْسَع . ستبقى الدنيا حَمّالةً لمفاجآتها السّارة وغير السّارة . والأخيرة هي الأكثر . هي الغالبة . تنفتحُ عليكَ بلا تمهيد ، وتبتلعكَ كالغول الهائل . هكذا بتَّ تعاينها في أيامكَ هذه . أيامكَ المتأخرة (أهي الأخيرة؟!) وفي لحظاتَ استعادتكَ لنفسكَ وتأملكَ لشرائح ما تُطلقه ذاكرتك . بتَّ تعاينُ نفسكَ مبلوعاً داخل شدق غول « غويا» ، ولكن من غير دماء تسيل منك . سحقاً لكل التصاوير واللوحات المرسومة ! أنتَ لا تستقر إلاّ على الرهيب الجهنمي منها . أنتَ لا تتنبأ بمصيركَ إلاّ وسط ألوانها ذات النذير . تتملّى بزوغاتها كأنها رؤيا من رؤى يوحنا في الإنجيل ، وأنتَ مُغمض العينين ، وترحل في تكويناتها :

تارةً هي تكوينات مايكل آنجلو الراعبة عن مطاردة البائسين اليائسين من رحمة الله . محاولات الإفلات العاجزة من مجاذيف سادة قوارب الجحيم . لن يفلتوا من بئس المصير . هُم الخُطاة ، ومآلهم ماثلٌ في «يوم الحساب» ! سوف يلتقطونهم ، مهما حاولوا ، وسيبحرون بهم إلى هناك . إلى حيث تكون الظُّلمة هي الأبَد . كَم تراءت لكَ تفاصيل هذا الهَول ؟ كَم أفَقْتَ على نُذُر الخاتمة ، عندما ترتعد الفرائص لمّا تجيء ساعةُ مَن أدبروا عن «سر الخلاص» ، فباتوا فرائس جحودهم وإنكارهم للمسيح ! هُم أعداءُ أنفسهم ! أتكون هذه خاتمتكَ ؟

تفيقُ مُرَنَّخاً بعرقكَ ، مثلما كانت الإسفنجة مُرَنَّخَة بالخلّ لمّا رفعها الجنديُّ الروماني برأس حربته ، ودَسَّها في فم المصلوب !

وتارةً تواجَه بكتلة الغول العظيمة تملأ العالم بأكمله !لا ملامح بائنة يستظهرها «غويا» من تكوينه لغوله ، سوى الشدق المفتوح على آخره ،

القادر على ابتلاع الناس ، بمن فيهم أبناؤه ، واحداً واحداً واحداً ، بينما تجحظ عيناهُ الناريتان وتذهبان صوب أُفق مجهول لا تعرفه ، لكنكَ تحدسُ بأنه بعيد ، وبأنَّ لا شَبَعَ إلاّ بعدما يتقوّضُ البشَرُ جميعهم ، ويُضرْسَون تحت فكوك وتروس الانهيار الشامل !

أيُّ واحدة من الخاتمتين ستكون خاتمتُكَ ؟

تفيقُ ثانيةً ، ويتراجع سؤالُكَ . . أو سؤالي .

ذهنُكَ الآن صاف. عيناكَ ثقيلتان : عيناكَ ترسوان على السفينة المعلّقَة على الحائط : السفينة الغارقة في ضباب كثيف لا يُخْتَرَق ، بانتظار صَحْو يلائم رسوها ! وجسدكَ راقدٌ مستسلمٌ لمشيئة الآخرين وحِكمتهم. أنتَ الآن متروكٌ لآخرين يتدبرون أمركَ !

أحزينٌ أنتَ ؟

لا تحزن. ابْقَ على صفاء ذهنكَ . لا تستسلم للتصدُّع . إيّاك . اعتكَرَت روحُكَ وخَفَقَت لأنَّ حنينكَ القديم أفاقَ . دعْهُ يَمُرّ .لا تتشبث به . سيجرّك إلى نوبة بكاء جديدة ، وسُيعكّرُ صفوكَ . عندها ؛ سَتَكُف عن أن تكون أنتَ كما تريد. الحنينُ عاطفةٌ جارفةٌ كالطوفان . العاطفةُ إرباكٌ للذهن والتعقُّل .هي النوستالجيا عدوة الكتابة التي تبتغي؛ فلا تلجأ إليها . وها أنتَ تتذكر. نَقَلتَ هذا التصريح عن كاتبة ستتذكر اسمها إنْ غابَ عنكَ الآن .لا تجهد ذاكرتكَ المعطوبة وإلاّ . . . ؛ تبتسم؟ تسخر ؟ ممَ تسخر؟ طيّب .لا تزعل . إهدأ لتعودَ إلى رُشدكَ ، ولتقولَ إنَّ البَلَدَ بكَامله يعاني نقصاً في فيتامين *B12*. إنَّ البَلَد مجروحٌ في ذاكرته فتراه ينزف ماضيه : وتراه ينسى خطاياه : وتراه يدفن طفولته وينام ماشياً في الجنازة .

أجَل . ينسى خطاياه ، ويدفن طفولته ماشياً نائماً في الجنازة . لحظتها ؛ خطرت لكَ صورُ أخيك باسيل وأختكَ عفيفة . ماتا طفلين ، قبل أن تولد أنتَ وأخوتك الثلاثة ، فلم تَمْش في الجنازتين . كانا البِكرين . جميلان في الصوَر ، وفي نسخة من الكَتاب المقدّس يُحتفَظ

بين صفحاته رقيقة الورق بخصلتين مضفورتين من شَعرهما الأشقر .

«كانَ مثل الذهب!» ، يقول أبوك وأمك .

«هُما في الجنة الآن » ، تقول أمكَ ، فيحرّك أبوك رأسه مؤمناً مصادقاً .

«طبعاً في الجنة !» . . أكَدتَ لنفسكَ لأنكَ تعلّمتَ أنَّ الخطايا لا تُحسَب إلاّ على الكبار . الخطايا للكبار فقط . هُم الذين أدركوا الفرق بين الخير والشر، فَفعلوا الشر دونَ الخير! اختاروا الشرَ فاختاروا جزاءهم. إذَن ؛ هي حريتهم في أن يكونوا كما شاءوا أن يكونوا . أخياراً أم أشراراً . أبراراً أم عُصاة . ملائكة أم شياطين . وتعلمتَ كذلك ، في دروس الدين ، أنَّ الأطفال ملائكة بريئون مبرَّؤون من دَنَس الخطايا ، سوى الخطيئة الأصليّة . خطيئة آدم وحواء . خطيئة معصيَة الرَّب . خطيئة التفّاحة . فإنْ تَعَمدوا بالماء المقدّس نَجَوا ، ودخلوا الحياةَ الأبديّة خالصين من اللوثة . جميل . الأمرُ هكذا مُرَتَّبٌ ومفهوم لأنه بسيط . ولكن ؛ ماذا عَمّن يموت طفلاً قبل نَيله سر المعموديّة ؟ هو لم يَعش بما يكفي ليقع في الرذائل ، لكنه مات ملَفوفاً بالخطيئة الأولى ، الأصليّة . أمصيرُهُ الجَنّة أم الجحيم ؟ أين يذهب ؟

سألتَ سؤالكَ ، فأجابوا : إلى اليمبوس ، حيث يتطهر ، ثم إلى الجنة الله وملكوته يُرفَع !

لكنكَ سهوتَ عن أن تسأل أمكَ عن أخيكَ باسيل وأختكَ عفيفة : «هل تَعَمَّدا ؟» .

نسيتَ أن تسأل . أو لعلّكَ ، في سركَ غير المكشوف لك ، خشيتَ مغبّة الجواب ؛ فتناسيتَ مكتفياً بما تملكُ من حالة لم تنقفل أو تنته بعد . نسيتَ أو تناسيتَ .ثمة فرق . لكنه ، هنا ، ليسَ مهماً .

النسيانُ نعمةٌ ، ولولاه لَمُتنا كَمَداً .

لكنكَ لا تنسى كل شيء . لم تنسَ أنكَ حين غمركَ الحزن ، بينما تجلس فوق الحجر تنظر إلى مريم ، شعرتَ أنَّ العالم تخلّى عنكَ . باكراً

جاءكَ هذا الشعور . ليس في وقته ؛ فما زلتَ صغيراً بعد . لكنَّ العالم تخلّى عنكَ ، والمسألة لن تتجاوز الشهر حتّى ينفوكَ عنهم . أهلُكَ . يُبعدونكَ إلى مدينة هي القدس . يسجنونكَ في مدرسة ستنام فيها ، وتأكل ، وتصلّي ، وتلعب ، وتدرس . أنتَ لا تُحبّ المدرسة أصلاً ؛ فما بالكَ . . . ؛ ومريم ، وخضر ، وأُمكَ ، وأبوك، وأختاك، وعمّان، وسينما الفردوس ، ودنيا ، والبترا ، وطيارات الورق ؟

تلتفتُ حواليك ، فترى كنيسة الروم على يمينك ، وعند الشارع الصغير المترب تترنح خيوط وأشلاء طيارات الآخرين من الأولاد ، المصلوبة على أسلاك الكهرباء . تجيلُ نظركَ أعلى ؛ فيملأ عينيك قرميدُ أسطح المستشفى الإيطالي بأحمره المميّز . لا تخفف من قوته شمسُ النهار الآخذة بالأفول . سيكون لهذا اليوم ، ككل يوم ، نهايته . وسيكون لأُم مريم أن تظهرَ عمّا قليل . ستراها تهبطُ منحدرَ المستشفى المسفلَت بثوبها الأبيض . لن ترى شالها الصوفي الأخضر ؛ فالوقت صيفٌ . لكنكَ سترى ، ولو من بعيد ، حركةَ رأسها بإيماءة رفضها الحازم لدعوات المارة ، وأصحاب الدكاكين المقتعدين لكراسيهم على الرصيف . سترى تَعَجُّلَ مشيتها تعبر الشارع ، قبل نزولها الحذر للسفح الهَيّن ، بين سور الكنيسة ومدرسة روز السحّار . ولسوف تصل . ستصل أُم مريم إلى مريمكَ لتأخذها منكَ !

هي لم تظهر بعد . ثمة وقت لا يزال . وها أنتَ تجد نفسكَ ، وللمرة الأولى ، تحدّق بمريم على نحو لم تألفه قَبْلاً . بطيئاً تدرس ساقيها، بالجوربين الأبيضين ، وركبتيها الأدكن من الساقين وفخذيها النحيلتين ، وتنورتها الكحليّة بتقليمات السكوتش الحمراء ، ثم تصعد مع حركة زنديها الرقيقين ، عابراً قميصها الليموني السادة ، وتستريح عند وجهها .

«آه ! يا لهذا الوجه !» .

أنتَ لم تقُل ذلك يومها . ليس لأنكَ كنتَ خجولاً تخشى التأتأة

وبئس جواب مريم ؛ بل لأنكَ ما كنتَ وصلتَ إلى أنَّ الجمالَ مَرَضٌ ! أنَّ الجَمالَ يصيبُ أمثالكَ بالمَرَض !

أنتَ لم تفكر حتّى أن تقول ذلك . ليس لأنكَ لم تجد في إبعادكَ مع أخيك إلى القدس سبباً كافياً لحزنكَ ذاك . أبداً . بل لأنكَ ، ببساطة ، عزمتَ هذه اللحظة تحديداً ، الآن فقط ، أن تكتبَ عندما يتسنّى لكَ :

«آه ! يا لوجه مريم !» .

* * *

وجهُ مريم دائمُ الانخفاض ونادرُ الكشف الصريح عن عينين مشرعتين . وجهُ مريم دائم الحُنو على جسد ابنها لّما أنزلوه عن الصليب، وأراحوه على ركبتيها . أكانت تتملّى وجهه المتروك على آخر صيحة وَجَع أطلقها نحو السماء ؟ أم تتفرسُ في مزيج الدم والماء الأخير النازف، ما يزال ، من جروحاته ؟ أم تتساءل ، مدفوعةً برؤيا شارفَت شفرةَ اليقين : أمُّهُ أنا ، أم هو أبي ؟

وجهُ مريم يلمعُ داخل هالته القُدسيّة . وجهُ مريم تحميه هفهفةُ القماش الأبيض الناعم . وجهُ مريم لا يأبه بملايين العيون التي ترصدُ دمعةً تذرفها عيناها ، ولا تنزل ! وجهُ مريم يُطلُّ عَليَّ ، من بين ذراعيها الممدودتين إليَّ ، من هناك ، من عليائها داخل التجويف العميق في واجهة مبنى المدرسة ، وبرسوخها الأبدي ترفلُ في ثوبها الأزرق . أنظرُ إليها . أنظرُ إلى كل مريم التي حبسوها في حَجَرٍ ، أو في خَشَب ، أو في جصٍّ ، فأرى رَفّاً من السنونو الأسود يمرق من هناك ، عالياً ، عند موضعَ قدميها ، ثم ينطلقُ كموجة البرق خارج الأسوار .

إنهُ أيار ، شهرها المريمي .
وإنهُ عُمري بكُلّه .

* * *

أبتاه !

اسمحْ لي ، في هذا الهزيع ، أن أُفشي لكَ بسرّي الكبير .

أبتاه : لماذا عذّبتني إذ جعلتني في الوسط بين امرأة أُولى هي أُمي التي كانت ، وامرأة مهما بلَغَ اندساسي فيها لن تتحوّل ، أبداً ، إلى امرأة سواها ؟ لن تتحوّل إلى مريمي أنا !

أبتاه : ألهذا كلّما عثرتُ على صَدرٍ وحضنٍ يقبلان بنقصي ، قلتُ : هنا آخرتي ؛ لكنني ، بمبالغتي فيٍ بلوغيٍ ، أتوقُ لأبعدَ وأسمّيه «ماسة» !

أبتاه : آه ، يا لوجه مريم المُنير في عَتَمةِ أُبددها بالكتابة !

11

تسنّى لي ، قبل أكثر من عشرين عاماً ، حين كنتُ أكتب القصص ، أن أُخصصَ واحدةً لمريـم .

تسنّى لي أن أكتب وجهها الذي أمْرَضَني حينذاك (بحسب قريني)، وما كنتُ لأحدسَ أنَّ عقماً سيصيب كتابتي عنها بعدها : بعد تلك الكتابة أعني . كأني استنفدتُ كاملَ الطاقة التي شُحنتُ بها : طاقة مريم المودَعَة فيَّ : طاقتها الصادرة عنها ؛ فجاءت ، قبل أكثر من عشرين عاماً ، وتحديداً في التاسع والعشرين من شهر آب 1980 ، لتكون هي هي التي أحاولها الآن ، إنما بانحرافٍ أملاهُ العُمرُ ـ أم هو المرضُ كعاملٍ ضاغط ؟ !

آه ؛ يا لقلبي الذي ينذر بالعَطَب !

لا أحد سيصدّق إذا ما قُلتُ إنَّ تاريخ ما أدوّنه اليوم ، هو التاسع والعشرون من شهر آب في سنة قريبة !

أهي مجرد مصادفة ؟ علامة ، إشارة ، نذير شؤم ، أو عَلّها بشارة !

لن أتطيّر ، ولن أخدع نفسي مستبشراً بفَرَحٍ آت .

لن أرضخ للمكتوب مسبقاً ، فأنقله هنا كما تأتى له أن يُكتَب في التاسع والعشرين من آب القديم . فأنا الآن لستُ ذاك . والأشياء التي أستحضرها لأكتبها ليست تلك ؛ فمنها ما شاخَ وخَبا . ومنها ما جدّد

شبابه وزها . تماماً كالنهر . فالنهر ليس هو النهر ، وتحت الجسور جَرَت مياهٌ كثيرة .

التفَتُّ برأسي وأنا راقد على السرير صوب النافذة . كنتُ أفقتُ منذ وقت . لم أسمع سوى أنين جارتي داخل حجرتها خلف الجدار . كان يأتيني رتيباً منتظماً موقوتاً كأنما آلة صَمّاء تتحكم به . ثم يكون أن تُطلقَ زعقتها المبتورة كاستغاثة ، فأتخيّل يداً سارعَت لتطبقَ على فمها . فمها المزموم المنكمش على أوجاعها بالتأكيد. لكنها لا تلبث أن تعاودَ بثَّ أنينها. ما كانت أحذية ملائكة الرحمة المناوبات ، المطاطية ، تعبثُ بصمت الممر البلاستيكي ، أو تكسرُ قشرته الهشّة . أصختُ السمعَ متقصداً هذه المرة . لا صوت . أو عَلَّ حواراً كالبرقيات السريّة كان يدور ؟ حواراً مبتوراً ، مكتوماً متكتماً بالأحرى ، ثم الصمت من جديد. عندها ؛ تتراءى مشاهدُ جنسٍ بلا صوت ، منتقلةً من قصص يوسف إدريس إلى الحائط أمامي. وعندها ، أيضاً ، أرسمُ لنفسي (مثلما التعديلُ الذي نجريه على صورة الموناليزا بفجاجة) ابتسامةً أردتُها شيطانيّة شريرة !

في الوحدة والصمت يمكنك أن تكونَ أنتَ وأكثر . ملاك وشيطان . ساذج ولئيم . قبيح وجميل . الوحدةُ والصمت يمنحانكَ قدرةً أن تكون في الداخل والخارج في الوقت نفسه . أن تعاينَ نفسكَ وأن تكتبها . أن تكون الكاتب والمكتوب ! لا أحد يمنعك . لا سلطة بمقدورها لَجْمَ خرقكَ لحدود كينونتكَ .

كنتُ أتسلّى . كنتُ أقتل الوقت ، وأستعيض عن نقص النيكوتين في دمي الآخذ بالتجلُّط بالمراجعة البيضاء لكتابتي : التي كانت ، والتي ستكون .

ثم التفتُ برأسي ، بعدها ، صوب النافذة مرةً أخرى ، فكانَ أن تراخَت في تلك اللحظات عَتْمةُ الفجر قليلاً ، واصطبغَت السماء بدكنة بين السواد والزُّرقة القاتمة . لكنني ، بعد وقتٍ أسلَمْتُ فيه نفسي لخمودَ

الوَهَن ، عاودتُ النظر . رأيتُ الفجرَ تحلّلَ متفككاً ، فقُدِّرَ لي ملاحظة الغيوم تعبرُ خفيفةً . لم أرَ الغيوم في الحقيقة . هي ظلالها تتراكضُ مسرعةً على شرفات البيوت . وتتكسر في جرود التلال المقابلة . وتتداخل مع حطام السفينة القابعة مثل شبَح !

فكرتُ : وعلى الأرض عَبَرَت غيومٌ كثيرة .

وفكرتُ : إنه تعبير جميل جدير بأن يُكتَب .

وفكرتُ : ها شرعنا بالدخول في الشتاء .

كنتُ أسميتُ تلك القصةَ « ذاك الشتاء الطفل» . أسميتها في آب الثمانين . لن أُسمّيها الآن . لكنَّ للشتاء موسمه في جميع السنين . واليوم شتاء . أرى غيومه من نافذتي . وأرى ما سوف يكون مني أن أكتبه لاحقاً . وسيكون لمريم قصةٌ أخرى . قصة جديدة :

«تخَفَّفَ اسمُك من رنينه وذاب صداهُ في الصمت . غبت عن المكان . انفَلَتَ جسمك بين الناس طويلاً ، إلى درجة أن صرت مَنسيّة !كدتُ أَصدّق هذه الخديعة .كان هذا في الزمن الَخليقة .كان في الوقت القديم حيث لا تعني الدمعة سوى الحزن . والشّعر الأشقر إلاّ الجَمال . وخُضرة العينين أمنيَة طفليّة لم تكبر .خلتها تحاكي الحُلم، أو تتلبّسه ، لكنها ما كَفّت عن الترسُّب في المنام .

ضاعَ الاسمُ . استبدلتهُ بـ « ماسة»، فامتلأ الصمت.

لم نكن ، وقتذاك ، نعرف كيف نحكي . لكننا ، في خَلق الصور ، كنا مغامرين وطائشين ، وأحياناً مجانين . كنا الحاذقين فعلاً . وكنا صغاراً لا أحد يلتفتُ إلينا (ظَننا ذلك) ، ومهمَلين في جوف الدُّنيا . ولأننا غالباً ما نُدركُ هذا كنا نغتاظ ؛ إذ نحن مركز الكون !

كيف تأتى أن كنتِ رفيقتي الأولى والوحيدة ، ولم

أعرفكِ إلاّ الآن ؟

أأعرفكِ حقاً ؟

كنتِ شَفيفةً كزجاج تنزلق عليه خيوط المطر ، فترتجفُ الصوَر وتَميع .

أهذا سببُ غموضكِ ؟

غير أني أحاولُ ، كَما ترين ، أن أوقفَ الارتجاف وأجمّد الصور عَلَّك تنكشفين لي أكثر . عَلَّك تقتربين مني . عَلَّك تكونينَ . لكنَّ صوتاً في داخلي يرِنُّ محذّراً من أن مَن يَرتجفُ ، لعلَّة في القلب ، لن يقدر على إيقاف شيء . كل الأشيَاءَ بعيدة عن يديه . نائية لا تحدث مثلما تحدث في داخله . أقلتُ : أرتجفُ لعلَّة في قلبي ؟ ليس هذا وحسب . إنه الخريفُ في نهايتَهَ : موسمُ قطْف الأعمار إذ تذبلُ وتسقط . فالأشجار ليست وحدها تتعرّى هذا الوقت .

* * *

كان شتاء ،

وكانت عمّان ، على الأرض ، ما تزال صغيرة ،

وكُنا ، في العُمْر ، نبكي كثيراً دون أن نعرف السبب !

أما الآن ؛ فإنَّ الحَجَر الذي يتفتت في الحلق ليسيلَ من العينين مالحاً ، هازاً للصدرِ ـ هذا بكاءٌ معاند بِتُّ أعرفُ سببه .

* * *

. . ولأنَّ الله هو المسؤول عن كل شيء ، كنا نخشى أن نلومه في داخلنا . ثمة حكمة خَفيّة وراء كل الأوجاع التي لا نفهمها . ثمة دَرْس سنتعلّمه مع كل دمعة

نذرفها. أهلنا نخشاهم، كما نخشى الله، ونجزع من إغضابهم. هو عَصاهم. هو النار المرفوعة أبداً. كانت كالسيف. سيف من نار بيد الملائكة يهوي على رؤوس الشياطين. هكذا يرسمون لنا الخوفَ فوق أطباق ورق كبيرة يعلّقونها على اللوح الأخضر. رسوم بالأبيض والأسود.

أبيض هو الخير : الملاك : المحبة: ورق الرسم وأرضيته.

أسود هو الشر : الشيطان : الكراهية: حِبْر الرسم ولونه.

أسود هو ثوب الراهب الواقف بعصاه، يشير لنا على الآخرة. يحزّ برأسها المدبب ألسنةَ نار جهنم السوداء (عرَفتُ فيما بعد أنه فن السلويت). عند رقبة ثوب الراهب ثمة ياقة بيضاء مُنشّاة، تهبطُ كبيرةً على شكل مستطيلين متلاصقين.

كُنا نرتجف في حضرته من العصاتين، ونتوب عن معاصينا الصغيرة. عصا الرّب وعصاته. أما بعضنا، فكان يسخر. غير أنَّ طلقةً تثور في الليل، فنفيق! طلقتان قريبتان، فيستيقظ القسم الداخلي مبهوتاً. دبيبٌ على السطح فوق الدورتوار، وثمة ما يشبه زعقات خاطفة، فنقفز من أسرّتنا أو نتنادى بأسماء بعضنا بعضاً. نُدركُ، دون تفكير، أننا نحلمُ بعمّان ونهفو لبيوتنا!

وقتها؛ ما كان هذا «البعض» يسخر من «البعض» الآخر. الجميع خائف. و«الكُلّ خِري في لِباسه!».

يدخل الراهب، فنراه شبحاً يهرولُ متسربلاً في خفقان ثوبه الأسود، كأنما هو رسمٌ خرجَ من الورق! لا يضيء قاعة النوم كعادته. يأمرنا بالنزول إلى قعر التسوية حيث المطبخ بروائح بائتة لطعام لا نحبّه: أسرعوا! فنصطف

طوابير مهلهلة ونتعثر . عليكم بالنظام ! نسمعه يهمس ، ويدفعنا من ظهورنا نحو درجات السلّم . يدفعنا برفق هذه المرّة . نبرته يغشاها خَوفٌ هذه المرّة . أسرعوا! أسرعوا ! يمررها بالفرنسيّة لأنه راهب فرنسي : vite . vite ، ويتحرك من حولنا ، صاعداً الدرجات ليتأكد من أن أحداً منا لم يتخلّفَ هناك في الأعلى . يعود خفقانُ ثوبه الثقيل ، الأسود ، يذكّرني بدرس الدين . أنظر حولي ، في الوجوه المفزوعة الملتفتة بعضها إلى بعض ، فأرى عيوناً تتقافز في الظلمة وتلتمع . أتخيّل قطتنا في عمّان ، وأتوقُ للبيت وأهلي .

كان هذا في الزمن الخليقة . في الوقت القديم حيث لا تعني لي القدس إلاّ راهباً أسود يلثغ بلغةٍ كرهتها ، ثم جاءت يدُهُ ثقيلةً حين كان يصفعني على وجهي ، فهربَت مفرداتها من رأسي ونسيتها : وأقبيّةُ طعامٍ اقتطعَت من فيلم سينمائي عن العصور الوسطى ، لا تعوزها سوى سيوف وتروس وصليل المبارزات الدمويّة : وصفوف دَرْسٍ خرجت من التاريخ بأعمدة لا يطوّقها خمسة تلاميذ، ربما كانت مهاجع لفرسان الهيكل ذات حملة صليبيّة : ومدرسة أخوانيّة «دي لا سال» ، سورُ ملعبها هو سورُ مدينة الله عند خاصرة «باب الجديد» .

جميع الأبواب مفتوحة للداخلين إلى المدينة وللخارجين منها ، إلاّ هذا الباب . باب باتجاه الغرب ، والغرب مغلق . حتّى «بوابة ماندلبوم» كانوا يفتحونها مرّةً أو مرّتين كل سنة . عندها تتقابل العائلات المقسومة (أكان هذا في الأعياد ؟). قسم لم يهاجر ، وقسم تشظّى منتشراً في أركان الأرض الأربعة . عند «ماندلبوم» تلتقي الوجوه القديمة لتجدد الألفة ، والوجوه الجديدة لتتعارف. أقرباء

غرباء ! أبناءُ عمومة وخؤولة ولدوا بين أسيجة الوقت وأسلاك التحريم الشائكة ! جيل تلو جيل ! عند البوابة يحتشد الجمع بترتيب مسبق . يتواجهون . يتحاضنون ليبكوا بإذن لجنة الهدنة وإشرافها . يتبادلون الحكايات أو يُكملون نواقصها برعاية عيون الصليب الأحمر الدولي .

وهنالك الجنودُ ، دائماً .

الأبواب مفتوحة إلاّ «باب الجديد» !

نهاية الزقاق المؤدي إليه لا تؤدي إليه ! جدار ! كأنما ليس ثمة باب . شبْهٌ وشُبهةٌ توحي بهما حجارةُ التقنطر البادية . كأنما بَنّاءٌ بدأ ثم عدلَ فألغى الفكرة ! لم يتبقَ منه ، ذاك الزمن ، إلاّ الاسم : باب الجديد . اسم بلا مُسمّى! لكنه قديم . ولم نكن لنسأل عمّا يكون خلفه . كُنا نعرف ، لأننا كنا نرى من نوافذ صفوفنا الغربيّة الأعشابَ الوحشيّة تحتلّ الأرضَ ، وتفترسُ حجارة فندق الملك داود المجدور بالرصاص ، والمبقور بالقذائف (أهي بصمات الإرهابي المدعو مناحيم بيغن ؟) . كُنا نرى كنيسة نوتردام المتوحدة وسط خرائب امّحَتْ أصولها الأولى . وكنا نسمع ، لمّا تعصف الريح في السنة التي تغطّى العالمُ بالثلج ، رنينَ ناقوسها الأخضَرَهُ الصدأُ ، لا بُدَّ ، لصلاةٍ بلا مُصلّين !

لا أحد يَصِلُ ليُصلّي .

إنها «الأرض الحَرام» !

يُسمونها هكذا . المتحاربون . No Man's Land . تعلّمتُ هذا فيما بعد . أرضُ لا أحد . أرضُ الفَصْل بين متحاربين لا يتحاربان ولا يسالمان . أرض حقول الألغام النائمة ، وأعشاش الطيور اللائذة ، ومفاقس الحَيّات

الطالعة في الأحلام ، وخلايا الموت المتخفي عن مُقَرَّبات نواظير الجنود العسكريّة .

لكنَّ سكوناً كان يسكنها على الدوام . أو هذا ما بدا . إلى أن انفجَرَت طلقتان قريبتان مني ، فتبددَ كل شيء . ما عادت لمظاهر المكان ثوابتها . في داخلي تخلخلَت أشياءٌ وولدت أسئلة . فقلتُ ، لحظة تفكري بالأمر عند الكتابة : سأسمّيها «أرضُ الما بيَن !».

ولَمّا هَممتُ بذلك ؛ تساءلتُ عَمّن يسكنها من الناس ليُحييها وليكون الأمرُ ، مثلما فعلَ اللهُ عند خَلْقِ خلائقه، إذ قال : هذا حَسَنٌ !

تفكرتُ طويلاً ولم أهتد لأَحَد يناسبُ أرضَ الما بيَن . أو «الأرض الحَرام» سابقاً .

فقلتُ : أكونُ أنا .

ورأيتُ ذلك أنه حَسَنٌ .

* * *

ماذا أسماك أهلُك يا صغيرة ؟

نسيتُ الاسمَ ، فدعوتكِ «ماسة» . لكنني أبقيتُ على الوجه وألوانه .

ألا زِلتِ صغيرة ، كعمّان في ذاك الشتاء ؟

* * *

دخَلت علينا مساءَ اليوم الثالث لعيد الفصح ، وكنتُ في رُكنِ ألَوكُ مَللي . سطعَ حضورُكِ في عيني كوهَج مدفأة الغازِ وسط الحجرة ، وتضَبَّبَ مَن كنت معه. كنت أوّل مَن رأيته ذاك المساء . أذكر الآن ذاك المَساء. وأذكر أُمك الممرضة أيضاً . كانت هي الـ «نيرس» مَن دخلَ علينا

وأنت إلى جانبها .لم تتخلّفي عنها خطوةً واحدة ، كما عادتكَ . على يمينها ، أطول مما اعتدتُ رؤيتك حين كنت تتبعينهَا وتتقافزين خلفها ، بينما تهبطان «دَرَجَ الزعامطة» إلى شارع الملك طلال . أنت من بيتكم في حي «الملفوف» إلى غُرفتيْ مدرسة روزَ السحّار . وأُمكِ إلى «السبيطار التلياني» ! وأنا أقف أراقبكما عند باب بيتَنا ، متطلعاً للأعلى : للسفح المنحدر بكما ، بمليون دَرَجة ، بين أسطُح الدكاكين المعمّرة لأجزاء منه ، والمصطفة على الرصيف المقابل .

لم تكن عمّان قد تغَرَّبَتْ وغادرَت التلال المحيطة بوسط البلَد .

كُلُّ عمّان تَصُبُّ ناسَها إلى صَحنها صباحاً ، نازلةً بهم سلالمها الإسمنتيّة ، طازجين دافئين ، كحلاوة السَّميد الساخنة التى تعدّها أمي ، أو عَمّتي ، بالسمن البلقاوي . وكُلُّ عمّان تُجْليهم عن صَحنها مساءً ، ساحبةً إيّاهم على سلالمها ، يلهثون مرتخين ، كآخر الخيط من «دَرْزة» أبي الخيّاط في طَقْمٍ أنهى تفصيله لسيدة من «الستات الكُبار»! يُمسكُ بمقصّه اللامع المحفور عليه ماركة «سنجر» (هي نفسها ماركة ماكنة الخياطة بدولابها الذي يضغط بقدمه على دواستها فيدور !) ، ويقطع زائدَ الخيط كي لا يبقى متدلّياً .

«الخيط المْشَرشر متل المَره المْشَرْتَحه !» ، يقول .

«شو يعني مَرَه مشَرْتَحه ؟» ، أسأل .

«يعني مش ستِ كُباريّه» ، يشرح .

«يعني وحْدِه شرشوحه !» ، فسّرت لي أختي الكبيرة .

«يعني سِت مش مزبوطه. آه !» ، سررتُ بما فهمتُ ،

وضحكت لكلمةٍ جديدة تعني «النسوان السايبات» .

«وَلَك لأ ، مش هيك» ، نَتَرَت كلامها في وجهي . ثم ابتسمت بدورها ، قبل أن تجرّب إفهامي ، معلّقةً على ضحكتي الخبيثة :

«ضُحكة بَلا سنان ! وَلَك اسْمَعْ . شرشوحه أو شرتوحه يعني الـمَرَهَ اللي لِبسها بيكون كيف ما كان . حايا لله . يعني . . يعني ، متل لِبس إم مريم !» .

عندها ، رأيتُ أبي يُملّس بأصابعه الناعمة على امتداد أنفه الكبير ، حاكّاً مُربّع شاربه نصف الشائب موديل هتلر ، قبل أن يُنبهها إلى :

«صحيح إم مريم يا بابا بتلبس من سوق الباله . مصاريها قليلة . بَس مِش شرتوحَة» .

أذكر ذلك الحوار . وأذكر أنّه رفعَ نظارته عن عينيه الصغيرتين ، بزرقتهما الخفيفة ، وركنها فوق طيتين من قماش الساتان الخمري الزلق اللامع ، لزوم بِطانة الثوب ، ثم حَكَّ جبينه العريض كأنما يفكر .

«بالعكس . أنا بشوف إنها بتلبس متل الأكابر !» .

قالَ مستنتجاً مما استحضره في خياله ، فصمتت أختي . غير أنَّ وجهها لم يقُل إنها راضية بما سمعت . لم تكن مقتنعة أنَّ ملابس سوق البالة الرخيصة تجعل من أُمك امرأة ذات أناقة ما ! «مَرَه مرتبة» يعني . وأنت أيضاً ! عرفتُ يومها أنك تلبسين ، كأمك ، من البضاعةَ المكوّمة على بسطات الباعة في الزقاق خَلف سوق الخُضار : أكوام من الملابس المتغضنة بعضها فوق بعض : قمصان قطنيّة وبابلون وفانيلاّ وحرير صناعي ، ويصدف العثور على ماركات من الحرير الطبيعي ! منها السادة والمقلّمة

وأخرى مطبوعة بورود وقلوب وعلامات ورق اللعب : الولد والبنت والختيار والجوكر والآس . صور غيتارات وأبواق منفوخة لزوم موسيقى الجاز - كما عرفتُ فيما بعد. وجوه نساء جميلات (تعرفتُ على مارلين مونرو تضحكُ لي بينما أسير خلف عتّال أحناهُ حملُه الثقيل ، فانفرشَ وجهها المغوي على لوح ظهره مثل إعلان لفيلم في سينما البترا !).

لم تكن أُمك مغوية كمارلين مونرو ، لكنها دخلَت مثل الأكابر فعلاً . قامتها ناهضة مشدودة ، وأنت إلى جانبها برأس مرفوع وصلَ إلى خصرها . رأيتك أطوَل . رأيتك أحلى ، دون أن أعي التغيّر فيك . وكذلَك أُمك . بَدَتَ رشيقة بلا زوائد داخل طَقْم بسَيط وجميل . أذكرُ لونَه الهادىء : كاكاو بالحليب ! وأذكرُ وشاحاً حول رقبتها ، غطّى ياقتي سترة الطقم ، بلون عبّاد الشمس : ذاك الأصفر المضيء بقوة وبلا وقاحة في الوقت نفسه . كانت تبتسم كأنما بحساب . تبتسم بتحفُّظ . أُدركُ الآن أنها بقدر ما كانت واثقة من نفسها : من شخصيتها : من توازنها مع الآخرين ؛ سيكون مثولها أمام خيّاط السيدات الأشهر امتحاناً لذوقها . أهو إحساسُ الأنثى ، كما بتُ أعتقد لاحقاً ، بحاجتها لأن تزهو بكينونتها حيال نظرة الرجل ؟

ونجحَت .

في امتحاني ، أنا المسخوط الصغير ، نجَحَت أُمكِ . ونجحت أنت .

وكذلك نجَحَت في عيني أبي لمّا تطلعتُ إليه . رأيتُ ارتعاشةً تضربُ عينيه الصغيرتين ، خلف زجاج نظارته ،

بينما أصابعه الناعمة تفركُ أنفَه الكبير . إنها حركةُ اضطرابه الخارجة عن إرادته . أعرفها جيداً . إنه أبي الحنون : بسيط المظهر : رهيف الباطن : صغير البنية : قليل الكلام : المُسنّ حينما تزوّج كان في الثَانية والخمسين. إنه الرجلَ العاطفي الذي دخلَ عليٍّ متردداً ، مرعوباً بعض الشيء ، حذراً كلّما دلفَ بخطوة بطيئة لا صوت لها ، حتّى عبرَ البابَ وصار في أوّل الغرفة . لم يجرؤ على التقدم أكثر . كأنما أُصيبَ بصدمة لمّا رآني راقداً على السرير ، بينما الممرضة تُخرجُ ميزان الحرارة من فمي ! تجمدَ في مطرحه .

«أهلاً بابا !» ، قلتُ .

لكنه لم ينطق بدوره . لم يقُل شيئاً . اكتفى برسم ابتسامة باهتة ، لا تصدر إلاّ عن رجُل خائف ، لكنه اضطرَّ لأن يجامل . ثم رأيته يمشي ، كأنما يزحف ، إلى المقعد الأقرب إليه ، ويجلس . هو لم يجلس مستريحاً من مشوار صعوده إليَّ في مستشفى الهلال الأحمر الأردني في آخر طلعة الوحدات . لم يجلس تماماً ؛ بل اتخذَ وضعَ التَحفُّز ، حتّى خرجت الممرضة وأغلقت الباب وراءها . حينها ؛ فركَ أنفه الكبير بأصابعه الناعمة البيضاء ، وأخرجَ صوتاً جاءني متقطعاً مسحوباً بجهد من حلقٍ ناشف :

«كيفك ؟ إنتَ منيح بابا ؟».

لم يكن ما سمعته سوى صوت مَن يغالبَ بكاءً لا يجدر بأب أن يُظهره أمام ابنه !

أنا لَم أُحدّثك عن هذا .

لم أُحدّثك لأَنك كنت غائبة عن عمّان . كنتِ ذهبتِ مع أُمكِ إلى القَدسَ ، فبقَيتُ وحدي دونكِ .

ما أشبه اليوم بالبارحة ! هكذا يقولون .

ما أشبه رقدتي على سرير المستشفى ، ذاك الزمن القديم، برقدتي الآن بينما تتراءى مشاهدُ ما سوف أكتب لك ، أو عنك ! كنتُ رقدتُ لإزالة «كيس شَعْر» أسفَل ظَهري. وأرقدُ لإزالة «تجلطات دم» في شرايين قلبي .

غير أنَّ رَجُلاً عجوزاً أبيض الشَّعر لن يدلفَ إليَّ ، فأسارعُ، قبل أن يبدأ بفركِ أنفه ، لأهتفَ حين أراه :

«أهلاً بابا !».

***

لا .

لم ولن يدلف أبوكَ إلى حجرتكَ في هذه المستشفى ، ولن يفعل ما فعلهُ في زمنكَ القديم . لن يجرَّ جسده الضئيل ليعاينكَ ممدداً على سرير بمكابس رَفْعٍ وإنزال وتعديل ، وعند رأسكَ يتدلّى أنبوب الجلوكوز المتقطر فَي ظَاهر يدك . كفاهُ ما عاينه وعاناه في حياته المديدة . كفاهُ بكاءً أعلنهُ دون إرادةٍ منه ، وبكاءً أخفاهُ داخل صمته العميق . هو لا يحتمل .

كنتَ صغيراً عندما عُدتَ من المدرسة ، وفوجئتَ بالجيران يزحمون الدهليز من الباب حتى الشرفة المطلّة على السيل . أفسحوا لكَ لتدخلَ، وَتصلَ ، وترى ! لم ترَ طائرات الورق ترفرف بألوانها في سماء زرقاء : لم تستطع أن تُشرفَ على درابزين الشرفة لترى إلى خيل وأبقار خَان «أبو خليل» الشركسي: أو أسماكَ السيل تبرقُ صغيرةً شفافةً تحت مياهه الضحلة: أو الضفادع تتقافز فوق الأحجار المدببة ، المطحلبة ، نصف الغارقة: أو عريشة «خضر» ؛ إذ اعترضكَ في دخولك وأبقاكَ إلى جانبه بين الرجال ، لكنه ما استطاع منعكَ أن تراه :أبوكَ يختنقُ بحزنه الكبير على أخته .ماتت عَمّتكَ ! لم يكن ليتدارك لوعته . لم يكْفِه الهواء ! أخرجوه إلى الشرفة المكشوفة . ثم رأيتَ جاركم «أبو نظميَ» يضربه

على ظهره ! لم تفهم . كان يضربه تارةً ، ثم ينتقلُ إلى أُذنيه من الخلف ليرفعهما بشدة (تماماً مثلما يعاقبكَ الأستاذ لعدم كتابتكَ الواجب) ، فيرتفعُ رأسُه للأعلى! كان لا يكاد يشهق! وكان لا بُدَّ من أن يستعيدَ أنفاسَه الهاربة منه على هذا النحو العجيب! سقطت نظارته من أصابعه الناعمة ، فتعرّت دموعُه في التجويفين تحت عينيه ، واستطالت رقبته الناحلة .

أنتَ الآن هزلتَ ، وفقدَتْ رقبتُكَ عافيتها الأولى . اكتشفتها أولاً في صورة جَماعيّة للعائلة عند مذبح الكنيسة . كان زفاف ابنة أختكَ . أُضطررتَ أن ترتدي البدلة الرسميّة كاملةً ، وأن تغلقَ ياقة القميص المُنشّاة حول الرقبة ، وأن تشدّ عقدة «الكرفتة» . . فبانَ نحولُها مثل فضيحة ! صُدمتَ ! كنتَ الأقصر بين قامات كأنما هي تمثيلٌ لتعاقُب جيلين . لا ؛ بَل ثلاثة أجيال . ياه ! يا له منَ انكماش ! كَم مضى عليكَ من زمن ! كَم أنفقتَ من عُمركَ لتكتسبَ هذه الرقبة ! كَم عملتَ طوال الخمسين وأكثر لتتخلص من حكمة قبولكَ الطوعي بالأشياء كما هي : كما ينبغي أن تكون : كما هو الخط البياني حين يهبط بعد صعود؟! كما الموجة لّما تتكسر على صخرة ، أو تتراجع عن رمل الشاطىء متخففةً من نفسها . كأنها تنسحبُ إلى بحرها لتموتَ هناك ! خسرتَ الحكمةَ ، وربحتَ حَماقةَ الرفض لما لا سبيل لتبديله . أيٌّ حَصاد وأيةُ غلال ! نعم . خسرتَ حكمةَ اليفاعة المكتفيَة بذاتها ، وربحتَ الحنينَ المريض وهذه الرقبة . صارت مثل رقبة أبيك ، أو كادت . وصرتَ تكرهها كلّما رفعتَ رأسكَ لتمرر ماكنة الحلاقة عليها. تراها في المرآة ، فتكرهها . تراها كل صباح ، فتكرهها كل يوم: «مثل رقبة الدجاجة !» ، تفكر ، «رقبة بشعة ، يا إلهي !» . ثم فجأةً يخطرُ الأمرُ لك ، كأنما الإلهام ، فتدركُ مرةً واحدةً عذابَ العُمر الزائد .

سنوات أبيكَ الأخيرة كانت زائدة . عُمرٌ زائد . عذابٌ مرير : عذاب العجز ومرارته ، ذلك لأنه كان يعي عجزه اليومي ، فباتَ

يتعذّب بلا وَجَع ! وعندما يعوده شاكر الورّاد ، جاركم القديم طبيب العائلة ، كل يوم أو يومين ، يرجوه بكلمات بللها لعابُه المتسيّل من جانبي شدقيه شبه المطبقين ، ويخرجها مع تَشكيةٍ من فَكّه المسْوَدّ :

«دخيلك يا دكتور ! رَيّحني ! بدّي أموت ! مَعَك إبرة ؟ شو هالعيشة الشرشوحة ! خَلّصني من هالعزابَ !» .

إذن : العجزُ إذلالٌ لا يطيقهُ العجوز الذي كان حين يعاينُ الأناقةَ يشهدُ لها .

حياته في آخرِها، وآخرُها «بَهدَلَة» ! آخر الخيط في ثوب عُمره يتدلّى «مشرشراً» .

أين مقصٌّ الله ليقطع سيرة الخيّاط ، ويلفّ بدَنه المتفسخ بأقمطة الجوخ الإنكليزي الممتاز ماركة «هيلد» ؟ أين الميتة الكريمة ؟ أين رحمة الختام ، ونعمة الخروج بالسّتْر دون فضيحة المَهانَة ؟

أين عَينُ الرَّب تعاينُ أُفولَ عَبْدهِ وترعاه بالمحبة ؟

أين العناية الإلهيّة !

* * *

هو الصمتُ إذَن .

من عُمقه المغلّف برائحة النظافة الفائقة استعدتَ صدى اسمها الذائب. أعدتَ كتابته ، ولو في الخيال والتمني ، فكان «ماسة». ما الفرق ؟ أن تكونَ مريم أو ماسة ؟ أنتَ تسأل مستخفاً . ما المهم في الأسماء ؟ غير أنَّ تغاضيكَ الذي أُدركه فيك ، لأني الأقرب إليك ، لا يعني تفاهة السؤال . أبداً . ثمة فرق بين مريم الصغيرة وماسة الكبيرة . مريم اللاهية ، المراهقة لمّا سمحَت ليدكَ ، من تحت تنورتها المقلّمة ، أن تدخلَ لتتحسس فخذيها الصلبتين وتصعدَ إلى تكوّر بطنها الصغير. كان دافئاً . جميع أشياء مريم دافئة . هكذا كانت، كما تذكرُ ولن تنسى . فالأصابع ، كما الجسد بكُلّه ، لا تفارقُ حنينها إلى معشوقها ولا تنساه. . لو تعرف . ولأنَّ ما يجري في الرأس والبدن لا دخل له بما

يجري في الخارج ؛ طَفَرَ فيكَ خاطرُ أنَّ ثياب مريم من البالة . لكنك لم تُبال ، مثل أختك الكبيرة ، «من سوق البالة أو من سوق منكو ، شو يعنيَ ؟ إنها ثياب مريم !» : فكرتَ بينما ، في واحدة من نوبات طيشكما قبل رحيلها إلى القدس بأشهر ، لمّا تجرأتما على نزع ثيابكما التحتيّة ، كنتَ ترى أنَّ بطانة تنورتها ، عندما قلَبْتَها باتجاه وجهها دون خلعها ، قد خيطت حوافها بلا مهارة . وترى ، أيضاً ، مطاطة «كيلوتها» السماوي فالتةً من دَرْزة ثنيتها عند الخصر ، قبل أن تنزله : «أدرْ وجهكَ !» ، تقول ـ إلاّ أنكَ كنتَ ترى ، في النهاية .

أكنتَ ترى ذلك كلّه ، حقاً ؟

أم هو الصمتُ يمتلئ بكَ ، حيث الكتابة تذهب إليه بعيداً جداً ؛ فيكونُ العالمُ من جديد ؟

بالصمت وفي داخله تكون الكتابة . وبالكتابة تذهب عميقاً وحُرّاً إلى حَد الصمت . فإلى أي الأمرين أنتَ أقرب ؟ هل ثمة فرق بينهما ؟ أنا أسأل هذه المرّة ، وبقدر من الاستخفاف ، لأنَّ هذا ما أريد أن أفهمه من مارغريت دوراس . وأجيب : لا فرق ! أو إني أخلطُ بينهما ، وعن عَمْد .

نعم . بالصمت وفي داخله نصير ، أنا وأنتَ ، متساويين ولا ضرورة لأن نختلف . لا أناكفكَ ، أو أقف لك بالمرصاد عندما تحرفُ الأشياء عن مواضعها . ليس تساهلاً مني ، بل أكثر . قُلْ هو التواطؤ ، وإني أُقرُّ به . ولأنه كذلك ؛ سأوافقكَ على أن مريم كبرَت ، بعد أكثر من ثلاثين عاماً ، وأنكَ التقيتها صدفةً ! وفي عمّان ! وأنها ، من شدة إرباكها لك لجرأتها وضراوتها ، كان أن تحولَت إلى ماسة . ولِمَ لا ؟ فالأشياء ، بعد مرور كل هذا الوقت ، تتغيّر . بل ينبغي أن تتغيّر ، وإلاّ فإنها تعاكس ناموس الحياة . أنتَ قلتَ ما يشبه هذا . أنتَ قلتَ إنَّ النهر لا يبقى هو النهر ذاته .

نعم ؛ تتغيّر الأشياء وتتبدل مع الوقت في كوامنها ، في خلاياها ، في جُوانياتها ، في جواهرها ، لكنها ـ وأصارحكَ هنا بعجزي عن

الفهم ـ تأبى أن تتغيّر في أسمائها !

ما أهميّة الأسماء ؟ أهي إحدى بلاهات العالم الغافل عن نفسه ؟

لكنكَ ذهبتَ ، بالكتابة ، بعيداً جداً حيث الصمتُ الذي هَيّأكَ لأن تُعيدَ ترتيب هذا العالم !

فَعَلْتَها ؛ فكانت ماسة نساء عُمركَ . بدأتَ بمريم وانتهيتَ باسمها . لن أعددَ لكَ أسماءً أخرى . هُنَّ لسنَ كثيرات متأبيات على الحَصْر أصلاً ، وأنتَ لستَ «دون جوان» زمانكَ على أية حال . وإيّاكَ . . إيّاكَ أن تفعل ، يا رجل ! لا تكتب ، حين تكتب ، عنهنَّ ، وإلاّ ستثير سخرية الكثيرين . ستصبح فَحْلَ حنا مينة الكادح الثوري برومانسيته الفاقعة . أو وسيم جبرا الأنيق الجذّاب ببورجوازيته المثقفة . عندها ؛ تتحول إلى نكتة . كما إن ماسة علّمتكَ الدرسَ عندما غادرتكَ وعادت إلى هجرتها الأبديّة . حدثَ هذا قبل إصابتكَ الأخيرة لتكونَ راقداً هنا : راقداً تخربشُ بعينيكَ على الحائط والسقف قصتكَ الجديدة ـ القديمة . أتذكُر ؟ بالتأكيد أنتَ تذكر . علّمتكَ ماسة عن النساء ما يوفّرُ عليكَ محاضرةً إضافيّةً يعذّبك بها نجيب الغالبي . أم عزيز رزق الله ؟ هذا ما سيُبقي لكَ ما تقوله أنتَ ، أو تكتبه ، عن الفرق بينها وبين مريم .

علّمتكَ ماسة أن تحلبَ الصمتَ في حجرة رقدتكَ البيضاء ، وأن ترشفَ زُلالَه ـ الزَّبَدُ دون ارتواء .

هيّا إذن . أكنتَ ترى ما تراه حقاً ؟

قُلْ لي : كيف ترى إلى نفسكَ الآن ؟ ماذا ترى من أمشاجٍ تأتيكَ ثم تتلاشى كاللمحة ؟ أنتَ تعاينها تجيء كالخطف . لذا ؛ عليكَ بتسجيلها فوراً قبل أن تنسى لأنكَ ، حالكَ حال مدينتكَ ، تعاني نقصاً في فيتامين *B12*. عليكَ بكتابتها قبل أن تذوب فلا تقبض سوى الريح . والريح ريح ، تروح ولا ترجع . تماماً كمريم الأولى وماسة الآن . وإنْ رجعَت فليست هي هي . والريح كالنهر ، وأنتَ تفهم .

هيّا . ماذا ترى ؟ ماذا تقول ؟ ماذا تكتب ؟

12

أبي ، يا أبي :

أصحيحٌ أنَّ الموتَ كَمالٌ ، والحياةُ نَقْص ؟

أخبرني يا أبي .

ألا تدخُل عَليَّ ، هذه المرّة ؟

* * *

الصمتُ يُفزعني ، فأندلقُ رَغماً على الورق بلا حساب .

الصمتُ يُفرغني ، فأبوحُ طوعاً بما كان . وإذا ما طالَ الصمتُ ؛ فلسوفَ أزيدُ بلا نَدَم ، عَلَّ أمراً يكون .

* * *

كنتُ صغيراً لمّا جاءتني العصفورة الصفراء ، وقالت :

ـ أُمُّكَ حليب ، وأبوكَ حديد ، وأنتَ حُلوٌ ظريف .

ثم كبرتُ قليلاً لمّا جاءتني مريم الشقراء ، وقالت :

ـ أنا حليب ، وأنتَ حبيب ، والدنيا سريرٌ لنا رحيب .

ولمّا بلغتُ حَدَّ أن أفيضَ عليَّ ، قال أبي :

ـ خشيتُ إرعابكَ ، فينقطعُ نَسْلُكَ !

وعلى رجفة يدي واصفرار وجهي ونحولي ، قال خضر :

ـ لا ترمي بأطفالكَ في المراحيض . حرام !

وحين صَلُبَ عودي تماماً ، وأقدمتُ على الانخراط في مصنع الرجولة ، والبطولة ، والفِداء ، واسترداد الوطن السليب ؛ سألوني بريبةٍ ليست فاهمة :

ـ لستَ منا ، فلماذا تكون معنا ؟

لكني أبيتُ ، واخترتُ . فسألني الآخرون بدهشة مستنكرة :

ـ لستَ منهم ، فكيف تكون معهم !

. . عندها ؛ أُرغمتُ على استحضار خرائط الأرض الحرام ، لأحددَ لنفسي مكاناً فيها .أو لأستقرَّ بينهما . ولمّا تبينتُ صعوبة الأمر ؛ عُدتُ إلى دروس الدين ، ولُذتُ بأرض اليمبوس : ليست جحيماً وليست جَنةً، لكنها تظل جبلاً صالحاً لأمثالي أُطِلُّ منه عليهما . أُطِلُّ منه على العالم.

القســم الثالث

اليمبوس

❖

«الأمرُ أشبه بحلمٍ ليسَ لكَ .

استعرتَهُ من غيركَ واحتفظتَ به لنفسكَ . لم تُعِدْهُ لهم . صار جزءاً منكَ . وهكذا تحوّلَ إلى مُلكيةٍ تنازعُ العالمَ عليها ولا تفرّطُ بها . أبداً . تحوّلَت حقائقُ الآخرين حقوقاً لروحكَ ما دامت نغَلَت فيكَ . فمَن يجرؤ على استعادة الروح ، بما تحمل ، سوى مانحها !».

خاطبتهُ بصوت خفيض ، لكنه لم يُجبْ . كان غافياً لا يزال . تحركتُ بين السرير والنافذة . فتحتُ البابَ متخذاً خطوةً واحدة للخارج . الممرُّ غارقٌ في لمعَة خافتة وسَكينة تامة . عند باب غرفة في آخره ، بالمقابل البعيد ، رُكِنَتْ سلّةُ ورد عامرة على الأرض . لم تجعل إضاءةُ النيون المحملقة للسلّة أي ظِلّ . ثم التفتُّ نحو اليسار ، فكان «كاونتر» الجناح خالياً إلاّ من ممرض واحد . لمحتهُ يتملّى أوراقَ مرضى مناوبته المثبتة بملقط اللوح المعدني الحامل لها . رددتُ الباب دون صوت . مررتُ بلوحة «السفينة» ووقفتُ عند النافذة . رأيتُ النهارَ في أوّله . تشققات الفجر أسالَتْ مزيداً من ضوء بدأ خابياً ، إلاّ أنه تقاوى الآن ؛ فأرسلَ أعمدةً رشَحَت منه . رأيتها أعرضَ وأسرعَ نفاذاً إلى الأرض : رأيتها تُقيمُ الحياةَ على ركائز نورانيّة .

عدتُ إليه .

رأسهُ شبه مائل على الوسادة الوثيرة ، غائراً في طراوتها . لا يزال نائماً بسلام . هو سلام ، كما بدا لي وفهمته ، عندما أقرنهُ بهدوء الوجه الخالي من علامات الألَم . ولأنه كذلك ، نائمٌ ، ولأني مَليءٌ بما لا أعرف لمن أتوّجه به ؛ وجدتني أبوحُ للأوّل والأخير :

«يا الله !

كَم ثقيلةٌ هي الروح ! كَم سِرّكَ المكنون لغزٌ مغلق وأحجيةٌ مستحيلة ! كَم أبهظتهُ الأيامُ بما حَطَّت فيه وشالَت ! كَم أنا وهو ـ نحن الاثنان في هذا الواحد الراقد على ظهره يرنو باتجاه السفينة على الحائط ، مغمض العينين : كَم هو خالصٌ مُبرّأ من غيره تماماً ! الآخرون لا يعون حضورهم المحفور فيه . لا يرونه ولا يعاينون وضوحَه ؛ فلا يكونُ وجوداً يعترفون به . وهو كذلك ؛ يجهل كم كان حضوره يشكلُ جرحاً يُثلّم طبقةً غائرةً لديهم . كَم قطَعَ ووصَلَ وشائجَ بُغض ومحبّة . هو لم يتقصَّد أن يُؤذي ، إنْ آذى ، لكنه أخطأ ففعل . فعلَ كثيراً فأخطأ كثيراً . لم يفطن إلى نسغه الأوّل إلاّ مؤخراً . ولمّا أدركهُ بوعي ؛ باتَ يخاطبُ طارقي بابه من الأغراب : «ادخلوا بسلام» ، ويشرعهُ لهم جميعاً . يُطعم الجائع ، ويكسو العاري ، ويطمئن الخائف ، ويدفئ البردان ، ويحنُّ على الملهوف ، ويأوي الذي بلا مأوى .

يكتبُ لهم كلمة «المحبّة» قاصداً متعمداً مفصحاً عَمّا في القلب ؛ فتشاكسه «ماسة» قائلةً بغيرةٍ نصف صادقة ، وبغَنَجٍ كامل :

«هكذا ! فماذا عني أنا ؟ ألستُ حبيبتكَ الوحيدة ؟».

عندها ؛ يَحارُ في أمرٍ كان أوضحَهُ لها مراراً ، فينكشف الارتباكُ ، على الفور ، في عينيه . يجرّب للمرة الألف أن يفسّرَ بأنَّ المحبّة للجميع ، والحُبَّ للواحد !

ولأنه ليس نبيّاً اصطفيتَهُ يا الله ، ولم يطمح هو أن يكونه ؛ يمُدُّ يديه إلى صدرها ويعرّيه ! تتأوّهُ المرأةُ . تهمسُ «ماسة» بشَبَقِ حواء ، وتحدّق بعيني لبؤة:

«تصَلَّبَتْ حلمتاي ! مرآكَ يثيرني ! أرأيتَ ؟».

وكان يرى ، فعلاً ، فيأخذهما بفمه على التوالي . يرضعهما ، ماسحاً وجهَهُ بمزيج عَرَق ثدييها المتمرّيْن بعَرَقِ جبينه المتمرّغ عليهما . ليسَ كاملاً هو. لعلَّ ما يفعله أشبه بحلم تمنّاه يوماً ، فعملَ على امتصاصه ليسري داخله، ويشبع ! غير أنَّ الحلمتين لم تدرّا حليباً ظَلَّ ينشده . وربما تكون لحظات الوصال هذه إحدى جولات عُمره الرابحة ! لكنها تبقى ناقصة أبداً . لا تكتمل. أبوهُ قالها : «لا شيء يكتمل !».

كَم ، يا الله ، تمنّى لو أنَّ «ماسات» عُمره يدخلنَ عليه ، ليعترفَ في حضورهنَّ ، بضَعفه !

كَم ، يا الله ، شَقيَتْ روحُهُ وتشققت من أجل رشفة حُب واحدة تكفيه ليرتوي ؛ فلا يطلب «ماسةً» أُخرى تبللُ جفافه ، وتخلّصهُ من بلوىً الاحتياج !

كَم ، يا الله ، صلّى على طريقته ، وابتهلَ في سريرته وسريره ، أن تجتمعَ نساءُ الأرض في واحدةٍ تقيه النقصَ الفادحَ فيه ، وتمنع عنه الخطيئة !

أخاطئٌ هو ، يا الله !

في أيٍّ من جوانب ملكوتكَ ستودعه ؟».

عدتُ إليه .

جلستُ عند رأسه المائل ناحيتي . لم تتغيّر عضلةٌ في وجهه . مستريحٌ ينامُ بسلام . خصلة من شعره بلون البلاتين التصقَت بجبينه العريض . ثمة تعَرُّق خفيف . حركتُ ذراعي لألتقطَ علبة المناديل الورقيّة ورائي ، فاصطدمَت بجهاز التسجيل على المنضدة . التفتُّ ورأيتُ ، إلى جوار الجهاز ، علبة الشريط فارغة . تناولتها : هي هي : **كارمينا بورانو** لكارل أورف ! لا يزال مأخوذاً بها ، ينقلها معه أينما ذهب . في سيارته يضع نسخةً ، وأخرى في البيت ، وثالثة أهداها لآخرِ «ماساته» قائلاً :

«منتهى . ضَعي هذا الشريط في المسجلة. ».

«أهو أغانٍ ؟» ، سألَت .

«ضَعيه وتعالي نحلّق في سماوات أُخرى !».

وحين أنصتنا إلى وجهه الأوّل للنهاية ، وقبل أن تقلبه للثاني ، علّقتْ :

«ما هذا ؟ كنائس وقداديس !».

«ربما . ماذا رأيتِ أنتِ ؟».

فناورَت : «أنا أسمع الموسيقى . هل تراها أنتَ ؟ ».

فأجاب : «أسمع ، وأرى ، وأحس».

فسألَت : «أخبرني ، هيا . أنا فضوليّة ».

فقال ، بينما تجولُ عيناه في السقف :

«مع هذه ، أنا لستُ من هذا العالم ! أنا إنسانٌ آخر . لستُ هنا الآن !».

عدتُ لأعاينَ وجهه .

كان تحركَ في الأثناء . بانَ السوادُ تحت عينيه أقلّ قتامةً . إنه الانقطاع القسري عن التدخين . خطرَ لي ، لحظتها، أن أسأله عمّا يرى ، ويسمع ، وبماذا يحس.

لكنه أفاقَ دون أن أنتبه . كنتُ سهوتُ ، لا بُدّ .

قال مازحاً ، بنبرة مَن لم يكن نائماً قط :

«أما زلتِ ترصدني ؟ أنا لم أمُتْ بعد».

13

صفقتُ البابَ ورائي غير عابئ بتبرير خروجي في أوّل هذا الليل الشَّبحي .

كان المصعد لا يزال عالقاً في الأعلى ، بين الطابقين الرابع والخامس. لعنتُ شركة الصيانة . نزلتُ من طابقي الثالث مسرعاً ، كأني شاب في العشرين. لم أفطن إلى الضغط على مكبس إنارة الدرجات الهابطة ، فتابعتُ مستعيناً على الظلام بحديد الدرابزين . وما إن رأيتُ الزجاجَ الخشن للمدخل ، حتى ماءت قطةٌ بصوت زاعق أحدثَ مزقاً في قلبي . جفلتُ مصطدماً بالجدار . تفلتتْ ثقيلةً بين قَدَميّ المتقافزين من رُعبي ! «لقد دستُ على ذيلها!» : خمّنتُ ، ثم سمعتُ دبيبها وهي تنفلتُ نحو الباب الحديدي لغرفة مراجل شقق البناية ، وترتطم به .

حدث ذلك كلّه في زمنٍ لا يخضع لحساب ؛ إذ وجدتني بعدها أنهضُ من جلستي على الدرجة الأخيرة . كانت يدي فوق صدري اللاهث : كانت يدي تستقبل في باطنها نبضات سريعة . مشيتُ إلى المدخل ، وباليد نفسها ضغطتُ الرّتاجَ الكهربائي ، فأصدرَ أزيزه وانفسحَ الباب الثقيل . أحسستُ بيدي باردةً ، فالتفتُّ ورائي ، دون تفكير ، ورأيتُ عينين فسفوريتين تُضيئان في بئر العَتمة .

بدت الأشياءُ شاحبةً في الخارج . خرجتُ ، وقطعتُ العشرين

خطوة المعدودة نحو العربة . من مدخل البناية الحديدي ، عبر الممر الصغير المؤدي إلى بوابة السور الواطئ : سَبعُ خطوات لا تنقص أبداً . ثم الرصيف المُبَلَّط حتى نهايته عند شجرة الزيتون المشعثة دائماً : خمسُ خطوات لا تزيد مهما حاولتُ ، ولو في سبيل التغيير . هي خمس ثابتة كأصابع اليد السيراميك الزرقاء التركواز ، المعلّقة فوق باب الفيللا المقابلة. ثم الانعطاف إلى زاوية الشارع ، حيث مربض العربة الدائم : ثمان خطوات .

عشرون خطوة معدودة ، وبدأت القطرات الثقيلة تنهمر متفرقة أولاً . دخلتُ العربة وأغلقتُ بابها . الشارع أمامي شاحبٌ وأنوار الأرصفة صفراء كابية تكاد تختنق . أدرتُ المحرّك وأشعلتُ الضوء الأول ، فأنيرت لوحة الواجهة وراء المقود بساعاتها وأرقامها ، باعثةً في عتمة المكان الضيق راحةَ اخضرارها الهادىء . كان الوقت كما قرأته : 20:36 . هي الثامنة وست وثلاثون دقيقة ، وموعدي في التاسعة والنصف . لديّ أربع وخمسون دقيقة بعد ، والمسافة إلى هناك لن تستغرق أكثر من ثلاثين دقيقة ، إذا لم أصادف ازدحاماً .

أخذت القطرات تنهمرُ بغزارة ، ثم اشتد وقعها الضاج على صفيح السقف ، وتلطخَ الزجاج أمامي بوَحْلٍ متميّع . جعلتُ الماسحتين تعملان ، فزادتا من انفلاش المساحة الموحلة . غير أنَّ غزارة المطر الثقيل، وماء الماسحتين المتدفق خيوطاً قوية ، أعادا للشارع وضوحه خلف الزجاج . كان مؤشر حرارة المحرّك قد بلغ منتصف القوس المخطط ، فتحركتُ باتجاه شقتها .

هي المرّة الأولى نلتقي في غير بهو الفندق ذي النجوم الأربع . بعيداً عن أنظار النُّدل اليافعين من خريجي المعاهد الفندقية . وحدنا ، دون الإحراج الذي تسببه لي حين تُفرِجُ عن طبيعتها النزقة ، فتشرع الأجراس الصغيرة لإسوارتها الذهبيّة بالخشخشة . أتوترُ ، لكنني أتحايلُ على ذلك بالنظر إلى الندبة الناعمة عند زاوية فمها . لم أسألها عن مصدرها ،

مؤجلاً ذلك إلى لحظة مناسبة ، وإنْ كنتُ أرسم الاحتمالات عند تفكيري بها .

* * *

قالَ عزيز رزق الله ، أو نجيب الغالبي كما يُفَضِّل ، بعدما حدثته عنها ، مستجيباً لفضول أسئلته المتلاحقة :

«إنها من النَّمَط الثاني ، يا صديقي».

انتقلَ فضولُهُ إليّ ، فسألته بدوري :

«وما النمط الثاني بين النساء ، يا خبيري؟».

لم يأخذ توصيفي الأخير له على محمل الهزء . وكذلك ما كنتُ أنا أقصدُ ذلك ، تماماً . اعتدلَ في جلسته ، مقابلي ، فوق المقعد الطويل الذي يتسع لاثنين متلاصقين ، وأدلى بشهادة خبرته . كانت كلماته دقيقة حسدته عليها . صحيح أنَّ طريقته بالكلام تشي بتفاخُر ما ، لا بل تفضحُ غروراً مزعجاً ؛ إلاّ أنه كان كلاماً متسقاً إلى حد كبير . ولعلّه ، أيضاً ، كان كلاماً منطقياً ـ أو أنني أردته هكذا ، ليتناسبَ مع الصورة المرغوبة في مخيلتي :

«انظُرْ يا صديقي . أنتَ في علاقتك معها مثل السائر على حافة هاوية . أو ، إنْ شئتَ ، على حبل بلا شبكة تحته تتلقفكَ إذا ما سقطتَ. إنها إحدَى النساء الليديز . وبالإنكليزيّة يتهجونها هكذا : ladies. هي ليدي بنسخة محليّة وليست ، كما أتصوّر ، من النخب الأول . أنتَ تعرف . النُّسَخ ليست الأصول بأي حال من الأحوال . تقتربُ منها ولا تكونها . لا تصل إلى . . إلى ، نعم ، لا تصل إلى أن تُماثلها حتى . أليست هذه كلمات زمرة الكُتّاب التي تنتمي إليها ؟».

منعتُ نفسي من التعليق على ملاحظته . لم أتأكد إنْ كانت تخفي سخريةً من الكتابة ، أم اعتراضاً على مفردة التماثل ، أم تهكماً مبطناً لأنني أزمع الانضمام إلى «زمرة الكُتّاب» المتفرغين للاحتراف . ولمّا لم

يجد مني سوى صمت رجل ، ينتظر بعينين مفتوحتين ، أن يستمع لبقية حديثه ، أكملَ :

«ومع ذلك ، لن تكون رحلتكَ في قطارها سهلة . لركوبكَ ثَمَنٌ طبعاً ، ولنزولكَ أيضاً ».

* * *

لم نكن التقينا هناك في الشقة بعد .

ظلّت في مخيلتي تروغُ في هيئة امرأة تدقُّ رخامَ البهو بوَقْع كعبيها ، رشيقة وراسخة في آن . ثم تزوغُ كانفلاتة طائشة لتستقرَّ أمامي ، تُنصتُ إلى هذري ونصف أحلامي . تضحكُ غالباً ، فتنفرُ أصواتُ الأجراس في سمعي على نحو خادش . وأحياناً يستغرقها الإنصاتُ بينما تحرثني بنظرتها ، فأصاب بالحَرَج . ثمة ضَرْبٌ من الوقاحة في نظرتها ، أو علَّه ماءُ عينيها يصفو رائقاً حين ألحظه . عنيدٌ لا تعكّرهُ حركةٌ تبدرُ مني . مصبوبٌ عَليَّ مباشرةً ،لا تسمح لعينيها أن تطرفا ، فتحجباني عن مرصدها لحظةً واحدة .

قليلةُ الكلام ولا تُبالي . ولمّا تقول ؛ تجرؤ غير مذعنة لاحتمال إحداث جُرحٍ أو التسبب بحَرَج . كلامها كثيابها خفةً وطلاقةً أُولى ، وثيابها ككلامها في كَشْفه الصادم الصريح ؛ إذ تدع لواجهة صدرها أن تُعْرَض على الملأ . ليس من خجلٍ في أن يلتمعَ الشق الفارز لثِقَل نهديها المجسمين ببروز حلمتيهما ، كأنما لا شيء يحجزهما .

كثيراً ما تساءلتُ عمّا جذبني إليها .

وكثيراً ما تحيّرتُ إذا ما كانت تتصفُ ، حقاً ، بجميع ما أوردته عنها .

وغالب الوقت أكادُ أوقنُ بأني إنما أختلقها من عدة نساء سقطنَ في وعيي . أحببتُ بعضهنَّ حَد العشق . عرفتُ أُخريات على ضفاف العمل السري . تعرفتُ على واحدة اعتادت مناكفتي ومناكدتي ، وعندما حدستُ أنه أسلوبها في التقرّب مني ؛ غابت تماماً بلا أي داعٍ أو

وداع ! وثمة مَن حلمتُ بهنَّ ، بسبب الرغبة غير المتحققة على الأرجح، فبقين هاجسي المستيقظ يزدنَ من تقلُّب ليالّيَّ وسُهدها . وكذلك ، هنالك حيوات نساء قرأتُ عنهنَّ في الرَوايات ـ وها إني أكتبُ عنهنَّ جميعاً . كأني بهذا أريد أن أمتلكهنَّ دفعةً واحدة . أن أختزلهنَّ في هذه التي قالت لي ، فيما بعد ، إثر انقضاء زمن من الآن ، حيث توقفتُ في طريقي إليها عند الإشارة الحمراء ، قبل الالتفاف على يمين تلال التراب وقوالب الإسمنت الجاهز الضخمة وصفائح الحديد الصّلب وأعمدته المنذرة بعدم الاقتراب من مشروع الجسر العالي والنفق الطويل العميق :

«تفتشُ فيَّ عن امرأة نموذج تكتبُ عنها . تُعرّيني كي تعرّيها بحذق في الكتابة . تملؤني بالحديث كيما ترصد ردّات فعلي للكشف عن المرأة في روايتكَ . أنتَ تبحث عن موضوع ، ولا تسعى وراء حُب . تنقِّبُ عن المرأة التي عذّبتكَ ، وتغفل عن حضني الذي ضمّكَ . أنتَ ذَكَري ، لكنكَ مَخْصيٌّ باهت . أنتَ رَجُلي ترمي الاكتشاف ، لكنكَ عاجز . أنتَ المُطفأ حتى ولو أشعلتني. ستبقى بعيداً عن ناري . لن تصلكَ . لن تدفأ. ستكمل طريقكَ بلا أغنية. لن تسمع صوتاً . لن تتصلَ بشيء . لن تَصِلَ إلى شيء ».

. . وهذا أيضاً يخاتلني ، عند كتابتي له. يتبادل أقنعةَ الحقيقة والمَجاز، فلا أُميّز إنْ كان حدثَ حقاً ، أم هو الصدى لصوتٍ قديم يطفرُ مني رغماً عني ؟

يقيني أني سمعته يطرقُ زجاجَ النافذة عند كتفي الأيسر . التفتُّ إليه. كان صَبيّاً لا يزال ، بشبهة شارب كالزغب ، يؤرجحُ أمام عيني بعنقود جِرار فخّاريّة صغيرة ،مدلاة بشرائط جلديّة رقيقة . أنزلتُ الزجاج ،

وسمعته يبادرني بتهذيب يخالف النمط اللحوح لبائعي الإشارات :

«ستنعش سيارتكَ . بدينار فقط».

سألته : «ما هذا ؟».

فأجابني ، كمن يشرح درساً في الكيمياء أو الفيزياء :

«املأها بالعطر الذي تحبه ، أو الذي تحبّه المدام ، وعلّقْها هنا » ، وأشارَ إلى المرآة المثبتة في منتصف الزجاج الأمامي ، بينما يُرسِلُ بسمةً قرأتُ خُبثاً فيها : «الفخّارُ ينضح ، كما تعرف».

أحببتُ طريقته في الإقناع ، فطلبتُ واحدةً . مَدَّ جذعه إلى داخل العربة بكل اطمئنان ووثوق : «اسمحْ لي» ، قالَ ، وقامَ بتعليقها . نقدتهُ الدينار ، رائياً تحوّل الإشارة إلى اللون البرتقالي ، وتأهبتُ للانطلاق . عندها ، وقبل أن أُغلق زجاج النافذة ، هتفَ كأنما يودعني :

«بالسلامة يا حاج . جَرّتُكَ مليئة !».

خبأتُ صوتَهُ في قلبي ، الذي أحسسته لحظتئذ ثقيلاً أكثر مما ينبغي . ثم استعدتُ وجهي ، كما رأيته في المرآة ، عندما أفقتُ من نومي . أكانَ مهدوماً ، أم طالعاً من حرب خَفيّة يخوضها بمفرده وبمعزل عن وعيي ؟ عاينتُ الشَّيبَ يغطّي مساحةً إضافيّةً ، فلم يعُدْ شعري خرنوبياً في معظمه . غير أني لم أحزن . انبعثَت في العربة رائحةُ عطر قديم وخزَ ذاكرتي ، وأحيا مشهداً من رقدته الطويلة الطويلة . نَظرتُ من فوري إلى جَرّتي الفخّاريّة المتأرجحة دون صوت ؛ فكانت صلصلة السلاسل النحاسيّة تأتيني في ميقاتها هي . وكذلك ، عَبَقُ البخور ومويجات ضبابه النافذة بطيئة التلاشي في غَمْر مساقط الشمس الراشحة إلى بلاط الكنيسة العاري .

تأتي الروائحُ بأشياء عتيقة .

تُخرجها من جرارها المخبوءة.

تكسرُ فخَّارها لتبعثرها هكذا : فوق بعضها بعضاً بلا انتظام ،بعضها داخل بعض مثل متاهة .

هي الرائحة دليلي في دهاليز متاهتي ، غير أني سأحاذر الوقوع في قبضة المينوطور . وأنا أعرف كيف أنجو ، فلا أسلكُ ممراً يقودني إليه ، فيلتهمني .

إنهُ ، ككل الأشياء والمخلوقات ، يملكُ رائحته الخاصة .

تأتي الرائحة الخاصة بأشيائي الخاصة لتصوّرها إثر خروجها من وقت كان كافياً لأن تتخمر فيه جيداً . عندها ؛ فَتُصرّ لمخلوقاتي مذاقاتها ، وللعُمْر الذي انقضى معناهُ حين أسطرهُ على الورَق .

***

. . صرتَ الآن في الخمسين . مررتَ بسلام بين ست حروب ، وقلبكَ لا يزال يستجيب كلّما قرعته امرأة تدعوكَ للمَستقبل ، أو تستعيدكَ من ماضيك : كأنكَ تملكُ عنادَ البغال ، فتُصّرُ على استيلاد مراهَقَةً ضاعت منكَ حلاواتُ طيشهَا ، وَجمالُ أخطائها ، وفتنة خطاياها . أو أنكَ ، في أوقات الخواء ، تندبُ هذا الضياع محاولاً تبرير انسياقكَ وراء قلبكَ .

هل تخشى ، في الحقيقة ، أن تضيعَ أنتَ ، بكُلّكَ ، في التسارع العظيم للعالم ، فتحاول ألاّ يسحبكَ في عاصفته على هواه ؟ : ألاّ يَفنيكَ لا على نحوكَ أنتَ ؟

اكتُبْ إذَن . تفرَّغْ لهذه المهمة . مهمة إنقاذ نفسكَ . وعالجْ أسئلةً تبزغُ فجأةً وسط انشغالات اليوم التافهة التي تغرقُ فيها بلا إرادة أحياناً . أو بسبب الاستغراق الواعي في الروتين الوظيفي والعادة غالباً . ثم سرعان ما تكتسحكَ التفاصيل المبتلعة لكَ وللوقت .

تنسى الأسئلةَ ، فتموتُ الإجاباتُ .

هكذا تعاودُ الاستسلام للعَصْف . تعودُ طائعاً لتذوبَ بين أصابع المصائر المرسومة ، وتخضع للإطاحة بمشاريعكَ المؤجلَة إلى سَبَخاتِ

تمتصكَ كالإسفنج .

الأرضُ لا تسعكَ . لكنكَ صغيرٌ . صغيرٌ حتى أنكَ لا تكاد تُلحَظ ، أو تُذكَر !

أية مفارقة هذه ؟ في قهقهة أي شيطان تعيش ؟

ومع ذلك ؛ فأنتَ تستعيرُ من ماضيكَ ما يليق بحاضركَ وتتزيّا به . هكذا تستمر . هكذا تواصلُ بأقل الخزي ، وبأكثر الفضائل ابتعاداً عن الرثاثة والابتذال . ولعلّكَ ستردّدُ ما قَالته مريم ، في عجقة إفصاحكما لبعضكما بعضاً ، بعد أكثر من ثلاثين سنة من الغياب . غياب ، وغُربة ، وغَربَلة لثلاثة عقود ونَيّف تنفضانها عنكما كأنها غُبارٌ علقَ بثيابكما . هل لاحظتَ ؟ غيابٌ ، غُربةٌ ، غربلةٌ ، ثم ها غُبارُ معارككما تمسحانه عن جلدكما لتكونا نظيفين تماماً . لتعودا صغيرين طاهرين ، كما كنتما ، قبَل أكثر من ثلاثين سنة ، فتلهوان لأنَّ الدنيا أُمٌ ـ والأُمُّ لا تتقنُ سوى الاحتضان والرأفة .

علّكَ تردِدُ جُملةَ مريم حين قالت لكَ ، تسألكَ :

«تعبتُ وخدعني الحُبّ ، فهل سيكونُ منكَ العَزاء ؟» .

لم تكن في صميمها ، بالطبع ، تأملُ في شيء . لكنه سؤالُ العارف للإجابة عنه ؛ ولذلك فإنه السؤال الهازئ .

ولقد رَدَّت بدورها ، هي مريم ، ولنفسها دون صوت (هنا يحين دورُكَ في استكمال المشاهد لتكتبها ـ فتنجو) :

«التحمَ لحمُ شفاهنا ، فدخلتُ إلى حُلمي . هكذا كان الأمر فحسبَ . ثم تداعى العالمُ على هيئة جديدة . انسقتُ إليه دون معاندة . جعلته يأخذني. لم أُمانع . وقلتُ لنفسي الأمّارة بالاكتشاف : لن تخسري شيئاً فأنت تحبّينه . نوعاً ما. تحبّينه بشكلٍ ما . كنتُ أجهلُ تعريفَ الأشياء . أحسُّ بها ثم أحدد موقفي منها . أحبها أو لا

أحبها. كنتُ صغيرة . وكان صغيراً . كُنا صغاراً ، ولذلكَ ما كُنا نحسبُ للعواقب حساباتها ، فأغريته لأن يدخل معي إلى الكنيسة ذلك النهار .

كان أن عادَ من صيدنايا في الشام . عَمّدوه هناك . وكانوا قصّوا له شعره الطويل كالبنات في دير خربة الوهادنة . هكذا أوفوا بنذرهم للمسيح والعذراء . أيام زمان . والزمان يركض كمَن يَفرُّ من كلبٍ مسعور يطارده . تَغيَّر قليلاً .

إنهُ صاحبي .

بَرْدٌ . السيلُ يأكلُ ضفتيَه . الناس منكمشون في بيوتهم المغلقة عليهم . وجَرس القُدّاس يرنُّ في قلبي الطمّاع للمعرفة . أنا أعرفُ العالمَ بقلبي . ليس هكذا بالضبط ، لكنني لا أثق إلاّ بي أولاً . خسرتُ . طبعاً خسرتُ ، وخساراتي ليست قليلة . مَن منا لم يخسر كثيراً ؟ لو يحصي الواحدُ منا خسائره ، بالقلم والورقة ، فربما يُهَسْتر .

المهم ، . . . ».

وأوْغَلَتْ مريم في حلمها لتراكَ وترى نفسها هناك . كانت تنسحبُ من حضوركَ ، إثر عدم مراهنتها على أن تكونَ عزاءها ، بعد أن تعبتْ وخدعها الحُبّ . كانت تتشكل وتتلوّن هناك . اتْبَعْها ، إنْ استطعتَ ، فربما تجدُ نفسكَ أنتَ أيضاً .

فمَن أنتَ ؟

هل تعرف ، قبل أن تموت ؟

14

ترددتُ واقفاً أمام يافطة الباب النحاسيّة .

هذا بابُ بيته ، غير أنَّ هذا ليس اسمه !

هذه هي البناية ، ولا سطحَ لها إلاّ هذا السطح .

للبناية الواحدة سطحٌ واحد ، تماماً مثلما للشخص الواحد اسمٌ واحد. وأنا هنا لم آتِ لزيارة رَجُلٍ يُدعى **عزيز رزق الله** . جئتُ لأزورَ **نجيب الغالبي** . فأين هوَ ؟

قررتُ : سأطرقُ البابَ وأسأل عزيزاً عن نجيب .

طرقتُ البابَ ، فخرجَ نجيب !

فكرتُ : أهذه إحدى متاهات بورخيس ؟

ثم نطقتُ : «مَن هذا العزيز رزق الله ؟» ، وأشرتُ إلى يافطة النحاس على الباب الذي شرّعه لي .

ابتسمَ كأب كان يدرك سَلَفاً بأنَّ صغيره سيقع في الحيرة . ربّتَ على كتفي ، ساحباً إيّاي بلطف إلى الداخل . ثم قال ، بينما نعبرُ الأنتريه الضيّق والمُضاء باتجاه الرحابة الجُوانيّة :

«أنا عزيز !» .

فتوقفتُ على الفور .

«أنتَ نجيب !».

«كما تشاء»، أجابني .

ولّما وجدني غير راضٍ بما قال ، أو لم أقفُ على المعنى ، أوضحَ دون أن يوضح :

«من جهتي ، شئتُ أن يكون اسمي نجيب الغالبي . فصرته . وعليكَ أن تختار . لكَ حرية أن تختار».

فسألته : «أوليس هذا اسمكَ فعلاً ؟».

فأجابني : «بل هو اسمي الذي في داخلي . هو حقيقتي».

كان أن زاد الأمرَ غموضاً ، فعاودتُ سؤاله :

«وماذا عن عزيز ؟ ».

فقال : «شهادة تقدير السِّن ، وجميع أوراق الثبوت الرسميّة ، وجواز السفر ، وعقود البيع والشراء ، إلى آخر هذه الشكليات !».

سألتُ : «لماذا ؟ ».

فسمعته : «مَللتُ اسمي . رأيتُ أنه لا يناسبني . ببساطة !».

من جهتي ، لم أصدّق الموقف. فكرتُ بأنني حقاً أعيشُ واحدةً من المتاهات المحبوكة في مخيلة بورخيس الفانتازيّة. لكنها حقيقية! إنها حقيقة واقعة ، وأنا إحدى شخصياتها !

. . ثم كان أن قادني إلى صالة فسيحة بإضاءة هادئة ، وقدّم لي من على صينيّة فضيّة كوباً ثقيلاً أُعدَّ مسبقاً ، قبل وصولي ، قائلاً :

«عليكَ بهذا العصير أولاً . سينعشكَ . بعدها ، سوف نتحدث حتى الصباح».

ولّما لم يجد مني سوى هَز رأسي ، وكلمة شكراً ، قال :

«هيّا . حَدّثني عنكَ ».

15

«لن يموتَ في حربٍ مَن وُلِدَ في أُخرى قَبْلها».

قلتُ لنجيب الغالبي، أو عزيز رزق الله، وكان مضى أسبوع على سهرتنا الأولى في بيته، وكُنا انتقلنا إلى (الروف).

تبَدَّت السماءُ صيفيّة صافية. بإمكاننا عَدّ النجوم. تفتحَت فيّ شَهيّةُ الثرثرة. ولأنَّ الرجل أرخى لي حبلَ الحديث؛ رحتُ أفيض:

«هذه ليست حكمة، بل خلاصة تفكري بشخصيات مَرَّت بي. عرفتُ بعضاً منها، وقرأتُ أو سمعتُ عن بعضها الآخر. فالولادةُ على وقْع صنوج الحرب وطبولها، كما أفهمها شخصياً، تعني الاقتران بها ومحايثتها، لا أن تكون مجرد مولود في زمنها فقط. من جهتي؛ بمقدوري النظرُ إلى ولادتي بوصفها واحدة من الترتيبات اللاحقة لحرب 1948. لم يكن لي أية يد في ذلك. فنحنُ، وهذه من نقاط اتفاق البَشَر النادرة، لا نختار ولادتنا من حيث المبدأ. لكننا إثر ذلك - وأنا أصادقُ على ما قاله الكاهنُ الكاثوليكي القابع في رُكنه المُعتم، بينما يتلقى اعترافات الشاب المتوتر والقلق، في الشطر الآخر المعزول من غرفة الاعتراف. كان ذلك أحد مشاهد الفيلم الذي بثّه التلفزيون ليلة أمس. هل شاهدته؟ تقول إنك نمتَ باكراً؟ حسناً. قالَ الكاهن: **بعد ولادتنا، تصبح حياتنا سلسلة من الاختيارات.**

أُصادِقُ على قول الكاهن ، وأتحفظ عليه في الوقت نفسه . قولُهُ ناقص .

ماذا عن الموت ؟ أهو حلقة اختياراتنا الأخيرة ؟ أم إنه ، كالولادة ، خارج اختياراتنا ؟ أعرفُ يا صديقي . أعرفُ أنَّ هنالكَ مَن يأخذ حياته بيدهِ ـ بحسب التعبير الإنكليزي ؛ غير أنَّ المنتحرين قلّة وندرة ، ولذلك هُم استثناء . تقول إنه استثناءٌ خطير ؟ . . أجل ، لقَد سمعتكَ جيداً : إنهم استثناءٌ خطير يستحق التأمُّل ، لكنهم ، مع ذلك ، لا يكسرون القاعدة . على العكس تماماً ، إنهم يكرّسونها . ماذا ؟ تقول إنَّ الكاهن لم يأت بجديد ؟ صحيح ، وهذا أعرفه أيضاً . فسارتر من الذين سبقوه إلى هذه الرؤية . نعم . سارتر قال هذا وقال إنَّ اختياراتنا إشارة إلى حريتنا . ولكن ، ما للشاب المشوّش في قفص الاعتراف بهذه الفلسفة ؟ إنها تخصّ الكاهن المُفترَض فيه معرفة أن حريتنا ليست مطلَقة ، وإنْ جاء المسيح ليمنحنا إيّاها بعد صلبه وتخليصنا من الخطيئة الأولى . وأنَّ نسبيتها مرتبطة بشروط حياة كل فردٍ منا يعيشُ جحيمَ الأرض بانتظار الخلاص في جَنّة السماء .

تقول إنني مسيحيّ حتى العظم ؟

لا أنكر مبتدأ جُملتكَ . غير أنني أجهلُ خبرها عن مدى مسيحيتي ، وكَم بلغَتْ تعبئتها لكياني ، ولذلك فأنا لستُ واثقاً من أنها وصلت العظم . وكذلك ، الشاب المضطرب عندما يتلعثم متعثراً بكلامه داخل الصندوق الخشبي لركن الاعتراف . فلو كان مسيحيّاً كاملاً لما زَلَّ وارتكب الخطايا .

تسألني عن خطاياه التي أدلى معترفاً بها ؟

لن تكون خارج الجسد ومفاسد سقوطه في الرذيلة . الشيطان يسكن في الجسد . وحتى نهزم الشيطان ، علينا ، مثلما أرشدونا في دروس الدين ،أن نقمعَ شهوة الجسد فلا نقع في الخطيئة .

المهم ؛ قالَ إنه أقامَ علاقةً جنسيّة مع فتاة . قالَ إن الفتاة عرّفتهُ على

صديقة لها أقامَ معها علاقة جنسيّة هي الأخرى . وقالَ إنه ، فيما بعد ، كان يستمتع بمضاجعة الفتاتين لبعضهما بعضاً في حضوره . أتريد الحقيقة؟ لقد أشفقتُ على الكاهن . ألستَ كذلك ، لو كنتَ مكاني ؟

ماذا ؟ تسألني أن لا أتشتت ، وأن أعود إلى موضوعي ؟

معك حق . لكنكَ تعرف بالتأكيد ؛ فالحديث يجرّ بعضه بعضاً ، وأنتَ ، يا صديقي ، تملكُ سطحاً فسيحاً تحت هذه السماء التي تنير بقمرها المكتمل فصولَ روايتي المُطفأة ».

. . ثم عُدتُ لأحدّثه عن الحرب والموت .

ولّما عزمتُ ، وجدتهُ يقترب مني ، داعياً لأن نُليّن سيقاننا بالتمشي قليلاً . استجبتُ له ، مخمّناً أنه يُضمرُ أمراً غير التريّض الذي قُمنا به فعلاً . قطعنا مسافة (الروف) ، جيئةً وذهاباً ، أربع مرّات . كان هواء تموز الليلي جافاً خالياً من الرطوبة ، تتخلله برودةٌ منعشة علّها في غير أوانها . تركتُ لتيّار الارتفاع الذي يميّز المكان أن يتلاعب بشعري ، مغتبطاً بالهفهفة الآخذة بقميصي نافخةً فيه نشوةً أشعرتني بالخفَّة . كدتُ أطير . في داخلي عَرْبَدَتْ أجنحةٌ واصطفقَت هامّةً بي لأن أَحلّقَ . من حولي ترامت أضواءُ المدينة على نحوٍ فوجئتُ كَم عمّان باتت كبيرة وممتدة ! هذه مدينتي . أعرفها إلى حدّ يجعلني أخالها لا تَمُتُّ إليّ ! وأجهلها إلى درجة تقنعني بأنها مكشوفة لي ومُباحة . ثمة إضمارٌ مُغْرٍ يستبطنُ هذا الإدراك المفاجئ لمشهد مدينة تتسعُ بتوحُّش . تفقأ بمخارزَ أنوارها عيونَ الليل وكمائنه . كيف لي أن أجهلَ ما أعرفهُ ، وأعرفَ ما أجهلهُ ؟ لعلَّ ما يتصادى الآن في نفسي يُفسِّرُ لي جَهلي ، أحياناً ، بمدينتي التي أعرفها . لعلَّ قول النفّري : «**الإظهارُ حِجاب**» هو الجواب، فأقولُ أنا بالمقابل : «**الحجابُ إظهار**».

إذَن ؛ تلتمعُ الحقائقُ في المحجوب وتنطفئ في الظاهر !

خَلَصْتُ إلى ذلك دون أن أحدّث نجيب رزق الله ، أو عزيز الغالبي (السياق يفرضُ التبادل) . وللحق ؛ لم أُدرك دافعي لكل هذا الاستطراد

والتداعي . فثرثرتي معه بدأت بالحرب والموت . تطرقتُ ، في البداية ، إلى الحرب قبل أن ننحرفَ ، متفلسفين ، لنعلّق على الحريّة وشروط المجتمع : الشروط الراسمة لحدود الحريّة التي غالباً ما كنتُ أتخيلها صخرة سيزيف ، وما علينا في حياتنا سوى الصعودُ بها إلى قمة الجبل . ولا نَصل . ننوءُ بالثِّقَل ، فنسقط إلى القاع ، لنعاودَ اللعبة . عَبَثٌ كاملٌ . هي هكذا ؛ عبثٌ كامل هذه الثرثرة الفالتة من عقال يلجمها ويضعها في سياق واحد . عبثٌ كامل لأنها ثرثرة لا تُفضي إلى هدفٍ كان مرسوماً . ربما كان هذا ما خَمّنهُ نجيب ، عندما غرقتُ في الصمتِ، بينما وجهي منجذبٌ إلى أضواء المدينة : غبتُ عنه ، أو غابَ هو عني .

ثم فوجئتُ بيده تستقر على كتفي ؛ فأفقتُ . قال :

«سحركَ المشهدُ ؟» .

«سحرتني عمّان من هنا . كأنها ليست المدينة التي أعرفها . أنا لم أرها من عُلوٍّ كهذا . لم أتصورها من زاوية كهذه ! كأنها ليست عَمّاني الأولى !» .

رفعَ يده عن كتفي ، وواجهني مستنداً إلى سور السطح العالي ، مديراً ظهره للمشهد .

«هل تتذكرها ؟» .

«تقريباً» ، أجبته .

وسرعان ما أذهلتني هذه الـ «تقريباً» ؛ إذ قفزت وكأنها كانت بانتظار مَن يحررها من عَتمتها داخلي . فلطالما رددتُ لنفسي ولغيري من أنني مَليءٌ بالمدينة إلى درجة أنها تطفحُ مني . وكنتُ لا أتردد في تكرار نعتي لشخصي بأنني «كائنٌ عَمّانيّ » ، رغم التباس هذه الهويّة في عيون الكثيرين ـ فلا أحد من عمّان ؛ بل هُمُ إليها ، أو فيها . فما الأمر ؟ لمَ لم أعد متيقناً ؟ لماذا تراجعت ثقتي بمدينتي ، أو على نحوٍ أدقّ : لماذا تراجعت ثقتي بمدى رسوخ مدينتي فيّ ؟

«هي الآن ليست عمّانكَ الأولى . عمّان التي كانت» .

عادَ ليقولَ لي . ثم أرادَ أن يفسّر : «أعني ، المدن تتغيّر كبقيّة أشياء العالم » .

فسألتهُ إنْ كان يعرفها من قبل . قبل أن تتحول إلى ما آلت إليه .

«أذكرها في زيارة عمل بداية الخمسينيات . قبل الخروج إلى الكويت بسنتين أو ثلاث سنوات . انتدبتني وكالة الغوث ، وكنت أحد منسقي التعليم ، في مهمة لمدة أسبوع . جئتُ من غزة حيثُ لجأت العائلة . كانت المرّة الأولى» .

«والثانية ؟ » .

فقالَ كمن يؤدي واجب الإجابة تأدباً ، بصوتٍ متسرع قاطع :

«حضرتُ زواجَ شقيقتي . زيارة خاطفة . من مطار الكويت إلى مطار عمّان في ماركا . ومن مخيّم شنلر إلى المطار ثانيةً . هذا كل شيء» .

«أنتَ لم ترَ عمّان ، إذن . فالمسافة بين مطار ماركا وشنلر لا تستغرق أكثر من عشر دقائق» .

«صحيح . لم أرها إلاّ من الجو» .

«متى حدثَ هذا ؟» .

«بعد النكسة ، كما أسموها . في الـ 69 بحسب ما أذكر» .

وعندما قلتُ إنَّ زيارتين خاطفتين للمدينة لا تكفيان للحُكم ؛ عادَ وكررَ أنَّ المدن تتغيّر مثلها مثل جميع أمور العالم والناس . ليس شرطاً أن نعيش التغيُّرَ حتى ندركه . فالقانون ، بحسبه ، لا يستوجب المعايشة . والتغيّر قانون الحياة .

وجدتني أرد : «ولكن ليس بهذه الصورة . ليس عمّان !» .

ضحكَ . ربَّتَ على كتفي من جديد . وعلّقَ بما أرعبني :

«لمَ لا ؟ فالذئابُ تولدُ جِراءً قبل أن تتقنَ افتراس اللحم الحي ونهش الجِيَفَ !» .

نظرتُ إليه وقد تبدّى رعبي على ملامحي ـ لا بُد ـ ؛ لكنه أتبعَ :

«لا تكن ساذجاً. مدينتكَ لم تكبر وتنمو إلاّ على الحروب . هذا قدرُها !» .

فعاجلته كمن يريد المنافحة عن حبيبة تُطعَن في شرفها ، مستعيداً في ذاكرتي الأقوالَ بأن عمّان تتغذّى على حروب جيرانها وكوارثهم :

«الكوارث ليست مسؤولية عمّان . هي لم تتسبب بها أو كانت طرفاً في وقوعها !» .

فاستجابَ الغالبي على الفور ، دون أن يهادنني ، ودون أن يتقصّد التجريح أيضاً :

«طبعاً . والذئابُ كذلك ليست مسؤولة عن طبيعة الوحش فيها !» .

ولّما أطرقتُ متفكراً شبه حانق ، بلا تعليق ، في كيف يكون للحقائق أن تلتمع في المحجوب ، وأن تنطفئ في الظاهر ، مطيلاً سكوتي ؛ حَثّني :

«هيّا . حدّثني عن الحرب وعن مدينتكَ . حدّثني عنكَ !» .

* * *

لم تعرف من أين تبدأ ، ولم تستدلّ على جُملة تستهلّ بها حكايتكَ . تشلّكَ حيرتكَ حيال تنظيم الامتلاء المكنوز فيك . مَليءٌ أنتَ ، أو تظنّ هذا ، وثمة فوضى وشواش دائمان يلجمان تجاربكَ العديدة في إخراج الحكاية إلى العَلَن . أن تقولها ، أو أن تكتبها . تلك علامتك السريّة . ولأنها كذلك ، سريّة تستقر في قعر وعيكَ ، فأنتَ تُبقيها هناك ولا تُفصِح . تفضّل قليلَ الكلام عن النوادر والحكي عمّا جرى ، وتتحايل على عجزكَ ترتيب عالمكَ الجُواني بالمبالغة في تنسيق تفاصيلك الخارجيّة. أهي مبالغة حقاً ؟ مَن يعرفونكَ يفصحون عن ملاحظتهم المشتركة ، مُبدين تقديرهم ، لكنهم يرون في هذا القدر من التنسيق غرابةً تتأتى من كاتب مثلك : كاتب سوف يتقاعد باختياره ، مبرراً ذلك بكتابة رواية !

ها أنتَ وصلتَ المنطقة الحرجة .

يسألكَ نجيب ، أو عزيز ، أن تحدّثه عنكَ وعن الحرب في مدينتكَ ، فتحارُ من أين تبدأ . وعندما تجلس إلى أوراقكَ لتكتبَ ، تتسابق بعضُ أشيائكَ وتتزاحم لتكون هي الأولى ، فتنقاد لمشيئتها . أما بعضها الآخر؛ فيتواطأ متوارياً ليباغتكَ بأولوية تدوينه ، فتكتشف لحظتئذ سَهْوَكَ عمّا كان ينبغي أن تسردَ أولاً . عند التحدث والحكي ، تتلعثم فتصمت . وفي الكتابة ، تستجيب لانزياحات الفوضى وإغوائها لترغمَ المَشاهد ، بعد معاينتكَ لفراغات سردكَ المكتوب ، على الاستقلال بذاتها . هكذا؛ دون وصل أو علاقات سببيّة . كأنما الزمن مقصورات مغلَقة الأبواب في قطار مندفع باتجاه المجهول ! كأنما الزمن حُجرات متلاصقة الجدران تصطف ، من غير اتصال ، على طول ممر ضيّق ينتهي بجدار . جدار تصطدم به لتلتفّ على حكاياتكَ وتعاودَ سَيرَكَ المُسَرْنَم من حيث بدأتَ . هذا زمنكَ عندما تتجرأ ممعناً في فَرْدِ طياته لتكتبها ، وبأملٍ يحدوكَ لأن تتعرف على نفسكَ .

الزمنُ مثل بيتكم تماماً . والشخوص كذلك . بيتكم الأول المشرف على السيل ، بدهليزه الممتد من المطبخ الصغير وصولاً إلى غرف النوم ، في نهايته المسدودة . البيتُ ، في ذاكرتكَ ، قُمراتُ سفينة أو مقصورات قطار . والسيلُ ماءٌ هائجٌ تارةً ، وجداول خجلة تتجرأ عليها الضفادع ، فُتسلّي بنقيقها ليلَ عمتكَ الطويل لّما يجافيها النوم وتستبدُ بها الأوجاع .

لم تكن ، سنتئذ ، لتتساءل عن الأرَق الملازم لعمتكَ لأنكَ ، ببساطة الأشياء البسيطة ، ما كنتَ سوى الطفل المُعلَّم بوشم حرب جرت في الخارج . كنتَ داخل بطن أُمكَ تكاد تخرج ، بينما الحربُ تقذفُ بخاسريها على عتبة بيتكم . وكانت عمتكَ قُذفَتْ ، هي بدورها ، فلجأَتْ إلى أبيكَ وأقامت . وبحسب ما رَوَت أُمُّكَ فيما بعد ، وكنتَ كبرتَ بما يؤهلكَ لأن تفهم وتعي ، إلى حدّ ما ؛ فلقد ازدحمت جميع حجرات البيت بما جلبته العَمةُ معها : أسرَّة ، خزائن ، فرشات ، ووسائد . أطقُم مطبخ وسُفرة كاملة من الَصحون ، والأطباق ،

والطناجر ، وغلايات القهوة وإبريقان للشاي ، وبابور نحاسي كبير ، وفناجين القهوة والشاي المذهبة ، ودستات من الملاعق الفضيّة والشُوَك والسكاكين الثمينة .

سنتئذ ، لم تكن مؤهلاً لأن تفهم . غير أنكَ تساءلتَ ، حين صارَ لك قدرة َربط الأشياء على نحوٍ يُشبِع فضولكَ ، عن صلة نسب العَمّة باللاجئين ! فصورتهم الراسخة في رأسكَ (وهذه ليست سوى مجموع مشاهداتكَ بعد سنين) لا تتضمن إلاّ الفاجعة والبؤس وفقر الحال . الصور الفوتوغرافيّة بالأبيض والأسود سَجَّلت ذلك كله . وكذلك ، ولّما بتَّ تميل إلى الرسوم الفنيّة ، محتفظاً بقصاصاتها من المجلات الملوّنة ، عَاينتَ كيف كرّسَ إسماعيل شموط أجواءَ النكبة بما لا يتعارض مع الصور بالأسود والأبيض : خيامٌ تنفرشُ في الخَلاء البارد ، مجاميعٌ من البَشَر الهلعين تملأ الأفق ، شيخٌ يستند إلى «باكوره » وعلى كتفه طفلٌ تائه النظرات .

ما كانت عمتكَ لتظهرَ في أي من هذه الصور أو اللوحات .

وما كنتَ أنتَ ، بدوركَ ، لتظهرَ فيها أو تعرفَ شيئاً من معاني ما وقع . فإدراككَ الطفولي سطحٌ أملس تنزلق عليه مئات الصور والمَشاهد دون أن يحتفظ بأثرٍ مكتمل منها . سوى بضعة كلمات ترسبت في الذاكرة مثل صدى بعيد ، أو وجه تختلطُ ملامحه بملامح وجوه أخرى تذكرُ أنها كانت تدخلُ إلى بيتكم وتخرج . تذكرُ أمشاجها ، وربما ، إنْ أنعَشْتَ مدفونكَ العتيق ، تقدر أن تستحضر بعض الأسماء . غير أنَّ أمراً واحداً لا زلتَ قابضاً عليه : أمراً عززَ نفسَهُ فيكَ وضربَ جذره ليتشكل على الدوام صوتاً وصورة !

* * *

الصوتُ ؛ صوتُ بُكاء نسائي ونشيج لا ينقطع إلاّ ليتواصل في نوبة تتجدد . والصورةُ ؛ صورةُ ثيابٍ تكاد تكون رثّة . أجل ؛ الصورةُ تجلبُ الصوتَ معها لأنها الأقوى :

حذاءٌ نسائي تكشطت جلدته البُنيّة ، فبانت حشوته الكرتون بلون التراب ـ بكعب غالباً ما كنَتُ أراهُ متخلعاً ملطخاً بالوحل . وجرابٌ أسود سميك لا يقاوم تهلهله ، فيتراخى على امتداد الساق بتثنيات سرعان ما تُسْحَب إلى الأعلى ليستقرَّ تحت طوق مطاطي يضغطهُ مُلتفاً حول الفخذ ـ ثم يعودُ قماشُ الثوب بزهوره الحائلة لينسدلَ ساتراً أنوثةً أصابها الهزال : رُكبةٌ ناتئةٌ لم يخفف من بروزها العظمي الصريح لَحْمُ فخذ متماسك وفير يَصلُها بالأعلى ، أو ربلةُ ساق ملفوفة مشدودة العَضَل. لا وجود لمثل هذا الفخذ والساق. هي امرأةٌ «ممصوصة» ـ بحسب تعبير أهل البيت ، فاستنتجتُ :

«إذَن ؛ هكذا يكونُ للحربِ أن تمتص الناس!» .

قبل الحرب والهجرة ، في يافا ، كانت الحياة حُلوة. كانت حياة . و«بديعة» كانت فتاة شابّة لا تزال ، صارَ وأن ارتبطت بعلاقة مع عمّتي هناك . ربما كانت تعاونها كواحدة من العاملات في مشغل الخياطة البيتي. لم تكن تتقنُ شيئاً ؛ لكنها في المكان «تعمل أي شيء » وكفى ! ولعلّها تشخّص المثَلَ القائل: «رزْق الهُبُل على المجانين ! » كان ذلكَ قبل الموجات اليهودية الكبيرة ، وتَوسُّعِ تل أبيب ، ومزاحمة اليهود لعمل عمّتي إلى أن بارت أشغالها . لكنَّ «بديعة » ظلت قريبة . «بديعة بنت مسكينة » ؛ كنتُ أسمعهم يقولون ، بعدما تنتهي من لزوميّة البكاء والندب في حضرة عمّتي : بعد أن تلتهمَ صحون الأطعمة التي تُفرَش لها ، ثم الشاي ، ثم «الجزدان » بما يُخْرَج منه ، وأخيراً :

«لماذا يا عمّتي لا تعطيني كَرت المؤن ؟» ، تقول بديعة .

«أعطيكِ المؤن . أما الكرت ، فربما أحتاجه لأمرٍ أهم» ، ترد عمّتي.

في يافا ، مثلما سمعتُ من عمتي وخضر شاويش ، كانت الحياة حلوة .

«كيف ؟» ، كنتُ أسأل .

«الأشياء متوفرة ورخيصة ، والناس بسطاء طيبون !» ، يُجمعان .

«طيب ، وبعدين ؟» ، أعاود السؤال .

«بعدين جاء اليهود وصاروا . . . » ـ وتولدُ الحكايات وتنمو وتكبر . ولكل امرءٍ في يافا حكايته . وكنتُ أُنصتُ ، وأحزنُ ، وها إني أُوجِزُ :

حكت عمتي عن قُدّاس يوم الاثنين ، ثاني أيام عيد القيامة ، وماذا كانوا يرددون بينما يؤدون الـ (دورة) في باحة كنيسة الروم في يافا :

«يا يهود يا يهود

عيدكم عيد القرود

عيدنا عيد المسيح

والمسيح بدمه اشترانا

إحنا اليوم في راحَه

وإنتو اليوم حَزانَه»

تلك الأيام ، لم أسأل عمّتي عن معنى ذلك .

وربما لم يسأل خضر شاويش عن معنى أمور عديدة تحدث من حوله . كان يسمع هتافاً في مظاهرة يصدُفُ أن تعترضه عندما يزمع الذهاب إلى البحر ، فيهتفُ بدوره :

«عالمكشوف عالمكشوف

يهودي ما بدنا نشوف»

ثم ينسى .

وكان يسمع من خاله عن إضرابات الـ 1936 ، ويضحك لـمّا يُردّد له هتافات الفلاحين حينذاك ، هازئين من الأفندية :

«حطّة وعقال بست قروش

والحمار لابس طربوش»

ثم :

«سكِّرْ يا قليل الدين
راحت منك فلسطين»

تلك الأيام كان صغيراً ، لكنّه يتذكّرها بحماسٍ على وقع هتاف المظاهرة التي شارك فيها :

«صهيوني دبّر حالك
أجتك الثوّار
معهم فوزي القاوقجي
بطل الأبطال»

كان خضر يشهدُ الأسابيع الأخيرة لمعسكر البراشوت قبل أن ينتقل إلى عتليت ، قضاء حيفا . لكنه يذكر أنَّ إدارة الفروت شوب انتقلت ، بدورها ، إلى رجل أرمني يُدعى «أرتين » . نعم : «اسمه أرتين ، واليوم فاتح محل أحذية ومن سكّان القدس» ، كما يذكر أنَّ الإنجليز كانوا يبيعون أسلحة ، ودبابات . فسألته :

«لليهود طبعاً » .

«لليهود وللعرب . الانتداب انتهى . سيغادرون . وأذكر أن دخلوا الفروت شوب حاملين كيساً مليئاً بأوراق العملة . ضُبّاط إنجليز. كلها عشرات مرصوصة وملفوفة بالمُغّيط . خمسات وعشرات . ليرات عتيقة وجديدة فلسطينيّة. سُمْك كل ربطة بارتفاع ورقة العشر ليرات . شايف يابَه ؟ وأذكر أنهم بعد أن وزعوها على أكياس ورق ، نسوا ربطتين وراحوا . وعند تنظيفي للمحل اكتشفت الربطتين فسلمتها للمعلم الأرمني. شكرني ، وأعطاني بكيت شوكولاطه ، وخمس ليرات ، وقال لي إنه لم يعد لي عمل في الفروت شوب . وهكذا رجعت إلى يافا » .

ـ **وبعدين** ؟ (خرجَ صوتي من جهاز التسجيل) .

«في يافا كانوا هدموا محل إلياس الشَّعّار في سوق الخضار وبنوا

عمارة . عشر تنعشر دكّان . واحد من المحلات استأجره زلمه اسمه أبو منصور ، أبو انجيله ، مقهى ومطعم . استأجرت منه المحل بليرة ونُص يومياً . كان عمري حوالي ستّعْشَر سنة ، واشتغل معي في المحل شاب اسمه دخل الله ، خدم مع الجيش البريطاني . عمره عشرين خمس وعشرين سنة .

وفي يوم دوى انفجار كبير ! بوووم ! لغم وانفجر ! وبرطمانات الزيتون والمخلل وقع منها تلاته عند راسي بس الله سَتَر . وهات يا ناس. العالم صارت تركض ، وأنا دخلت فيهم أفتح وأدخل أفتح وافتح وأدخل وأدخل حتى وصلت للساحة . الساحة الكبيرة على باب سينما الحمرا . وهناك لقيتها فاضية . أنا والناس المقتولين وبَس . في نُص الساحة كان الداراجَنس . . .

ـ **داراجنس ؟** (من جديد خرجَ صوتي من جهاز التسجيل) .

«أيوه . الداراجنس ، يعني ، مثل حنطور . حصان واحد يجرّ عرباية توسع أربع أشخاص . كانت تروح ما بين يافا والمنشيّة . المهم . لقيت الحصان والعربجي فوق بعضهم . ميتين . وكان ، مقابل السينما ، جنينة حواليها سياج حديد . وهناك ، كان على الأرض رجل مفَعَّص ، وشيء منه مرمي على الحديد ، وكُلّه مخردَق من الشظايا . كُل جسمه منَخَّل ! كنت أمسكه من شعره وأرفعه لفوق يصير مثل الزلمه ، أرخيه يصير كَرشِه ! مش بني آدم !

ـ **أكل هذا بسبب اللغم ؟** (أسأل بصوتي) .

«آه . وكان فيه واحد اسمه سعد . بيقطع تذاكر على باب السينما . ها هو ناصح ، مليان ، مش أقل من 130 ، 135 كيلو . تقريباً فوق الثلاثين . موجود حالياً . لهم شركة السكب في طريق المحطة . لقيت سعد واقف على راس الدرج ، طالع من السينما ، مثل الدايخ ، وفوق حاجبه نقطة دم . كنت أنا على أول الدرج من تحت لمّا شُفته بيهوي عليّ. وتلقيته بكل ثقله ! بس الوجع في ركبتي اللي ضربت بحفة الدرج

حَسّيتها مثل النار ! نار وولعت في ركبتي ! لا أنا قادر أتركه أحسن ما يوقع على وجهه ، ولا أنا قادر أتحمل الوجع حتى أجَت الإسعاف وي وي وي وي ! لأ ، أنا مافيش فيّ شيء ، بس هو . . . ».

واستمر خضر يحكي ، لأستمرَ أنا بالكتابة .

في الكتابة ، في اللحظات عندما تأخذني الكتابة إلى منطقة الصمت المليء ، أتذكر بدوري أنَّ خضر كان يكتب على كل طَبْلٍ يجهزه ، بالقلم الكوبيا : **خضر شاويش** . **يافا** ، **عمّان** ، **السيل !**

ينبغي لكل صانعٍ أن يُدوّن اسمه . ينبغي ألاّ يُغفل مكانه ؛ أو هي أمكنته بالأحرى .

وهكذا بدأتُ أحكي ، بدوري .

16

حكيتُ فيما بعد .

حكيتُ كثيراً عني . وحكيتُ لمريم عن مريم أيضاً. وحكيتُ عن آخرين .

حكيتُ وكأنَّ الوقت مُنح لي وحدي ، بأكمله ، فأخذتُ أنفقه على هواي . دون حساب كنتُ أنفقُ الوقتَ . وعند مراجعتي لذلك كلّه ، تساءلتُ ، بيني وبين نفسي ، عمّا سيكون من أمر الناس إذا لم يحكوا . ثم خطرَ لي أنَّ الكتابةَ لا تعدو أن تكون تحايلاً على الحكي الصعب ، أو المستحيل . لكنها لم تعترض . لم تُبْد احتجاجاً على استئثاري بالحكي ، فالإسهاب ، فالثرثرة . . . إلى لحظة اكتشافي لانفلات خيط الحديث مني ـ إذ بتُّ أقفز بين حكايات لا رابط بينها سوى مخيلتي. أو استدعاء واحدتها لَلأخرى ، هكذا ، دون سبب ظاهر .

عندها ، كان لا بُدَّ من أن أصمت ، فصَمَتُّ .

وعندما رفعتُ رأسي ، آخذاً إلى فمي شَفَة الفنجان الباردة ، التمعَت في وجهي عيناها الخضراوان . هما عيناها لم يتغيّر لونهما . لم يبهت أخضرهما . ضاقتا قليلاً ، وضربَ الزمنُ خطوطه اللعينة في البشرة تحتهما ؛ إلاّ أن الذكاء فيهما لم ينطفئ . لعلَّ هذا ما شَدّني ، في البداية، إلى كينونتها الصغيرة بمعطفها الأحمر الجوخ واسمها مريم .

وهو نفسه ما يجذبني ، اليوم ، إلى ماسة التي تجلس مقابلي تُنصتُ إليّ. تجلسُ كأنما لا شيء يتحرك فيها سوى صدرها عند تنفسها المنتظمَ . لا تعلّق . تبتسم أحياناً ، حين يقتضي الحال في سياق الحكي . أو تربّتُ على ظاهر يدي ، عندما أتطرق إلى حكاية ألوّنها بأسىً يجيده صوتي ، فيخرجُ بنبرةٍ أقرب إلى لهاثٍ قصير .

قلتُ : «أتعبتُكِ ، أليس كذلك ؟».

(كنتُ جاداً).

قالت : «أبداً ».

(كانت ، مثلما حدستُ ، نصف صادقة).

قلتُ : «إنما هو المَلل إذَن . معك حق . إنَّ حديث العجائز تخريف».

(كنتُ أبتزها على نحوٍ فوجئتُ بوضوحه !).

قالت : «رابيش وكلامِ فاضي . اسكُتْ !».

كانت فَرْقَعَتْ بإصبعها للنادل ، مشيرةً إليه بحركة خبيرة : تأمر بصرامة مكسوّة بزبدة ابتسامة مدروسة ! ولمّا وقف ببذلته السوداء ، محنياً رأسه صوب الطاولة ، سألتني :

«أتريد المزيد ؟ سأطلبُ لنفسي شاياً أخضر . هل تحب الشاي الأخضر ؟».

هززتُ رأسي شاكراً .

ثم ما لبثتُ أن تذكرتُ أنَّ أخضرَ عينيها عندما بكت ، ذاك اليوم البعيد ، كان مالحاً في فمي. فقبّلتها من جديد . ومن جديد كانت الملوحة باقية كمذاق للقبلة لم تُزِلْهُ تجارب العُمر .

للقبلة في تاريخي الشخصي علامة لا تَمّحي . كانت لغزاً قبل أن أجرّبها : لغزاً جميلاً وجاذباً . كانت فعلاً أشبه بالحلم : فعلاً أحلمُ بفعله . كانت انتقالاً من حُلم إلى حُلم آخر ، أبيض ، لحظة تحققها

العملي . فبعد أن تنطبق الشفاهُ على بعضها بعضاً وتتداخل متناوبةً على هصر نفسها والانصهار بالأنفاس المتقطعة ، العميقة ، يصيرُ لطرفيها الولوج في حُلمٍ تنسجهُ حرارةُ هذا الانطباق . إنه التدرجُ من حُلم قيد الصيرورة إلى حُلمٍ ملتبس ، ما دامت العيون مُغلَقة والكونُ غائباً . هكذا هي القبلة مثلما تفكرتُ بها طويلاً . لقد فلسفتها إثر استعادتي ، بلا ملل ، لعدد القبلات الاستثنائي بين عبد الحليم حافظ ونادية لطفي !

كَم عدد مرّات مشاهدتي لفيلمهما الأشهر «أبي فوق الشجرة » ؟ - لا تُحصى . أو هي كذلك لأنها مرّات عدة . أذكرُ من بينها ثلاثة عروض صباحيّة في سينما فلسطين ، غِبتُ فيها عن المدرسة بذرائع كاذبة .

تلك الأيام ،

أذرعُ قلبَ المدينة متفكراً بذريعة لتغيّبي ، بينما لم تُفتَح المحال التجارية بعد . كنتُ أضيقُ بحقيبة كُتبي ؛ إذ تشهدُ على طيشي وتُعلنه على المَلأ مثل فضيحة . فضيحتي تمشي معي كلّما خطوتُ بأي اتجاه تقودني إليه قدماي . أمرُّ بمفارش بائعي الكعك الخشبيّة ، المنصوبة فوق ركائزها التي تطوى ، عند مداخل الأزقة بين البنايات . أشتهي قضمةً أو أكثر ، إذ يتحلّب فمي ؛ فرائحة الفلافل في بطن الكعكة تُنسيني شَبَع إفطاري منذ أقل من ساعة . أقاوم هذا الإغواء وأمضي . إلى أين أمضي؟ كنتُ وصلتُ بداية صعود الشابسوغ ، وما كانَ منصب الفستق قد أقامه صاحبه الأسمر بضحكة أسنانه البيض وعينيه الحمراوين . فستقهُ دافئ دائماً . في أية ساعة تجده دافئاً . وكذلك ، لم تكن الأبواب حديدية الشَّبَك لصاغة الذهب مرفوعةً ؛ غير أنَّ المعروضات خلف زجاج واجهاتها النظيفة بائنة للعيون ومُتاحة . أنا لم أحب الذهب أبداً . وأبي لم يملّ من كثرة رفضي شراءه لي خاتماً من ذهب . كلّما مررنا بمحل أندريا الرفيدي ، صاحبه الصائغ ، يعاود كأنما يرجو :

«طيب . ما رأيكَ بسوار نحفرُ عليه اسمك ؟» .

«لا أريد» .

كان السوار الذهبي ، أو الفضي ، موضة الرجال المقتدرين . وكلّما غَلُظَتْ زَرَدَاتُ السوار بانَ اقتدارُ المتزيّن به . تماماً مثلما هو طقم أزرار أردان القميص المذهب . وهذا ، أيضاً ، كنتُ أرفضه ، لأنَّ ارتداء البذلة شكّلَ لي مسألةً سخيفة بذاتها . يسمونها «كَفلينكس» . لكنني أذعنتُ في النهاية وقبلتُ بهذا الكفلينكس بديل أزرار ردني قميصي الأبيض ، ماركة C.J.C، بعدما رأيتُ أن لا ضرر في ارتدائي للبذلة وربطة العنق ، إرضاءً لرغبة أبي . غير أنَّ رغبةً لي ظلّت تلحُّ عليّ . أريد قداحة «رونسون» . خجلتُ من مفاتحة أبي بذلك ، رغم حدسي بأنه لن «يقطع رأسي» ؛ فهو ليس من صنف الآباء القساة في تعاملهم مع أبنائهم . وربما (إني أتذكر الآن إشاحته والتزامه الصمت) لأنه تجاهلَ معرفته بأنني شرعتُ بالتدخين ، بادئاً بسجائر **فيلادلفيا** ـ الأغلى كونها السجائر الأردنيّة الأرقى .

تلك الأيام ،

جَرّبتُ صنفاً آخر جديداً ـ لا ؛ جربّتُ الصنفين الجديدين اللذين طرحتهما شركة التبغ المنشأة في الضفة الغربيّة . راوحتُ بينهما وسجائر فيلادلفيا المصنوعة في عمّان . لم أكن ، يومها ، بقادرٍ على التمييز بين الطعوم والنكهات . ويخطرُ لي الآن ، خلال سردي لصُور تلك الأيام، أنَّ تفضيلي لهذه السيجارة على تلك إنما يرجع لانجذابي نحو تصميم العلبة وألوانها . أما الطعوم والنكهات ؛

هل كان ثمة فَرْق ؟

أنا أسأل ، الآن .

* * *

تلك الأيام ؛ هل كان ثمة فَرْق تقدر أن تُقيمه بين الطعوم والنكهات؟

تلك الأيام ،

كَم كان عُمركَ ، وقتذاك ؟

أنتَ لا تعرف على وجه التحديد ، لأنكَ ، مثلما تدركُ حائراً في

فهم هذه الصفة ، دائم الارتباك حيال السنوات والشهور والأرقام والتواريخ . حَتّى الآن أنتَ لا تقدر على التفريق الدقيق بين مراحل حياتك . تستعين ، غالباً ، بحكاياتكَ لتتخذَ منها إشارات على ارتحالاتك في محطات العُمر . ربما يسعفكَ ذلك لأن تقترب من الوقت، أما تحديده بدقة ؛ فذلك صَعبٌ عليكَ .

أجَل .

حكيتَ كثيراً . حكيتَ لمريم وكأنَّ الوقت مُنحَ لكَ كاملاً ، فعملتَ على تبديده بلا حساب . كأنكَ نافورة تَعَطَّلَ محبسها ، فأغرقتَ المرأةَ بحديث لم تتوان عن الاندفاع فيه بلا هوادة . لا بأس ، وقد يكون بوسعها أن تتفهم . فها أنتَ ، اليوم ، بلغتَ الخمسين . وبحسب إشاراتكَ عن التواريخ : «**عبرتُ ستَّ حروب ابْيَضَّ خلالها شَعري الخرنوبي !**» . ظَلَّتْ صامتة تُنصتُ إليكَ بصبر خلّتهُ ، عند توقف خاطف لغاية أن تتذكر تفصيلاً ، قد امتلأَ بالملل ، فَنفدَ . عندها ؛ مثل ضربة أصابتكَ على غير توقُّع ، تلعثمتَ مرتبكاً متمتماً بعبارات اعتذار لا معنى لها ، سوى أنكَ كنتَ «أحمق» : هذا ما كنتَ تردده في داخلكَ، لحظتئذ .

كنتَ أحمق بمعنى ما . بكيفيّة ما . على نحو ليس لائقاً لرجلٍ ، مثلكَ ، في الخمسين . أنتَ ، في الخمسين ، تخطو على مدارج الخريف وأمامكَ ، إنْ قُيِّضَ لكَ ، شتاءٌ تخشى عراءه . تخشى قدومه ، فتقشعرُّ سَلَفاً من بَرْد ربما يكونُ هو البردُ الذي يمقتهُ رامبو ، حين كان يتذكر شارلفيل التي هجَرها إلى اليمن والحبشة . لم تحدّثها عن رامبو إلاّ قليلاً . أنتَ لم تحدّثها عن بلدته الريفيّة الكئيبة ، بل سخرتَ عندما أشرتَ إلى أنه ليس رامبو الأميركي صاحب البطولات الخارقة والعضلات الفولاذية ، قاتل الأشرار ومُهلك الفيتناميين الأقزام . ثم ، ومع حركات يديك الشارحتين ، اقترفتَ حَماقةً أُخرى ؛ إذ قلتَ لها : «إنه ليس بطلكم» .

«بطلكم ؟ ماذا تقصد ؟ ».

كان سؤالها بارداً ، هو الآخر ، كبرودة بلدة رامبو الفرنسي بحسب ما قرأتَ .

تلعثمتَ : «أعني ، أنتم هناك . في أميركا ، في الغرب . أنتِ تعرفين» .

واصَلَتْ برودها : «لستُ من هناك ، ولا أصدّق أفلام السينما . مثلكَ ، يعني !» .

كأنكَ نسيتَ ذكاء مريم . كأنكَ أغفلتَ تعبيرها عندما سألتها عن أحوالها هناك ، وكيف تعيش ، فأجابتكَ على نحو حاسم :

«بعد السَّفَر الأوّل ، يصبح العالم مكاناً للعَيْش . مجرد مكان !» .

تفاصَحْتَ : «ألا تنتمين إلى المكان ؟ » .

فدفَنَت سيجارتها في رماد المنفضة المليئة بأصابع ترتجف . لم تعبأ بالشواط الناتج عن الاحتراق الصغير للقطنة الموشاة بأحمر شفتيها .

«أنا أنتمي لنفسي ! »،

قالت .

ثم قالت ، لمّا وجَدَت منكَ بهوتاً عَرَّاهُ صمتُكَ ، وتراجُع ظهرك . كأنكَ أردتَ أن تجعلَ بينكما مسافةً تكفيكَ لأن تتعرف المرأةَ التي أمامكَ، من جديد :

«أنا أنتمي لمريم !» .

يا الله !

شَهَقَت روحُكَ من مزْعٍ رهيف شَقّها سيفُ بَرْقٍ ، فتصادَت السماءُ في عليائها !

ها أنتَ ، فجأةً ، حيالَ امرأة لستَ تعرفها مثلما كنتَ تظنّ . امرأة جديدة . كيان مختلف لامرأة أُخرَى بتَّ حائراً أمامها . كأنما هي غريبة لم تكونا ، حقاً ، تعرفان بعضكما بعضاً من قبل : قبل الآن : قبل أن

تبلغ الخمسين بأكثر من ثلاثين سنة ، وقبل أن يقتطع الجنرال موشيه دايان تلك الضفة في الغرب بفولاذ ونابالم الحرب : الحرب التي أخذتكَ على حين غرّة : الحرب التي صدمتكَ وأذهلتكَ لتفيقَ ، فيما بعد ، وتجد أنكَ تغيّرت دون أن تدرك ، تماماً ، أنكَ تغيّرتَ . ربما أدركتَ ، الآن ، كل ما جرى . الآن ، وأنتَ تكتب «**الحكي الصعب ، أو المستحيل**» ـ كما خطرَ لكَ في أوّل أمرِ ما أنتَ منخرطٌ فيه . بل في أمرِ ما نحنُ ، الاثنين، منخرطان في تدوينه . ولعلّكَ ، الآن ، عرفتَ أنَّ الجنرال إنما حفرَ ، بحربه ، خندقاً عميقاً فصلكَ عمّا كنته قبلها . صارَ العالمُ مختلفاً والدُّنيا ليست هي الدُّنيا . أو ، بالأحرى ، صرتَ تملكُ عينين جديدتين تريان إلى العالم : عينين مختلفتين ، ومن خلفهما دماغٌ يستقبل الأشياء ويفهمها ، هكذا ، مُبرّأة من أي وهم : هكذا ، كما هي.

كنتَ تريد أن تسمع صوتها . كنتَ تريد أن تَطْمئن .

تلك الأيام ،

إنها مراهقتكَ الجريحة ، وحيرتكَ في حضور ذاك الرجل المتداعي . الرجل الذي بكى بينكم . رجلٌ غريبٌ بكى في بيتكم ، قبل أكثر من ثلاثين سنة ، وقت أن نَمت الأصوات الجديدة في عمّان وانفرشَت خلف الزجاج . كيف لكَ ، الآن ، أن تُعيده من مائة حُلمٍ ناقص رأيته فيها جميعاً . . وكان يتحدث ؟ تسمعهُ كأنما صوته يتقطّرُ من سَقف تعرّى من إسمنته وتلوّتْ قضبانُ حديده . صوتهُ يتساقط ، كندف ثلجٍ متسخ ، من خيمة الله الزرقاء ، المخرومة ، التي عبرها قيظُ حزيرانَ فجعلها كالكذبة . الأشياءُ تترى مثل هلوسة . أو هي تبدو ، في مائة حُلم ، أشلاء خراف المسيح وقد تناهشتها الضباعُ ولم تُبق منها سوى فروها مضرجاً بَدمها . في أحلامكَ تراه وفي أحلامكَ تسَمعه . تراهُ بيدين كبيرتين ترتكزان على مصطبة ركبتيه . يدان كبيرتان بأصابع ضخمة . رأيتها متورمة ، أكثر من كونها ضخمة أو غليظة . رأيتها في كل حُلم من الأحلام المائة ، وليس في واحد منها اكتملَتْ الحكايةُ التي

سرقتها نوبةُ بكائه المخنوق . لقد سمعته ؛ إذ كان يملأ عليكَ مائة حُلم : بكاؤهُ لم يكن آدميّاً : خليطٌ من حيوانٍ مضروب وصخرة تتفتت .

في الحلم وفي خارج الحلم أنتَ أنتَ .

هَلاّ تعرّفْتَ عليكَ ؟

هَلاّ أكمَلْتَ الحكاية ؟

17

حكيتُ لمريم فيما بعد ، بعد أن أصبحت ماسة ، عن قصة أُخرى للطوفان ، لم يَرِد ذكرٌ لها في أي كتاب . لم يَقصّوا علينا تفاصيلها في مدرسة الأحد ، حَيث كانوا يوزعون صوراً ملوّنة ليسوع ولأمه مريم العذراء . أظنني سألتها ، وكان شتاءُ عمّان لا ينقطع مطره ، بينما تحدّق عيناي بمعطفها الأحمر (أكنتُ أحسدها على دفء قماشة الجوخ ؟ هذا غريب! إنْ صَحَّ ظَني فالأمرُ غريب فعلاً ؛ إذ كنتُ أعيش في بيت من قماش. فأبي لا يزال يخيطُ لنا بعضاً من ثيابنا رغم اعتزاله مهنة الخَياطة للسيدات . وكذلك أُمي . لكنهما كانا يحتفظان بماكينة «سنجر» ذات الدولاب الذي يعمل بضغطة القدم ، والقشاط الجلدي اللاقط للغبار بسبب حرص أبي على تزييته ليكون دائم الجهوزيّة . ناهيك عن أثواب الأقمشة من كل نوع ولون ، والصناديق مختلفة الأحجام المليئة بشتى صنوف الأزرار . أزرار كبيرة للمعاطف ، أزرار متوسطة للتنانير ، وأزرار صغيرة للقمصان وأردانها . وفي أحد أدراج الماكينة ، ثمة علبة توفي ماركة «ماكنتوش» حُفرَتْ حروف الاسم فبانَ نافراً على ظَهر غطائها الملوّن والمرسوم بإتقان ، فيما برزَ معكوساً غائراً في صفيح سطحها الآخر اللامع . كنتُ أفتحها لألتقطَ منها «موازير» الخيوط الساحرة لاختلاطها ببعضها بعضاً ، فيختلطُ بذلك الأحمر بالأسود بالأصفر بالأبيض بالأزرق بالبُني . كانت علبة «الماكنتوش» هذه أشبه

عندي بـ «صندوق الدُّنيا» : أُحدِّقُ بها وهي على هيئتها هكذا ، دون ترتيب ، فيتشكل من طول تركيزي وثَباته بحرٌ من الألوان الممتزجة لا اسم له . أمدُّ يدي وأبعثرها في داخل علبتها وأعاود لعبة التركيز ، فيموجُ بحرٌ جديد مختلف ، ولا أُسمّيه . بحاري لا أسماءَ لها لأنها خارج الخرائط . بحاري لا أسماءَ لها لأنها ظَلَّت تموجُ داخل علبة من معدن ، هي حبيسةُ دُرج ماكينة خياطة ، لرَجُل خطفَت مهنة الإبرة والخيط قدراً من نور عينيه ، صادفَ أن كان له ولَدٌ بِكْر أَسَرَتْهُ لعبةُ الخيوط الملونة فصَيّرها بحاراً بلا أسماء !).

لكنني تفطَّنتُ ، فيما بعد ، بأنَّ للأسماء معانيها . وأنَّ المعاني لا تنطبقُ ، دائماً ، على المُسَميات . ولعلّني ، حين ظَننتُ أني سألتُ مريمَ عن اسمها ، وكان شتاءُ عمّان لا ينقطع مطره :

«لماذا اسمُك مريم ؟ » ؛إنما كنتُ ، ومنذ ذلك الوقت ، أتطلع لأن أُغيّرَ الأسماء فتتغَيّر الأشياءُ من حولي .

***

«ماسة ، هل . . . »ـ وخرستُ لاكتشافي حماقتي .

كانَ أن استقَرَّت في عمّان لشتاءٍ واحد ، فبتنا نلتقي على نحوٍ دوري، وخاطبتها ساهياً :

«ماسة ، هل . . . »ـ تماهى الوجهانُ ، أو أنه اللسان حين يسبق العقل والتدبير .

لم تعلّق . ظَلَّت ترشفُ نبيذها الأحمر ، وتستحثني بعينيها لأن أمضي في ما كنتُ بصدده . ضاعفَ هذا من تلجلجي . كما زادَ من حَرَجي ، أيضاً ، أنها قالت ، إثر يأسي في اختلاق مبرر لحماقتي ، وتثبتها من فشلي استعادة تماسكي ـ إذ تبدّى التهالك عَليَّ في عَرَقٍ تفصّدَ من عنقي :

«اسمَعْ . لستُ ممن يحاسبون الآخرين على ماضيهم . لستُ الديّان

في يوم الحساب ! ».

بقيتُ على خَرَسي ، هارباً من نظرتها المباشرة التي هي عادتها عند الحديث . غير أنها أتبعَت ، بعد عدم سماعها تأكيداً مني أو نفياً ، وبصوت طفقَ يحتدّ :

«العُهْرُ هي أن تكون ماستُكَ اللعينة هذه من حواضِر جَنابكَ !».

بقيتُ على خَرَسي ؛ إذ أُسقطَ في يدي . إني أحارُ في تفسير ماسة التي عرفتها . وأكادُ أوقنُ أنها ، لدى عبورها فيَّ ، ما كانت سوى حُلم أزليّ مسطورٌ أو محفورٌ في لوحي قبل ميلادي ! هي هنا ، كانت ولاَ تزال ، وإني أجهلُ كيف ؛ فلذتُ بصمتٍ أخرجَ مريم عن طورها .

قالت (كأني لم أسمع) ، لكنها قالت :

«هل تنكحها ؟».

(اختارت الكلمة بالإنجليزيّة كما تُلفَظ عاريةً من أي تهذيب!).

«مريم ! »

فانفَجَرَت :

«تخجل ! جَنابك تخجَل ، ووجهكَ يَحْمَرّ ! انْكَحْ نفسكَ ، إذَن!».

(كانت تشدد على حروف فعل النكاح الإنجليزيّة كأنما تسعى لتشخيصه والهزء منه ، في الوقت نفسه !)

أذهلتني . أذهلتني حقاً ، وخاصةً لمّا كَرَعَت نبيذها على آخره . لم تعبأ بجرعتها الأخيرة وهي تنزلقُ على ذقنها وتستقر بين نهديها ، جاعلةً قبل بلوغها هناك ، خَطاً يلتمعُ في ثنية عنقها . ثم غاصت في أريكة شقتها المفضلة ، رافعةً رأسها صوب السقف .

نهضتُ باتجاهها ، لكنها أشاحت عني وقامت ، تماماً مثلما تفعل حينما كُنا نلعب «الاستغماية » ويكون دورها البحث والإمساك باللاعبين المختبئين . وقفتُ ناظراً إليها تحتي ، فكانت أحكَمَتْ تغطية عينيها وجبينها بذراعيها . حاولتُ رفعهما ، لكنها نترَتْ يدي ، وقالت من

تحت الذراعين بصوتٍ مكتوم :

«لستُ أبكي ، يا خَرا . إيّاكَ أن تَظُن! » .

«أعرف . دموعكِ مالحة ».

«ما أكْلُ الخراء هذا ؟ بماذا تهلوِّس ، يا زِفت !» .

فتذكرتُ أنَّ القبلةَ عند البكاء هي المالحة . وتذكرتُ أنَّ طعمها الأوّل نسيتُ مصدره . وربما لم تكن هي مريم ، مثلما اعتقدتُ وما زلتُ . أو علّها هي ، غير أنها نَسِيَتْ بدورها . عدتُ أحاولُ الكشف عَن عينيها ووجهها .

«مريم » .

« fuck you، ألم تسمع ؟ » .

فتناهى إليَّ عندها ، من مكان بين حُلمٍ تحققَ ، وواقعةٍ تحولَت إلى حُلمٍ يُراودُ يقظةَ شَبَقي المتراجع :

«I want to fuck you!»

كان صوتُ ماسة هذه المرّة .

وكان بالإنجليزيّة كذلك .

وكانَ أن كانَ ، إذ كُنا ذات يوم .

***

ذات يوم ، ولم يكن ذلك في أجندة تاريخكَ البعيد ، التقيتها .

لمحتها خَطْفاً ، أوّل الأمر ، تقفُ وحدها على الرصيف المقابل . ليست ممن تعرفهنَّ . وليست من الوجوه التي عادةً ما تصادفها في زحمة الندوات ، والتجمعات العامة ، السياسيّة أو الثقافيّة ـ مثلما هو الحال يومذاك . كُنتُم تعودون ، متفرقين ، من الاعتصام أمام مكاتب هيئة الأُمم المتحدة في الشميساني . وكنتَ أحد الذين دخلوا ، نيابةً عن حوالي مئة رجل وامرأة انطلقتم من مجمّع النقابات القريب ، لتسليم مسؤول الهيئة عريضتكم . العريضة المطالبة بلَجْمِ أميركا وحلفائها

المتحشدين عن ضرب العراق . لم يكن يومها لتلك الحرب اسمٌ . يومَ وقعّتم على العريضة الشاجبة لنُذرها التي تحوم في سماء المنطقة ، لم يكن للحرب اسمٌ . لم تكن «عاصفة الصحراء » قد هَبَّت بعد . غير أن الجميع استطاعوا التقاط ذرّاتها وهي تزدحم في الفضاء فوق الرؤوس . وهي تنضجُ على مهل في التقارير الصحفيّة والحوارات العصبيّة حولها . في حُمّى تضارُب التحليلات عن حتميّة وقوعها ، أو رَجَحان التوصل إلى حَل في اللحظة الأخيرة . لكنها ، خلال ذلك ، كانت تعيش وتتحرك مع ساعات أيامكم . تنمو وتتفتح كعُشب المقابر على وسائدكم، دون غفلةٍ منكم . أنتم تنامون ، وهي تكبر .

كُنتُم تقتاتون خوفاً تدركون هويته . لكنه ، رغم ذلك ، كان غامضاً .

أبسبب هذا الخوف العاري والغامض ، في آن ، لجأتَ إلى التحرّش بها ؟ كأنكَ ، في أوقات كهذه ، حيث ينغلُ التهديدُ آكلاً روحك قضمات واثقة ، يصيرُ لغريزة البقاء أن تستنهضَ ذاتها عبر فعل النكاح ! فعل المعاشرة المباشر الذي لا يحتاج إلاّ أقلّ القليل من التمهيد المخاتل ، المتحايل على صراحة الرغبة المقروءة دون عَناء في رعشة الصوت . غير أنَّ ثمة رائحة تتكثف لتحضرَ في دقائق التحرش المفضوح ومناورات التعارُف الهادف . وثمة ، أيضاً ، التوافق في ما اكتشفتَ ، لاحقاً ، بينكما . ليست هي العيون وحسب : تواطؤٌ صامت حيال سقوط النظرات الصريحة على مواقع الجنس القابعة تحت الثياب . وليست هي الأصابع وحسب : تلامُسٌ يُرادُ صبغه بالعفويّة ، لكنه سرعان ما يتحوّل إلى الإمساك بالأيدي . ثم تسيران متجاورين ، كأي رفيقين قديمين ، منفكّين عن تراصّ الاعتصام ، الذي ما لبثَ أن انفرطَ عقده .

إنه مجالٌ حيوي جذبكما إلى مداره ، فدخلتما فيه ، ومضيتما تحثّان خطاكما حتى منتهاه .

لكل أمرٍ منتهى . وكانت هي تسمّي نفسها ، عند تبادلكما للأسماء، منتهى .

«اسمي منتهى» ، قالت . وعندما لم تقايضها باسمكَ ، سألتكَ :
«وأنتَ ، ما اسمُكَ ؟ » .

فأجبتها : «ليس مهماً . نادني بالاسم الذي تحبينه . أنا رفيقكِ اليوم» .

تماشَتْ مع طرافتكَ ، وقالت :

«طيب . اسمُكَ رفيق . يعجبكَ ؟ » .

قُلتَ نصف مبال : «لا بأس . اسمي اليوم رفيق . » - كانت ، دون أن تدري ، قد كشطت عن جرح أنتَ لم تنسه تماماً . عُدتَ للوراء . عُدتَ للغرفة الإسمنتيّة في الوحدات ، ولعفويّة انتحالكَ لاسم رفيق ، ربما تفاؤلاً بأن تكونه . عُدتَ لـ «أبي الفدا » الذي صارَ ، إثر معارك أيلول ، مالكاً لعربات أجرة ولشاحنات تَجتاز الحدود وتجوبُ صحارى السعودية والعراق والكويت مستثمرةً حتى الهواء كالفساء في عجلاتها الكاوتشوك ، متحولاً إلى «الحاج أبو العزّ» ، متديناً مستغفراً ربّهُ على وشاياته بأنْ حَجَّ ، فزادهُ إيمانُهُ الجديد ثراءً على ثراء . لحظتها ؛ باغتكَ شعورٌ بالتشفي لاعتقادكَ أنَّ الله إنما يَقتصّ منه في الحرب الآتية ، وستبورُ تجارته وتتبخّر أمواله . لكنكَ ، كما أنتَ دائماً ، تخسر في رهاناتكَ . ولسوف ترى .

ثم عُدتَ لتؤكدَ لنفسكَ ، حال ولوجكَ مدارها لتمشي فيه حتى منتهاه ، أنَّ لكل أمرٍ منتهى أو ختاماً . هي منتهى : اسمها ! هكذا قالت وأردتَ أن تصدّقها . لا ضَير أن تكون «ختام» ، أو أن تكون منتهى . أو أن لا يكون لها اسم من الأصل . فجميع النساء ، في عُرْفِكَ ، يتحوّلْنَ إلى واحدة أُولى تواضَعْتَ على تسميتها : ماسة !

لكنكَ فشلتَ ، تلك المرّة ، وخانتكَ الفحولةُ المترددة ، ولم تكن «عاصفة الصحراء » قد هَبَّتْ بعد ، فكان أن لَجَأت المرأةُ إلى غير فعلٍ لتستثيرَ انتصابكَ وتستنهض رجولتكَ . وما كان لسانها في فمها ليهدأ ، أو يكفّ عن اللهج بكلمات كأنما هي محفوظة لمناسباتٍ كهذه .

فالمداعبة، والتلفُّظ بكلمات أجمعَ الناسُ على التحفظ عليها ـ عبارات العامة والسوقة، تشبه فضيحة العُري وتتماهى معها. لا يجوز حتّى إعلان العلم بها على الملأ. لكنها تجدُ لنفسها مَنفَذاً في هزيع الليل. داخل الغُرَف المُغلَقَة. بين رَجُلٍ وامرأة كانا يخجلان من هذا الإعلان. ثم، وبمرور الوقت وتكرار المواقعة، واستنفادهما للقاموس المُشَذّب المُهَذّب المتطهّر من الدَّنَس؛ يبدآن بالإشارة إلى محفوظات كلٍّ منهما. القليل منها في البداية. بعدها؛ وإثرَ الترديد والتبادُل المعرفي، يكتشفان قوةَ السحر في هكذا عبارات: عبارات خالية من الأدب، لكنها، رغماً عنهما، هي العبارات الدالّة على الشيء. الذاهبة إلى المعنى غير المحتشم لتجسّمهُ عارياً دون أي التباس تسببهُ اللغة. يكتشفان قوةَ السحر، حيث تعملُ الكلمةُ المباشرةُ على إثارة شهوة الجسد التي أماتتها بَرودةُ التطهُّر: التطهُّر في فعل لا يحتمل، في طبيعته الأُولى، تطهراً بأي معنى. ولقد كانَ لذلك فعل السحر إيّاه! فأنتَ، رغم أدبكَ المفطور عليه، المصدوم على وَقْعِ تسميتها لأَعضائكما الحميمة بأسمائها الصريحة؛ إلاّ أنَّ حيوانكَ البدائي استيقظَ وطفقَ يرومُ باحثاً، بدراية مَن يستعيدُ وعيهُ لنفسه، عن طرائده المنصاعة من تلقائها في ثناياها. كانت تمررُ يدها على مواضع جسدكَ تارةً، وتخاطبها كأنها كائنات مستقلة بذاتها منفصلة عنكَ، وتناجيها بما يقرب من الدعاء الموصول بلغة التحبُّب والاسترضاء والاستمالة الملحاحة. ثم لا تلبث أن تعضّها برفق أولاً فتهيج، لتتداركَ ذلك بالانتقال إلى لثم بشرة سطوحها بشَغَف التذوّق. وتارةً أُخرى، كانت تُمسكُ بيدكَ وتدفعها باتجاه صدرها، وتبدأ بتسمية كُتلتيّ ثدييها بقولها «**هَذا**.. ، **اعصرهما لا تَخَفْ. لن توجعني. هيّا**» مثل مُرشدة بالغة تُعَرّفُ صَبياً على تضاريس العالم. وتنقلها بعصبيّة الهياج إلى حلمتيها، وتهتفُ بصوت جَرّحتهُ بَحّةُ الشّبَق «**هذه.. ، أنتَ تحبهما. أليس كذلك؟ أنتَ تحبهما، أعرف، قبلهما إذَن. قبلهما. ليس هكذا. أكثر. قبلهما أكثر. قبلهما بأسنانكَ، هيّا!**»، وكنتَ تستجيب، خاضعاً لسطوة جسدها الذي يتحركُ بلدونته

وحريته الوقحة . وكنتَ تستجيب ، كذلك ، لانفلات حيوانكَ الذي استقامَ رافعاً رأسَهُ مدفوعاً بدمه المتدفق لحظةَ أن وجدتَ نفسكَ بكامل قوامكَ البَدَني تُسْحَب إليها بينما تضربُ بكاحليها ظَهرَكَ فتهتز وتهتز ولا ترى إذ باتَ وجهُكَ مضغوطاً مدفوناً في لدونة صدرها وطراوته المرتجّة بلحم وعَضَلِ الثديين المتعـرقين الزلقين ووسطكَ مـأخوذاً إلى وسطها بإحكامٍ واقتدارٍ يكاد يكون هو الابتلاعُ التدريجي المدرَّب والمُتقَن على استيفاء الأمر ، برمته ، فتنزلقان إلى غَوْصِ الغياب حدّ الذوبان المرغوب في غَسَق الموت اللذيذ !

لحظتـهـا ؛ زَعَـقَتْ بإنجليـزيّة راعـشـة : "I want to fuck you" وأخذتكَ بشدة ، مستعينةً بعافية ساقيها القويتين منقلبةً عليكَ ، فوقكَ ، هابطةً بثقلها المُركّز المتحرك في حدود حوضها وردفيها المكينين كأنما تبتلعكَ تماماً بين كل هبوط وارتفاع ، مـرّةً أخيرةً ومديدةً ، لترتجفَ وإيّاها مشتركين مندغمين حيناً ، منفصلين حيناً ، لتعاودا الالتحام جسداً واحداً محبوساً في رقصة أمْلَتْ عليكما قانونَ إيقاعها الواحد بحركتيه المكررتين، فتصاعَدَ شهيقُكَ متقطعاً على وَقْعِ انبثاقات وَجَع المُتعةَ وموسيقاها اللاهثة ـ كأنما هو لهاثُ احتضاركِ الأخير !

. . إلاّ أنكَ لم تَمُتْ .

لم تَمُتْ ، وعاودتَ تجربة مدارات الاحتضار . عاودتَ ولوجها لتكتشفَ ، في كل مرّة ، أنكَ لا زلتَ حَيّاً . أنكَ تجترّ تجربةً ليس ، في آخر واحدة منها ، ما لم تكتشف مَعرفته في الأوّل منها . كأنكَ تكررُ نفسكَ وتتملاها في مرايا جديدة ، فتقع ، فوقَ سطح كل مرآة ، على حقيقة أنكَ واحدٌ في خارجكَ كثيرٌ في داخلكَ .

أنتَ كثيرٌ ، ونساؤكَ واحدة تُسمّيها ماسة .

أكنتَ تبتغي التَشبُتَ من حياتكَ في كل مرّة تمارسُ فيها موتكَ المؤقت؟

أم إنكَ ، في سَعيكَ للوصول إلى ذاك اللهاث الموجوع المُلْتَذّ بسكرة ابتلاعكَ وغيبوبتكَ ، إنما كنتَ ترمي إلى اكتشاف انحداركَ ، وتحللكَ ، وفَساد وجودكَ ؟

إلاّ أنكَ لم تَمُتْ .

لم تَمُتْ ، وعاودتَ كتابة يومياتكَ ، كعادتكَ تلك الأيام . كتبتها في بيتها ، على ورق أمدّتكَ به ، كان لشركة شحن وتخليص سماوي اللون بشعارها الكُحلي الغامق (طائرة ، ومرساة سفينة ، وشاحنة) . كتبتَ أحداثَ ما جرى يومذاك . لم تُشر إليها بالطبع . جعلتها ، كما يقولُ نجيب الغالبي وأصحابكَ : **خارج النصّ** ، وقرأتَ يومَكَ ، مستجيباً لرغبتها البسيطة ، لترى إلى أي مدىً يمكن لكَ أن تكونَ كثيراً . وكانت تُنصتُ إليك . هَيَّأت لكما عشاءً خفيفاً ، من حواضر البيت الصغير . تَرَبَّعَتْ على سجادة الصالة المتقشفة ترنو إليك. كنتَ تقرأ . وكانت ، بدورها ، تُنصتُ باهتمامٍ خالص ، إثرَ انتهائكما من ممارسة فعل ما أسمتهُ مريم ، ذات يومٍ بعد سنوات ، على هيئة سؤال :

«هل تنكحها ؟» .

18

الثلاثاء 15 كانون الثاني 1991

قاتل مع وقف التنفيذ

كـانت رابطة الكُتّـاب قد أعلنت عن اعـتـصـام للكُتّـاب والمثـقـفين والفنـانين، أمـام ممثليّة هيئـة الأُمم المتحـدة في الشـمـيـسـاني . ذهبتُ وصـديقين في العـاشـرة . أردنا المشاركة في هذا الاحتجاج الصامت على تهديدات أميركا للعـراق ، ودقهـا لطبول الحـرب (فـاتَ على لحظة نشوبهـا أربع ساعات ولم تقع بعد !)

جرت أحاديث بين المعتصمين . دارت حوارات متخطفة سريعة. تكهّنَ أحـدهم بأنَّ الحـربَ لن تكون. أكدَّ آخـر أنهـا واقعة لا محالة . تسَلسَلَتْ تفاصيلُ وانبرى صديقي (س. م) يعـدد الخطوات المنطقـيّـة المؤدية إلى حـتـمـيّـة الحـرب. علّقَ أحـد المعـتـصـمين بأنَّ كل شيء واردٌ في اللحظة الأخـيرة . اعـترضَ صـديقي رائيـاً إلى أنَّ كل ما يجري من أحداث قد خلقَ آليّةً ستؤدي إلى نشوب الحرب حتماً .

الصـديق القـديم (س . م) عـادَ قـبل شـهـور من فـرنسـا

وألمانيا، حاملاً شهادة الدكتوراة في الفلسفة . احْتَكَّ هناك بجماعات «الخُضْر» . قالَ إنَّ الخُضْر ، في ألمانيا ، يُعَرِّفونَ الجندي بأنه (مشروع قاتل) : فما دامَ تحوّلَ إلى ممتهن للأسلحة ، وتم تحضيره لهذا ؛ إذَن : هو قاتل مع وقف التنفيذ .

وصلَت جحافلُ جنودهم / مشاريع قَتَلتهم إلى منطقتنا منذ شهور .

كانت الساعة تقترب من منتصف النهار .

متى يبدأون الحرب ؟ متى يشرعون بتنفيذ القتل ؟

. . . ثم صمتَّ بعدها . فسألتكَ منتهى :

«خَلَص ! أهذا كل شيء ؟ » ـ كأنها كانت تنتظر أن تأتي على ذكرِها .

فقلتَ : «لا . هنالك شيء آخر » .

«اقرأهُ إذَن » ـ قالت بعفويّة ما تراهُ بمثابة بدهيّة تحصيل حاصل .

«أتريدين أن أقرأ ، حقاً ؟ » .

أراحت عجيزتها القائمة طويلاً فوق السجادة ، بأن غيّرَتْ من طريقة تربعها . زحفت للوراء قليلاً ، وأسندت ظهرها على حافة الكنبة الطويلة ، مادّةً ساقيها أمامها ، وقالت بضحكةٍ خافتة تشير إلى أُلفةٍ اجتاحتها بررَتْ لها تبسطها :

«يللا . بلا دَلَع » .

فبدأتَ .

وظَلَّتْ هي تنصتُ وأنتَ تقرأ ، باهتمامها الخالص نفسه واستغراقها عند انخراطها بممارسة الحُبّ ، هازّةً رأسها كلّما توقفتَ لتسألها إنْ كانت لا تمانع حقاً في الاستماع للمزيد . تسألها بحماسة لا تملكها حيال

العديد من زملائكَ ـ فأنتَ لم يمضِ على معرفتكَ بها سوى يوم واحد . استنفدَ السريرُ العريضُ المزدوج لغرفة نومها ساعتين منه أو أكثر قليلاً . سبقَ ذلك وقتٌ لمعاينة تنسيق المكان والتعرف على حجراته ، ثم الإطراء المجامل على صاحبته وذوقها الرفيع . ليس رفيعاً تماماً ، في نظركَ ، بل هو في حدود المقبول من جهة محاولة المرأة تأثيث بيتها على نحوٍ لم تعرف فيه كيف توازنُ بين حداثة أثاث الصالة الصغيرة الذي جعلها تبدو شبه فارغة ، وازدحامه في غرفة النوم ـ ناهيك عن ضخامة خشبه كامد اللمعان البُني المحروق . وتلك المرآتين الكبيرتين ، حيث كنتَ تعاينُ نفسكَ أينما تحركتَ في الغرفة مسدلة الستارة الحمراء ، أو على السرير: واحدة مقابل الرأس بتاجه العالي المطلّ على وسادتين مرتفعتين بحشوة «البوليستر» الطري ، وأخرى إلى الجانب الأيمن القريب وقد غطّت الضلفةَ الأكبر من خزانة الملابس (الوسطى بين ضلفتين أصغر حجماً) التي امتدت على طول الجدار وارتفاعه .

أبقيتَ على استنتاجكَ الأولي المفيد بأنها امرأة تُعنى بجسدها ، وشؤونه ، وأمور زينته إلى درجة عَلَّ الاستغراقَ فيه ، وتأمُل محاسنه ، وتفحّصَ أعضائه قد انقلبَ إلى هاجسٍ ضاغط جعلها سجينة مراياها . هاجس أحالها إلى مجرد امرأة تستكشفُ مفاتنها وتهيمُ بها . تستلهمُ أحلامها من تكويناته . وعلى تحسس أصابعها لاتساقه العَفيّ ، غير المُستَهلَك بعد ، تستولدُ استيهامات الأنثى المقادة ، بطيب خاطر ورغبة ذاتيّة لا تنضب ، نحو السرير العريض لتكون سيدته ! سيدته بكَ ، وسيدته من دونكَ !

أبقيتَ على استنتاجكَ الأوَلي المفيد بأنها سيدةُ سرير، لا تكترث بالوقت الآخر القابل لأن يُعَبّأ بأمور تنصرف لها الأنثى تُغنيها بما هو خارج جسدها . والدليل ، في نظركَ ، أنَّ صالتها أُثثت بلا اعتناء كبير، هكذا ، وليس من قلبها ـ كما اعتدتَ توصيف الأعمال المشغولة دون رغبة أو محبَّة ـ وبـ شَلْفَقَة يدلُّ عليها افتقارها إلى مكتبة أكبر من تلك الرفوف القليلة . وإلى كُتُب غير العشرات فقط التي تحتلّ خزانة الرفوف

المعلّقة على الجدار ، فوق طاولة من خشب الفورمايكا عَسَلي التمشيحات ، قابلة للطي ، بلا أدراج ، بدفترين على سطحها ، وثلاثة أقلام حبر جاف ماركة «بك» تنهض برؤوسها الزرقاء والحمراء والسوداء من فوهة «مَغ» قصير مطبوع على استدارته سماوية اللون ، بطريقة «السلك سكرين» ، شعار شركة الشحن والتخليص بالكُحلي الغامق .

أبقيتَ على ذلك كلّه ، دون أن تتساءل عن سر اهتمامها الخالص بما قرأتَ وبما سوف تقرأ ، مرجّحاً احتمال المجاملة والتهذيب . لكنكَ ، ويا للعجب ، لم تتساءل عمّا دفعكَ أنتَ لهذه القراءة المتحمسة ! أنتَ الذي يرفض ، غالباً ، أن يَطّلع أي أحد على ما تكتبه قبل أن يُنشَر .

غير أنها ، وقبل أن تبدأ بتلاوة الشطر الآخر مما كتبته أثناء انشغالها بالاستحمام ، تاركةً لكَ الأولويّة في ذلك ، وبعد أن كانت هيأَتْ عشاءً خفيفاً من حواضر البيت : أربع «بيضات عيون» مقليّة بزبدة «لورباك» . صحن زيتون أخضر وفي وسطه ، بين الحَبّات المكتنزة محزوزٌ لحمُ دسامتها الخفيفة ، ثمة قَرنٌ نصف مشطور من الفلفل الحار المكبوس والمخلل . صحنان صغيران مجوّفان من الفخّار المدهون والمزَجَّج تكوَّمَ الزعترُ في أحدهما وقد فاحت منه رائحةُ السُمّاق الظاهر بأحمره الداكن المخلوط مع السمسم المُحَمَّص ، بينما التمعَ ، في الآخر ، زيتُ الزيتون الضارب إلى الاصفرار الذهبي . وصحنٌ عامرٌ بمربّى محيّر اللون ؛ إذ يتخايلُ بين البرتقالي والمشمشي والأرجوانيّ المُشَرَّب بعروق بُنيّة كأنها خيوط ليفيّة تتخلل القوام المستريح بثقله مالئاً الصحنَ المستطيل المحفوف بزنّار من الدهان المُذهَّب وآخر تحته بزرقة الـ «نيڤي» المميزة .

. . غير أنها ، وقبل أن تبدأ بتلاوة الشطر الآخر مما كتبتهُ ، وبعد أن استجبتَ لإلحاحها بشرب كوب الشاي المُخَمّر المندلق هَيناً وواثقاً من فم الإبريق خمرياً صافياً بلا أي عَكَر : «**اشربهُ الآن ، قبل أن يثقُل فلا ينفع السُكّر في إصلاح طعمه**» ، أدركتَ أنَّ ثمة جانباً آخر في هذه المرأة بدأ يحضر . شكرتها. رفعتَ الكوبَ إلى فمكَ ، فلفحكَ بخارُهُ الدافئ ،

ثم ركنتهُ على سطح طاولة الفورمايكا لتتلو عليها ـ وقد فُتِحَتْ ثغرةٌ في استنتاجكَ عنها .

ضمائر ، تكنولوجيا ، شِعر :

«لنفترض أنَّ الحربَ لا مندوحة منها» .

خلصنا إلى هذا عند منتصف النهار ، وتساءلنا : «كيف ستكون ؟» .

«ستكون حرباً تدميريّة شاملة» .

«هل سيصل الجنون ببوش إلى هذا الحد !» .

«إذا كان يريد تحقيق هدفه ، فلا بُدَّ أنه سيجعلها هكذا» .

«لكنه سيخسر كل شيء . لن يكسب ما جاء لنيله» .

قال الصديق الروائي وكاتب المقالة اليوميّة (م . ر) :

«العراق تحدّى واجتازَ الخط الأميركي الأحمر . وأميركا لن تقبل بهذا» .

فسألتُ أنا :

«والعراق لن يقبل ـ كما هو واضح ـ بتفكيك قوته . سينتحر إنْ فعل. الحربُ إذَن واقعة ؟» .

ضحكَ (س . م) بمرارة ، وقال :

«نعم واقعة يا صديقي . واقعة . ولسوف تكون . . » ، وتنهدَ وفق عادته ، فارداً كَفّيه أمامه ، محدّقاً بالأرض ، وأكملَ : «ستكون حرباً القتلُ فيها لا يسبب للقاتل تأنيب ضمير !» .

«كيف ؟ » ، قال الشاعر (ي . ع . أ) .

«إنَّ حرباً تكون أسلحة المهاجم فيها بهذا التعقيد

التكنولوجي ، لن توفر للطيّار أو الجندي فرصةً لرؤية الهدف الذي أصابه ودمره . لن يرى نتائج فعلته على الأرض . المسألة لديه مجرد إتقان للعبة تكنولوجيا . مهارة في إصابته لهدف لا يراه سوى علامة وسط صليب على شاشة تلفزيونيّة . كأنما هي لعبة كمبيوتر في النهاية . كيف سيؤنبه ضميره في هذه الحالة ؟».

«هذا رهيب !» قال الشاعر .

قلتُ : «القتلى بعيدون عن العيون . إشارات مجردة من الحياة تؤكد للقاتل مهارته . الآلة هي الإله !».

أضاف (س. م) : «وإذا واصلَ الجنون ذروته ، يمكنُ عند ذلك تفريغ الفضاء من الأكسجين».

فانتفضَ الشاعر بعفويّة :

«حتّى هذا الشيء الرائع ، الذي منحه الله بالمَجّان ، يحرموننا منه ! العالم ضد الشعر إذَن !».

نظرتُ إليه لحظتها ؛ فكانَ وَجههُ قناعاً إنسانيّاً لِفَزَعٍ حقيقي.

لم أجد ما أفعله غير الاقتراح بالافتراق ، آملاً أن نلتقي غداً .

غداً يومٌ آخر . يومٌ قد يحمل الجحيم إلينا ، وقد . . .

19

صباح هذا اليوم ، عند الساعة السابعة والنصف ، دخلَ عَليَّ المرض .

كان يبتسم . يبتسم بهدوء . دون صوت . كالهمس . كخطواته الصامتة على أرض الغرفة . دنا مني باشّاً . في عينيه صباحُ الخير قبلَ أن ينطقها . قاسَ حرارتي ، نبضي ، وقالَ إنَّ كل شيء مُهياً للعمليّة . كما ينبغي أن يكون .

بادلتهُ الابتسام خلال ذلك . كنتُ أُدركُ أنَّ طيفَ أسىً يخيّمُ على وجهي . أسىً راحَ ينفلش ويكسو فَمي . ولكي أتلافى أن تلتقي عيوننا؛ جعلتُ نظرتي تثبتُ في الأعلى. نحو السقف هَرّبتها . ثم انحدرتْ بي ، نظرتي ،لتستقرَ ، بلا إرادة مني ، على الحائط المقابل حيث لوحة «السفينة» . السفينةُ إيّاها . سفينةُ تيرنر الغارقة في أذرع وأحضان الضباب شبه الأحمر : الضباب الملتهب : سفينةُ الانتظار الجامد . ليست بعيدة عن المرفأ . ليست على رصيفه . لا هي مهيأة للرسو ، ولا المرفأ جاهزٌ لاستقبالها .

ثم انتبهتُ لوخزة الحقنة في ذراعي ، وسمعته يقول :

«استرِحْ الآن . سيجيئون لأخذك بعد قليل».

هززتُ رأسي ، محاولاً أن أبتسم ، غير قادر على طرد الطيف

المخيّم على كامل وجهي .

لا أعرفُ كَم من الوقت انقضى لمّا أحسستُ بهم يدخلون عَليَّ . كان للحقنة أن تفاعلَت في دمي ، فغفوتُ . لم تكن إغفاءة عميقة ؛ فلم أغرق تماماً . صحوتُ ، لكنَّ خَدَراً كان يسحبني إلى غيابٍ لذيذ . استسلمتُ له دون مقاومة . استسلمتُ لأذرعهم يأخذون جِسمي ليرقدوه على النَقّالة . رفعوني عن السرير بتأنٍ وقور . صارت السكينةُ أعمق . وأخرجوني .

ثم رُحتُ أرى السقفَ يتوالى منزلقاً على حفيف عجلات النقّالة أبيض يتفرسُ بي كما هي عيون الممرضة والممرض وأهلي تطلُّ عليَّ تبتسمُ لي فأراها رخوةً مقلوبة المظهر معكوسة المعنى ثم كان أن توقفَ كل شيء .

أزحتُ رأسي الثقيل المُخَدَّر لأرى إلى باب المصعد أمام وجهي . وكان همسٌ متداخلٌ لا أفقهُ منه ومن كلماته الذائبة ، إلى أن أحسستُ بضغطة هَيّنة عند كتفي ، فالتفتُّ ، لأعاينَ وجهاً صغيراً يرنو إليَّ : وجهاً احتلّت عينان خضراوان معظم تكوينه اللطيف الناعم : وجهاً لم أرَ جمالاً مثل جَماله : وجهاً لم أتحسّس رهافةً كرهافته : وجهاً لم يقترب مني حُنُوٌّ يداعبني طوال حياتي كالحُنو الطالع منه إليَّ : وجهاً ما لبثَ أن بدأ يُسحَب من أمام ناظري ، بنعومة وكياسة وخَدَر منساب ، لمّا انفتحَ شدقُ المصعد ، وخُيِّلُ لي أني سمعتُ صوتاً يناشدُ الوَجهَ :

«ماسة ! عيب ! أبعدي عن العَمّو !».

وكانت أصابع كالقطن ، بيضاء برائحة صابون الاغتسال الأوّل ، تتلمسُ كتفي ، ووجهي، ثم يدي ، كأنما تعطفُ وتوَشوشُ بما لم أكتبه يوماً ، ثم تنأى .

20

أصابع كالقطن ، بيضاء ، تَلَمَّستْ كتفكَ، تلمستكَ كُلَّكَ . . ونأت .

هذا صحيحٌ تماماً وحقيقيٌّ للغاية .

كنتَ كتبتَ تتساءلَ عن الغد . أيحملُ الجحيمَ معه ، أم . . ،

كتبتَ هذا وعينُكَ على الغد . عينُكَ خائفة وقلبُكَ مرعوبٌ ؛ إذ لستَ من أولئكَ الذين يستسهلون تغليب أمانيهم ورغباتهم على حقائق الواقع الثقيلة . صارَ الغدُ هو اليوم . فهل ستدَع عقلكَ الشّكاك يسند قلبكَ المرعوب ، فتنصرف إلى التفاصيل الصغيرة . تذهب باتجاه رصد ساعات اليوم منتزعاً منها مَعَانِيَ ربما ـ ربما لو لم تكن الحربُ قد سافرت إليكَ ما كنتَ لتلحظها .

ذهَبت الحربُ وبقيتَ أنتَ .

أهذه هي المكاسب التي جنيتها من خسارات قديمة ، والأرباح التي ستحصدها من الخسارات القادمة ؟ أنتَ ؟ . هيّ هكذا وهي كذلك . فالواحدُ يرى ، وأنتَ واحدٌ ، أنّ الهزيمةَ والربح يتساويان أحياناً .

أيّةُ معادلة جهنميّة هذه ؟!

لا قُدرة لديكَ للحيلولة دون ذلك . فالحرب ، تلك الحرب ، لا

تزال تَنْسَلُّ إليكَ . إلى بيتكَ . إلى سرير صغيركَ . لا قدرة لديكَ لتمنعها . ليست كلمة تكتبها ثم تزيلها بالممحاة . لا قدرة تملكها لأن تنتقل إلى زمان آخر ومكان بعيد . أنتَ هنا ، والأشياءُ المُقبضَة غير المُسمّاة تقتربُ . تدنو . مثل وباء سرّي تسري ، فلا تعثر عَلى مَلاذ سوى في أوراق تكتب عليها وتدوّن . هذا ما فعلته صباح ذاك اليومَ الذي تخشى غَدَهُ المُحَمَّل بنذر الجحيم . فمثلما كان للحرب أن علّمت ابنكَ الصغير معرفة الوقت ؛ فإنه لصحيحٌ تماماً وحقيقيٌّ للغاية أنَّها علّمتكَ معرفة نفسكَ ووضعها في إطار آخر جديد عليك . جعلتكَ الحربُ ، ذاك اليوم المُحَمّل برهبة الموت ، تَعاينُ طبقةً مَنكَ عَرّتها أصابعُ امرأة غريبة وأرَتْها لكَ . أنتَ لستَ مستقيماً على نحو ما كنتَ ترسم نفسكَ لنفسك . ليس للآخرين أو لغيركَ ؛ بل لذاتكَ ! ثم تداركتَ لتتساءلَ عن قدرة المرء على خداع نفسه والتمويه عليها . عَلّكَ كنتَ تفتقد مَن يكشفُ لكَ عنكَ . عَلّها ، هذه المرأة التي باتت تنبّهك ، فيما بعد ، بصوت أجراس إسوارتها لتوقظكَ على أحلام يقظتكَ بأنكَ مستقيم . . أو تكاد . وأن تكون كذلك ، يا أنتَ ، يعني أنكَ كاملٌ . . أو تكاد .

هل تجرؤ ؟

هل تجرؤ على ادّعاء الاستقامة ، أو الكمال ، بعد أن تعلمتَ بعد الخامس عشر من كانون الثاني من تلك السنة ، والخامس من حزيران من ذاك العام ، أنَّ الحرب تعلّم الجميع ؟ تعلّم صغيركَ، مثلما فَعَلَت من قبل ، وعلّمتكَ ؟

فما تاريخُكَ معها ؟

ما تاريخُكَ مع الحرب ، وما تاريخُكَ مع المرأة ؟

ما تاريخُكَ مع المرأة في زمن الحرب ، وهل ثمة ما يكسرُ تلازمهما فيكَ ؟

أصابع كالقطن ، بيضاء برائحة صابون الاغتسال الأوّل ، تتلمس كتفكَ أولاً . تتلمّس وجهكَ . ويدكَ . تتلمّسك كُلّكَ .

ماذا قالت لكَ ؟ هل تذكر ؟ أم كنتَ غِبتَ عن العالم ، وولجتَ الرخاوةَ الباردة ؟

لن تتخلّص من كومة الأسئلة ، مثلما لن أتخلّص منها بدوري . غير أنَّ سؤالاً يبقى يلحُّ علينا ولن نعثر على جوابٍ له . لن تكتمل الإجابة لأنَّه ، وكما قال الأبُ ، **لا شيء يكتمل** . سنبقى نقبضُ على شيء في يد ، وعلى خواء في الثانية . أما نحن ؛ ففي الوسط . لسنا هنا ولسنا هناك . لسنا في الجنّة ، ولسنا في الجحيم . أفي الأرض الحرام نحن؟ أفي مَطْهَر اليَمْبوس سنبقى نراوحُ حائرين ، والحيرةُ متاهة ! أنتَ تعرف أنَّ الحيرة إحدى متاهات بورخيس الحاثّ والداعي لنا على التذكر . علينا أن نتذكر كي لا نقضي تحت وطأة كل ما جرى . لا ! دعنا لا نذهب بعيداً في خداع أنفسنا . فَلْنَقُلها : كي لا نقضي تحت وطأة كل ما لم يَجر وتمنينا أنَ يكون . ربما إنْ كتبناهُ يكون . هي كلمة . . والبدء يبدأ . ربما إنْ جارينا بورخيس في تصوّره لجغرافيّة المَطْهَر المُسمّى **يمبوسَ** ، نَصلُ إلى أرضه . أرضُ اليمبوس ، بحسب خريطة بورخيس ، مقابل جبلَ صهيون : جبل صهيون في القدس : والقدس ليست بعيدة عنا . قاب قوسين أو أدنى . مدينةُ الله أقرب إلينا من حبل وريدنا : وريدنا المحقون بالمُخدِّر الذاهب بنا إلى مَنامات قد تطولُ وقد لا تطول . وحتّى لا نرهقَ الروحَ بمزيد من الأسئلة ؛ فلنحاولْ أن نُعيدَ كل ما تذكرناه إلى ما كان : قبل أن نحذفَ منه وأن نضيف إليه . فلنحاولْ . أعرفُ استحالةَ ذلك . أعرفُ . ولكن ، عليكَ أن تحاول .

سيكون الاكتشافُ هناك .

في العُلو حيث قُشّرَت أشياءُ العالم من كسوتها الثقيلة ، فأخذت تسبح ، عاريةً ، بين طَيّات الهواء الأبدي ، متَمثلةً بسرمديته ، ومتخلقةً من جديد على هيئة ملائكة بأجنحة خَفيّة .

تراها .

أنتَ تراها ، وتبتسمُ في سـرك . تبـتـسمُ سراً ولا تـعـرف إنْ كـان وجهكَ ، مثل سركَ ، يبتسمُ أيَضاً يا أيها العابسُ دائماً ــ فيكون الظاهرُ مـرآة نظيفة للباطن . تراها . أنتَ تراها وترى أيديها تمتد إليكَ تدعوكَ إليها ، فينهضُ جذعكَ قليلاً ، وتحاول .

حاولْ أن تفهمَ ما وشوَشَتْ به تلك الصغيرة ، صاحبة اليد البيضاء كالقطن ، واسمها ماسة . عَلّكَ تساعد نفسكَ .

حـاولْ . أنتَ تعـرف . لن أكـون بعـيـداً عنكَ . يدي فـي يدكَ ، ولسوف نعبرُ معاً إلى الضّفة الأخرى ، بأقلّ الخسائر .

عمّان
2005/5/5
2006/11/8

صدر للكاتب

❖ **القصة القصيرة :**

ـ الصفعة ، ١٩٨٧.

ـ طيور عمّان تحلّق منخفضة ، ١٩٨١.

ـ إحدى وعشرن طلقة للنبي ، ١٩٨٢.

ـ من يحرث البحر، ١٩٨٦.

ـ أسرار ساعة الرمل، ١٩٩١.

ـ الملائكة في العراء، ١٩٩٧.

ـ شتاءات تحت السقف (مختارات) ، ٢٠٠٢.

ـ حقول الظلال ، ٢٠٠٢.

(الأعمال القصصية متضمّنة المجموعات الست الأولى ـ مجلّد ٢٠٠٢)

❖ **الرواية :**

ـ قامات الزبد ، ١٩٨٧، ط٢ ـ ٢٠٠٥ .

ـ أعمدة الغبار ، ١٩٩٦ .

❖ **النصوص :**

ـ ميراث الأخير، ٢٠٠٢.

❖ **الشهادات الإبداعية**

ـ أشهد عليّ ، أشهد علينا : السرد ، آخرون، المكان ، ٢٠٠٤ .

❖ **مقالات في الثقافة والكتابة :**

ـ بيان الوعي المستريب : من جدل السياسي ـ الثقافي ، ٢٠٠٤.

ـ النهر ليس هو النهر : عبور في أسئلة الكتابة والرواية والشعر، ٢٠٠٧.

شهادات

❖ يصل إلياس فركوح في «أرض اليمبوس» إلى عمله الروائي الأكثر إتقاناً، بل يصل إلى عمل يجد لذاته مكاناً مريحاً بين أفضل الروايات العربيّة التي ظهرت هذا العام، منتهياً إلى نصٍّ نوعي يضيء معنى الكتابة الروائيّة. ويتكئ هذا الحكم النقدي على الموضوع الذي عالجه الروائي، لكنه يتكئ أكثر على العناصر التقنيّة التي أنتجَت الخطاب الروائي.

د. فيصل درّاج، الدستور

❖ إنها رواية مسبوكة بلغة ذات طاقة شعريّة مفتوحة على الدلالات، إذ أنَّ السِحر الذي تمارسه اللغةُ في الرواية بشتّى تجلياتها هو سِر إبداع فركوح الذي كلّما قبض على الكلمة أضرمَ فيها نار الجمال الغامض والسرِّي.

هيا صالح، الرأي

❖ إلياس فركوح في هذا المطرح من التقنيّة في البناء الروائي يبدو لاعباً ماهراً في أخذ القارىء على مكاشفة نفسه - ذلك أنَّ الرواية كُتبَت لا لِتُقرأ ثم نتحدث عنها؛ بل ليحدّقُ القارىء في مرآةٍ تخصّهُ هو وتخصّ عزلته الشديدة.

مجلة «ليالينا»

❖ تكتسب «أرض اليمبوس» تميّزها وهندستها الدقيقة التي تجعل من فركوح صانعاً ماهراً، يقدم تطوراً جديداً بحق على صعيد فنّه الروائي، بل على صعيد الرواية العربيّة عموماً، ويثبت أنَّ صمته الطويل قد أثمرَ بناءً ساحراً خصباً سواء في أسلوبه أو أفكاره.

سلطان الزغول، الرأي

❖ إنَّ أرض اليمبوس بلا مُعيّنات ومحددات وقرائن، إنها الأرض الحرام، أرض اللاأحد، أرض البياض والحياد المطلق. لكن المعينات الزمنيّة والمكانيّة في السرد الروائي تمنح المطلق حدوداً فاصلة، وتمنح عالم الما بين جسداً ماديّاً.

محمد معتصم، الدستور

❖ إنّه خطابٌ ناقض وناقد على التوالي، ساخر أحياناً، ومفكّك لتراكيب اعتدنا رؤيتها خلّابة من الخارج، فهو ينقدها ويفتتها، لا ليعيد بناءها بل ليتركها مفضوحة تماماً بعد تاريخ من السّتر والاستتار والتعميّة.

د. أماني سليمان، مجلة «تايكي»

❖ .. لكن اللعبة الفنيّة الأجمل في العمل هي اتخاذ القرين وسيلة للسرد، وهي إحدى الحِيَل المعروفة التي يوظفها الكاتب لمحاورة الذات أو التناوب في السرد واستلام مهمة الحكي، وهي ليست بعيدة عن التفسير المرآتي. فالقرين في النهاية صورة منعكسة للذات تسمح المسافة الخطابيّة واللغوية المباعدة بينهما بمعاينتها على مهل وتَبَصُّر.

حاتم الصكر، الزمان

❖ ليست أقلّ من صرخة جيل ضائع وخائب، «أرض اليمبوس» هذه. فيها يضعنا إلياس فركوح في مواجهة ما لم نفعله غير أننا ندفع ثمنه كل لحظة. لم ينشغل الروائي كثيراً بالرواية الرسميّة لتاريخ تعرضت وقائعه للتزوير، كانت لديه سلسلة من الحكايات الشخصيّة التي فتحت موعظتها أمام بطله (الذي هو صورةٌ عنا) أبوابَ المنافي.

فاروق يوسف، الحياة

❖ في «أرض اليمبوس» يعيد إلياس فركوح بلغته المتفردة والساحرة إنتاج الزمن الذي مَرَّ في عمّان، مكثفاً سيرة حافلة بالأحداث وتداعياتها والأسئلة وتأملاتها، ونافذاً إلى مساحات ملتبسة :حِسّية وذهنيّة. واللغة هي العنصر الرئيسي والبطل عند فركوح محلقةً بأسئلته ومُقيمةً اليمبوس. اللغةُ اختلافُ نصّه عن الآخرين، والتصاقه بنصّه.

محمود منير، الدستور

❖ إنها رواية مسبوكة بلغة ذات طاقة شعريّة مفتوحة على الدلالات، إذ أنَّ السِحر الذي تمارسه اللغةُ في الرواية بشتّى تجلياتها هو سِر إبداع فركوح الذي كلّما قبض على الكلمة أضرمَ فيها نار الجمال الغامض والسرّي.

يوسف ضمرة، الحياة

❖ هنا يستقدم السردُ «ثقافةَ الاعتراف» بتوظيفٍ خاص (محدد) حينما تتوسلُ الكتابةُ بذاكرة الجسد تحديداً :«في أوّل اعتراف أدليتَ به لغير الكاهن، كان ذلك في حضن امرأة» . وبهذا تلتقي الحرب والمرأة، الموت والرغبة في سياقٍ واحد مشترك.

مصطفى الكيلاني، القدس العربي

❖ أسجّل افتتاني الخاص بالخلاصات الفكريّة التي تخّص علاقة المثقف والمبدع بالمرأة. يُدوِّنُ كل ذلك ولا يحجز أية كلمة حتى لو جاءت ضده كذَكَر بالدرجة الأُولى. لا ليتباهى بالفحولة ولا يصّوت عليها ولا يتحدث عن الرجل إلاّ بضعفه وهشاشته وانسانيته وتواضعه النفيس. تتصدر المرأةُ رأسه وقلبه ومتن وهامش الرواية.

عالية ممدوح، جريدة «الرياض»

الياس فركوح

- ولد في عمّان عام 1948 ، حيث تلقى تعليمه حتى الثانوية العامة متنقلاً بينها وبين القدس .
- حاصل على بكالوريوس في الفلسفة وعلم النفس ، من جامعة بيروت العربية
- عمل في الصحافة الثقافية من عام 77 . 1979 ، كما شارك في تحرير مجلة « المهد » الثقافية طوال فترة صدورها .
- شارك الشاعر طاهر رياض العمل في دار منارات للنشر حتى 1991 .
- أسس دار أزمنة للنشر والتوزيع عام 1992 ، حيث يعمل مديراً لها .
- حازت روايته « قامات الزبد » على جائزة الدولة التشجيعية للعام 1990 .
- وكذلك حاز على جائزة الدولة التقديرية/ القصة القصيرة عام 1997.
- كما نال جائزة محمود سيف الدين الإيراني للقصة القصيرة على مجمل مجموعاته - والتي تمنحها رابطة الكتّاب الأردنيين .
- وكانت الرابطة ، قبلها ، قد منحته جائزة أفضل مجموعة قصصية لعام 1982 (إحدى وعشرون طلقة للنبي.)
- نال قبل هذه الطبعة الثانية لـ «أرض اليمبوس» وعليها جائزة تيسير سبول للرواية، من رابطة الكتّاب الأردنيين.

أصدر

❖ قصص

- الصفعة ، 1978 .
- طيور عمّان تحلّق منخفضة ، 1981.
- إحدى وعشرن طلقة للنبي ، 1982 .
- من يحرث البحر، 1986.
- أسرار ساعة الرمل، 1991.
- الملائكة في العراء، 1997.
- من رأيته كان أنا (الأعمال القصصية الستة في مجلّد) ، 2002
- شتاءات تحت السقف (مختارات) ، 2002.

ـ حقول الظلال ، 2002.

❖ روايات
ـ قامات الزبد ، 1987، ط2 ـ 2005 .
ـ أعمدة الغبار ، 1996 . ط 2 ـ 2008
ـ أرض اليمبوس، 2007 . ط 2 ـ 2008

❖ كتابة / نصوص :
ـ ميراث الأخير ، 2002.

❖ شهادات ومقالات في الثقافة والكتابة
ـ بيان الوعي المستريب : من جدل السياسي ـ الثقافي ، 2004.
ـ أشهد عليّ، أشهد علينا (السرد، آخرون، المكان) ، شهادات، 2004
ـ النهر ليس هو النهر : عبور في أسئلة الكتابة والرواية والشعر، 2007 .

❖ ترجمات
ـ موسيقيو مدينة بريمن ، قصة للأطفال ، الأخوان جريم ، 1984 .
ـ آدم ذات ظهيرة ، قصص مختارة ـ بالاشتراك مع مؤنس الرزاز ، 1989 .
ـ الغرينغو العجوز ، رواية: كارلوس فوينتس ، 1990 .
ـ غرف بلا جدران ، أو : ما هذا « البيت المشترك » ، حوارات ، 1996 .
ـ نيـران أخرى ، قصص لكاتبـات من أميـركا اللاتينيـة ـ بالإشتـراك مع حنان شرايخة ، 1999 .
ـ جدل العقل : حوارات آخر القرن ، بالاشتراك مع حنان شرايخة، 2004 .
ـ القبلة (مختارات قصصية) ، 2004 .
ـ هكذا تكلّمت المرأة (حوارات) ـ بالاشتراك مع حنان شرايخة، 2005 .
ـ نساء وأكثر : السيرة تكشف ، والحوار يقول (حوارات)، 2008 .
ـ قطار باتاغونيا السريع، (نوفيلا) ـ لويس سبولفيدا، 2008 .

البريد الإلكتروني : elias@farkouh.net
الموقع الإلكتروني: www.elias.farkouh.net

239